DREAMBOOKS

DREAMBOOKS

DREAMBOOKS

DREAMBOOKS

9

요마전설 9 (완결)

초판 1쇄 인쇄 / 2015년 9월 4일
초판 1쇄 발행 / 2015년 9월 11일

지은이 / 김남재

발행인 / 오영배
책임편집 / 편집부
펴낸 곳 / (주)삼양출판사 · 드림북스

주소 / 서울시 강북구 도봉로 173
대표 전화 / 02-980-2112 팩스 / 02-983-0660
편집부 전화 / 02-980-2116 팩스 / 02-983-8201
블로그 / blog.naver.com/dreambookss

등록번호 / 제9-00046호
등록일자 / 1999년 3월 11일

ⓒ 김남재, 2015

값 8,000원

(주)삼양출판사 · 드림북스의 서면 허락 없이는 어떠한
형태나 수단으로도 이 책의 내용을 이용하지 못합니다.

ISBN 979-11-313-0427-3 (04810) / 979-11-313-0169-2 (세트)

* 지은이와 협의하에 인지는 생략합니다.
* 잘못된 책은 구입한 곳에서 바꾸어 드립니다.

이 도서의 국립중앙도서관 출판시도서목록(CIP)은 서지정보유통지원시스템홈페이지
(http://seoji.nl.go.kr)와 국가자료공동목록시스템(http://www.nl.go.kr/kolisnet)에서
이용하실 수 있습니다. (CIP제어번호: 2015024107)

ORIENTAL FANTASY STORY & ADVENTURE
요도 김남재 신무협 장편소설

요마전설

魔說
妖傳

9

dream
books
드림북스

목 차

제1장. 격류 – 보고 싶다 **007**

제2장. 소림사 – 잘들 지냈냐 **047**

제3장. 백인 돌파 – 역사상 유례가 없는 일이다 **083**

제4장. 진실 – 이 일을 홀로 해냈단 말인가 **157**

제5장. 대담 – 놈의 목표는 바로 나야 **193**

제6장. 진마멸천신공 – 날아가 볼까 **215**

제7장. 결전 전야 – 이제 시작하자고 **253**

제8장. 전설 – 끝나지 않은 이야기 **301**

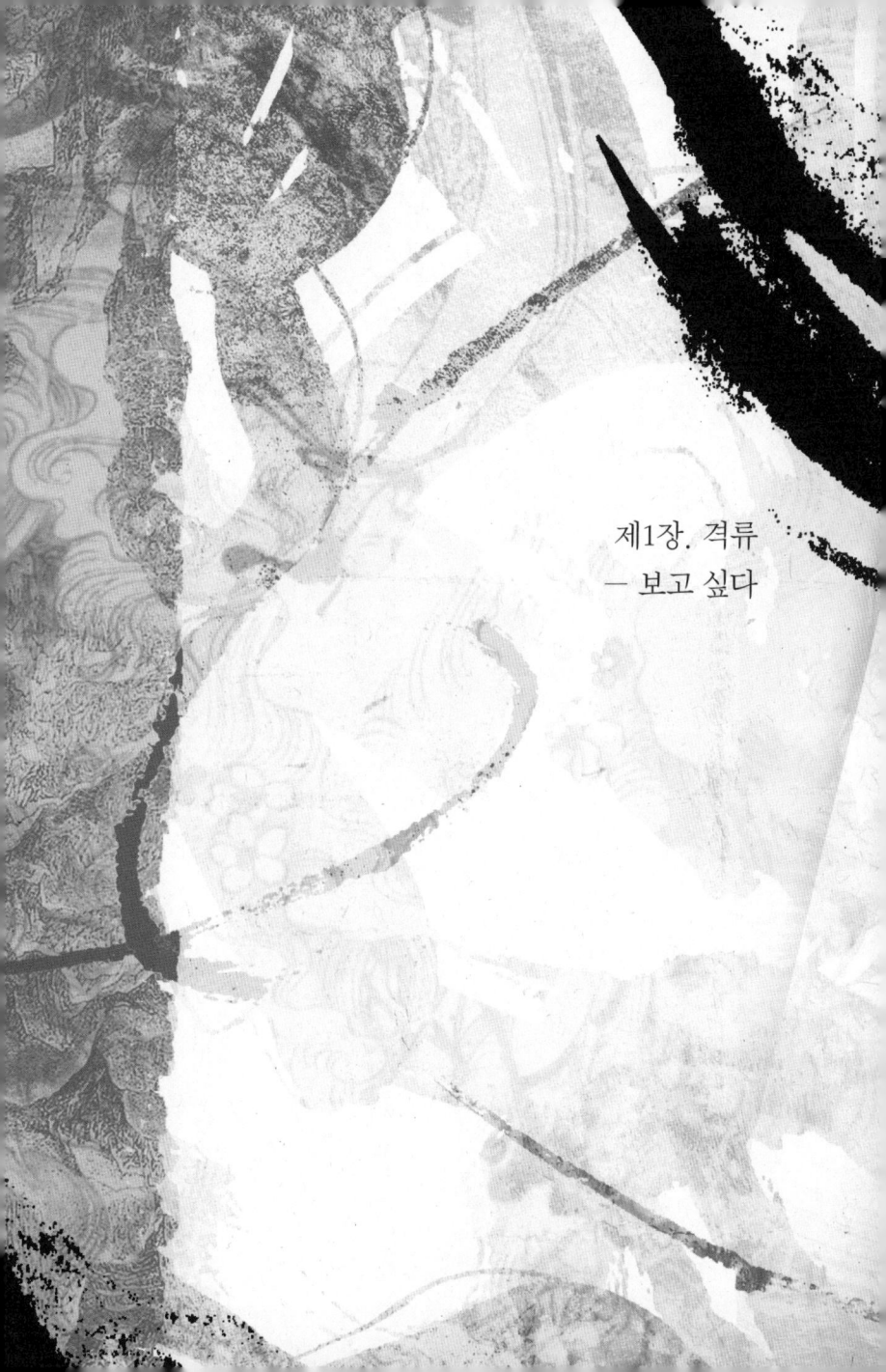

제1장. 격류
― 보고 싶다

무림맹 수뇌부 회의가 열렸다.

최근 들어 수차례 이런저런 일 때문에 모이곤 했지만, 오늘은 평소 때와는 달랐다. 오늘은 오래전부터 약속 되어진 회의였기에 평소에는 모습을 보이지 않던 이들도 즐비했다.

구파일방과 오대세가 각 문파들마다 한 명 이상씩 자리한 이 회의는 무척이나 중요한 사안을 가지고 모인 것이다.

그 중요한 사안은 다름 아닌 정사 회합이었다.

정파와 사파.

두 개의 세력은 오랜 시간 싸워 왔다. 최근 들어 조용해지긴 했으나 한때는 끝장을 낼 것처럼 싸웠던 적도 있다.

지금의 무림은 무척이나 혼란스럽다.

요괴 백호의 존재와 그가 벌인 일로 되어 버린 끔찍한 살인 사건. 그리고 무림맹주의 실종 등 알 수 없는 일들이 즐비했다.

더군다나 일부 지역에서 강시가 출몰했다는 정보까지 들어온다.

무림이 이렇게 알 수 없는 존재들로 인해 위협받자 월천후는 정사가 힘을 합치자 제안한 것이다. 처음 이 말이 나왔을 때 많은 이들이 고개를 가로저었다.

비록 지금은 서로 기회만 보며 싸움을 멈춘 상태였지만 태생적으로 어울릴 수 없는 두 세력이다. 그런 월천후의 제안을 받아들일 리 없다 생각했다.

그런데 놀랍게도 사파 측에서는 그런 제안을 흔쾌히 승낙했다.

전부는 아니지만 마교와, 이번 백호의 일로 인연을 맺은 북황련이 동조했다.

그리고 북황련주의 설득으로 인해 나머지 두 개의 사파의 무리인 흑천련과 신무련도 지금 고민 중이라 하니 만약 승낙이라도 하는 날에는 무림 역사에 없는 정사 연합군이 만들어지는 셈이다.

이런 놀라운 일을 단번에 성공시키는 데는 물론 월천후

의 이름이 컸다.

지금은 무림맹의 맹주에 있지만 그는 중도적인 길을 걷던 무인이다. 그를 존경하는 이는 정사를 굳이 따지지 않고도 널리 퍼져 있었다.

그런 월천후가 나서자 유례없이 많은 이들이 이번 사태를 힘을 모아 헤쳐 나가는 것에 대해 긍정적으로 생각하기 시작한 것이다.

무당파의 청어도장(靑御道長)은 가히 놀랍다는 표정으로 월천후를 칭송했다.

"정말 대단하십니다. 역사상 이런 일은 결단코 없었습니다."

"과찬이십니다. 그렇다면 무당파는 제 제안에 동조하시는 겁니까?"

"물론입니다."

말해서 무엇하랴.

지금은 무림뿐만이 아니라 그냥 온 세상이 혼란스럽다. 이런 상황에 사파와 결속을 다지고, 잠시간이긴 하겠지만 힘을 합친다면 큰 도움이 될 것이다.

정파나 사파는 서로 싸우지 않고 서로 내실을 다질 시간을 가질 수 있다.

혼란스러운 각 문파들을 정리하고, 양측에 합의한 인원

들로 이번 일에 대해 치밀한 조사를 통해 최근 무림에서 일어나는 이 괴이한 일들을 처리한다.

그리고 개중에 하나가 바로 백호를 잡는 것이다.

갑자기 사라진 백호의 존재에 의해 많은 이들이 두려워하고 있다. 그런 백호를 그냥 둘 수 없는 지금 사파 측이 힘을 합친다면 무림맹의 정보망으로는 얻기 힘든 구역의 정보들도 얻을 수 있다.

무당파 또한 월천후가 이번에 준비한 화합에 동조의 빛을 띴고, 나머지 문파들도 대부분 마찬가지였다.

반대할 이유가 없다.

지금 필요한 것은 시간, 그리고 이럴 때 가장 위험한 것이 바로 마교와 사파다. 무림맹이 이 정체불명의 세력에 대해 알아보는 틈에 그들이 움직인다면 곤란해진다.

그걸 원천 봉쇄할 수 있는데 어찌 싫다 하겠는가.

월천후는 어느 정도 분위기를 읽었는지 더는 길게 이 일에 대해 설명하지 않고 좌중에게 의사를 물었다.

"그럼 거수로 각자 뜻을 표하는 걸로 하지요. 이번 일에 대해 반대하시는 분, 계십니까?"

말을 마친 월천후가 집무실 내부에 앉아 있는 이들을 한 번 바라봤다. 구파일방과 오대세가, 그리고 그 외의 큰 문파의 결정권을 지닌 자들로 하여 삼십 명 가까이 되는 자리. 개중에 손을 드는 이는 아무도 없었다.

알겠다는 듯 월천후가 고개를 끄덕였다.

"좋습니다. 그렇다면 이번 일은 곧바로 마교와 북황련에게도 알리도록 하지요. 날짜는 한 달 반 정도면 될 것 같고, 장소는 기련산(祁連山)으로 하지요. 정확한 날짜는 추후 협의하는 걸로 하겠습니다."

월천후는 일사천리로 일을 진행했다.

많은 이들이 이번 일이 마음에 드는지 흡족한 듯 고개를 끄덕였다. 아주 중대한 일이었지만 정해지는 데는 그리 오랜 시간이 걸리지 않았다.

그만큼 매혹적인 제안이었고, 월천후가 추후의 일에 대해 완벽하게 준비해 둔 덕분이기도 했다.

이 안건이 끝나자 월천후는 다른 것들에 대해서도 간단하게 말하기 시작했다.

"백호를 쫓는 별동대를 계속 가동 중이지만 아직까지도 행방이 묘연하다고 합니다. 아무래도 벌써 저희의 구역을 넘어선 것 같습니다."

"괴물이라더니 그 말이 사실인가 보오. 무림맹의 천라지망을 뚫고 도망치다니……."

믿기 어렵다는 듯이 점창파의 노고수인 섭장홍이 중얼거렸다. 천라지망이 채 완성되기 전이라면 모를까, 그 안에 완벽히 포위된 자가 사라졌다는 건 쉬이 믿기 어려웠다.

그렇지만 백호는 요괴.

자신들이 모르는 뭔가를 가지고 있을지 모른다.

생각이 거기까지 미치자 더욱 두려웠다. 자신과는 전혀 다른 존재. 거기다가 그 뛰어난 신체 능력까지.

살려 둬선 안 됐다.

월천후가 걱정 말라는 듯이 주변을 향해 인자한 목소리로 말했다.

"걱정하지 않으셔도 됩니다. 이번 사파 측과의 합동 작전이 펼쳐지면 곧 잡아낼 수 있을 테니까요. 그럼 백호 그자가 제아무리 날고 기는 자라 할지라도 결국 저희의 감시망에 잡히고 말 겁니다."

"맹주를 믿소."

섭장홍이 자리에서 일어나 포권을 취하며 시원스레 말했다. 그런 그를 향해 가볍게 웃어 보였던 월천후가 이내 다시금 말을 이었다.

"그리고 월하린에 대한 처벌은 다들 잘 아실 거라 생각합니다. 그 기회를 보고 있었는데 마침 이렇게 소림에서도 한 분이 자리했으니, 돌아가시는 길에 그 아이를 데려가셨으면 합니다. 괜찮으시겠습니까?"

월천후의 질문에 자리에 앉아 있던 중 하나가 자리에서

일어났다.

그가 합장을 한 채로 말했다.

"물론입니다. 소승이 돌아가는 길에 그 시주를 데리고 가 소림에 가두도록 하지요. 아미타불."

소림사에도 이미 뜻은 전해 둔 상태다.

오백 년의 면벽.

죽을 때까지 월하린을 가둬 달라는 말에 그들은 허락의 뜻을 내비쳤다. 세상을 그토록 어지럽힌 백호의 조력자라면 소림에서도 그냥 둘 수 없다 판단한 것이다.

월하린의 처벌에 대한 이야기가 나오자 조용히 앉아 있던 주기진의 표정이 어둡게 변했다.

'이렇게 빨리 일이 진행될 줄이야.'

그래도 몇 달 정도는 기간이 있을 거라 생각했다.

그렇지만 월천후의 일 처리는 그런 주기진의 상상이상이었다. 그는 단번에 모든 걸 일사천리로 해결하고 있었다.

진범을 찾을 테니 조금만 시간을 달라고 주기진이 그토록 말했건만 그는 결국 자신이 정한 대로 행동하고 있었다.

백호와 월하린의 이야기가 끝나자 다시금 회의 내용은 처음 이야기했던 정사 회합으로 돌아갔다. 규모나 필요한 인력 같은 것부터 시작해서 자잘한 것들에 대한 토론이 길어졌다.

그렇게 반 시진 가까이 더 이어졌던 회의가 서서히 그 끝으로 향하고 있었다.

가장 먼저 월천후가 자리에서 일어났다.

그가 집무실을 나가자 그 뒤를 이어 하나둘씩 시끄럽게 이야기하던 이들이 사라졌다. 사람들이 사라져 가기 시작한 집무실, 그리고 이각가량이 지났을 무렵 집무실에 남은 건 단둘뿐이었다.

상념에 잠겨 있던 주기진은 방이 텅텅 빈 것을 눈치채고는 화들짝 정신을 차렸다. 그리고 이내 방 안에 자신 말고 다른 이가 있다는 것도 알아차렸다.

은설란, 그녀가 이곳에 남아 있다.

그녀와 단둘이 있음을 눈치챈 주기진이 내심 불편했는지 슬쩍 자리에서 일어날 때였다.

"어디 가세요?"

"나 말인가?"

주기진이 주변을 두리번거리며 되물었다. 그러자 은설란이 고개를 끄덕이고는 당연하다는 듯이 입을 열었다.

"이곳에 저희 둘뿐이라는 거 아시잖아요."

"그거야 알지만……."

"잠시 하고 싶은 이야기가 있는데 시간 괜찮으신가요?"

"허허. 설마 나 때문에 이 자리에 남아 있었는가?"

"네."

은설란이 아무렇지 않게 말했지만 주기진은 뒷머리를 긁적였다. 최근 들어 이상할 정도로 은설란과 얽히는 게 뭔가 이상하다는 느낌이 들었다.

최악의 관계였거늘 도움까지 받았다.

혹여나 그걸 빌미로 그쪽에서도 뭔가 요구할 것이 있는 게 아닌가 하고 내심 불안해서 항상 피해 왔는데 하필이면 이 자리에서 이렇게 단둘이 독대를 하게 된 것이다.

"몇 번 만나 뵈려고 했는데 연락이 안 되시더라고요. 설마 일부러 피하신 건 아니겠죠?"

"허허. 그럴 리가 있나."

말은 그리하지만 주기진은 뜨끔했는지 괜히 시선을 피했다. 그런 그를 바라보며 옅은 웃음을 흘리던 은설란이 자리에서 일어났다.

그녀가 주기진에게 다가왔다.

"긴장하지 않으셔도 돼요. 곤란한 부탁 같은 걸 하려는 건 아니니까요."

자신이 요새 했던 걱정을 단번에 찌르고 들어오는 은설란의 말에 주기진은 적이지만 감탄할 수밖에 없었다.

정말 대단한 여인이다.

뛰어난 머리와 무공, 그리고 사람의 마음을 단번에 파악하는 저런 능력까지.

은설란이 품에서 조그맣지만 화려하게 수놓아진 전낭을 꺼냈다. 그녀는 그것을 곧바로 주기진에게 건넸다. 전낭을 건네받은 주기진이 짧게 물었다.

"이게 무엇인가? 설마 뇌물은 아닐 테고."

"호호. 그만한 주머니에 들어가 봤자 얼마나 들어가겠어요. 그리고 무게만 보셔도 아시잖아요? 그 안에 돈이 들어 있지 않다는 것 정도는."

은설란의 말대로다.

전낭은 무척이나 가벼웠고, 손으로 눌러 봐도 금이나 동전 같은 단단한 뭔가가 느껴지지 않았다.

얇디얇은 뭔가를 느끼며 주기진은 이 안에 든 것이 뭔지 단번에 알아차릴 수 있었다.

종이다.

"이게 뭐······."

"보름. 보름 후에 확인하세요. 그 전까지는 그 누구에게도 보여 주지 말고 가지고만 계시고요. 절대 보름이 지나기 전에 그 내용을 확인하시면 안 되세요."

은설란의 말에 주기진은 표정을 찡그렸다.

이 안에 든 것이 무슨 내용인 줄 알고 그냥 시키는 대로 한단 말인가. 더군다나 보름 후에 확인하라니? 그럴 거면 그때 주면 그만 아니던가.

의아하다는 듯 주기진이 물었다.

"차라리 보름 후에 주면 되는 것 아닌가."

"저도 그럴까도 싶었는데 보름 후에 전 아마 다른 곳에 있을 것 같아서요. 다른 이에게 맡겼다가 전해 주기에도 뭔가 불안해서 미리 드린 거예요."

"이 안에 든 게 뭔지 알고 내가 자네 말을 따를 거라 생각하는가?"

혹여나 뭔가 위험한 증거가 될 만한 물건을 일부러 자신에게 넘겼을지도 모른다. 최근 들어 별 마찰은 없었지만 둘은 적대적인 세력을 이끄는 실질적인 수장들.

상대를 믿기엔 서로의 관계가 너무나 껄끄럽다.

의문을 제기하는 주기진을 향해 은설란이 웃는 얼굴로 말했다.

"장문인을 믿으니까요."

"날 믿는다고? 자네가?"

"네. 적이지만 인정할 건 인정해야죠."

시원스레 말한 은설란이 다시금 말을 이어 나갔다.

"장문인에게 위험한 물건은 아니니까 걱정하지 않으셔도 돼요. 그건 제 명예를 걸고 보장하죠."

그녀는 주기진이 걱정하는 게 무엇인지 알아차린 모양이다.

제1장. 격류 - 보고 싶다 19

은설란이 자신의 명예를 걸겠다고 이야기하자 주기진은 잠시 망설였다. 저 여인이 누구인가.

비각의 주인. 그리고 최고의 적수.

무림에서 그녀가 가지는 비중은 보통이 아니다. 그런 그녀가 자신의 명예를 걸겠다고 했다.

위험한 물건이 아니라는 은설란의 말을 전부 곧이곧대로 믿을 정도로 순진하지도, 어리석지도 않은 주기진이다.

그런데 왜일까?

마주하고 있는 은설란의 눈빛과 목소리에 주기진은 자신도 모르게 손에 들린 전낭을 꽉 움켜잡았다.

그런 자신의 모습이 맘에 안 들었는지 주기진이 그녀를 향해 퉁명스레 말했다.

"그 전에 확인 안 할 거라 장담은 못 하네."

"호호. 그럼 제가 이긴 거죠."

"보름을 참아 내면?"

"그래도 제가 이긴 거죠. 왜냐하면 제 생각대로 하셨으니까요."

정말 질 줄을 모르는 여인이다.

그렇지만 그런 배포가 바로 이 은설란이라는 여인을 이 자리까지 오르게 한 원동력이라는 걸 주기진은 잘 알고 있다.

주기진이 전낭을 품 안에 넣는 것까지 확인한 은설란이

포권을 취했다.

"그럼 전 이만 가보죠."

"알겠네."

짧은 인사를 나누기 무섭게 은설란은 빠르게 바깥으로 걸어 나가 버렸다. 그녀가 바깥으로 사라지자 주기진은 전낭을 넣은 자신의 가슴 부분을 어루만졌다.

대체 무엇일까?

이 전낭에 대한 궁금증이 머리를 어지럽혔고, 또 보름 후 자신은 이곳에 없을 거라는 은설란의 말에도 의문이 든다.

지금 같은 상황에 그녀가 무림맹을 비우고 갈 곳이라면······.

주기진이 자그마한 목소리로 중얼거렸다.

"거참. 이걸 어째야 할지 모르겠군."

과연 보름이라는 시간을 참아 낼 수 있을지, 주기진은 장담하기 어려웠다.

* * *

월하린이 갇혀 있는 방 내부에는 주기진의 요청으로 인해 전우신과 아운을 제외한 나머지 인원들은 모두 바깥을 지켰다.

말이 호위지 감시라고밖에 볼 수 없는 상황이지만, 그래도 예전에 비하면 월하린의 안색은 훨씬 나아졌다.

그나마 방 안에서라도 마음 편하게 지낼 수 있게 된 것도 그렇고, 백호의 생존 여부를 확인할 수 있었던 것이 무엇보다도 큰 도움이 됐다.

물론 갑작스럽게 무림맹의 각주로 나타난 유강의 존재 때문에 또 다른 고민이 생기긴 했지만 지금으로서는 그것에 대해 큰 걱정을 할 이유는 없었다.

잠시 바깥 외출을 하고 돌아온 아운이 월하린을 향해 말했다.

"밖에 날씨가 많이 풀렸네요."

"그래요?"

방 안에만 갇혀 있는 월하린으로서는 바깥의 경치나 변한 날씨를 체감하는 게 그리 쉽지 않았다. 그저 밤낮으로 예전보다 덜 춥다 느끼는 것 정도로 얼추 봄이 오고 있음을 느끼고 있을 뿐이다.

월하린이 조심스럽게 물었다.

"소식은요?"

아운이 고개를 저었다.

두 명만이 이 방 안을 지키기로 확정된 이후 전우신은 내부를 지켰고, 아운은 바깥을 많이 돌면서 백호에 대한 정보를 찾으려 했다.

무림맹과는 전혀 다른 흑천련의 정보망을 이용해서 이것저것 알아봤지만 백호에 대한 정보는 아무런 것도 들어오지 않았다.

대체 어디에 있기에 이토록 무림맹과, 흑천련 양측의 정보망을 피하고 있을 수 있단 말인가.

아무런 정보도 가지고 오지 못했다는 말에 월하린이 아쉬운 표정을 지어 보였지만 이내 그녀는 애써 기운찬 모습으로 말했다.

"너무 신경 쓰지 말아요. 쉽게 드러날 곳에 있는 것도 큰 문제니까요."

백호는 지금 무림공적이다.

그런 그가 쉽사리 발각된다면 그 또한 문제 아니겠는가. 월하린은 편안하게 생각하며 백호를 기다리기로 마음먹은 상태였다.

편안하게 기다리기로 마음먹은 그녀와는 달리 전우신과 아운은 무척이나 조급했다.

월하린이 곧 소림사로 끌려간다는 이야기가 은연중에 무림맹 내부에 가득 퍼진 탓이다. 잘은 모르겠지만 그리 오래지 않아 그녀는 소림사로 가게 될 것이다.

소림사 면벽동은 예로부터 유명하다.

그곳에 갇히게 된다면 제아무리 백호라 한들 월하린을 구해 내는 건 불가능에 가깝다. 더군다나 그곳에서는 자신들도 함께할 수도 없다.

기회는 이곳에서 소림사로 이송되는 바로 그때뿐이다. 그랬기에 가능하면 이곳 무림맹에 있는 동안에 백호와 연락이 닿기를 바랐거늘…….

앞으로의 일 때문에 골머리를 썩이고 있는 즈음이었다.

탕탕.

거친 발걸음 소리와 함께 여러 명의 무인들의 움직임 소리가 들려왔다. 그러고는 이내 그 무인들이 문을 벌컥 열어젖히고 안으로 걸어 들어왔다.

예의 없는 그들의 행동에 전우신이 나서서 뭐라고 하려 할 때였다.

뒤편에서 천천히 두 사람이 모습을 드러냈다.

한 명은 나이가 든 고승, 나머지 한 명은 이곳을 담당하는 실질적인 관리자인 유강이었다. 둘이 모습을 드러내자 전우신과 아운은 직감적으로 알 수 있었다.

그토록 오지 않길 바라던 그 순간이 온 것을.

둘이 눈치를 살피는 것을 본 유강이 유쾌한 목소리로 말했다.

"이거 왜 왔는지 굳이 이야기할 필요도 없겠는데요? 분위기가 아주 냉랭합니다?"

놀리는 듯한 유강의 말투에 전우신과 아운은 화가 났지만 꾹 참았다. 어차피 이자와 싸운다 해서 바뀌는 것도 없고, 괜한 분란은 피해야 할 상황이다.

도발에도 둘이 별다른 변화를 보이지 않자 유강의 시선이 월하린에게로 향했다. 그가 옆에 있는 수하들에게 명을 내렸다.

"죄인을 끌어내라."

유강의 명에 무인 두 명이 다가가 월하린의 양쪽 팔을 부둥켜 잡았다. 월하린이 양팔을 붙잡힌 채로 유강을 노려볼 때였다.

그런 시선을 마음껏 즐기던 유강이 웃는 얼굴로 말을 이었다.

"소림으로 간다."

* * *

백호를 바라보는 주작의 표정이 어둡다.

유쾌해하고 즐거웠던 모습은 사라지고 처음보다 더욱 가라앉은 백호는 자신의 방에서 나오지조차 않았다.

변해 버린 백호의 모습, 아니 변했다는 말도 우습다.

처음부터 변하지 않았다.

백호는 처음 월하린과 헤어지고 괴로워하던 그 마음 그대로 살아왔다. 다만 그런 감정을 애써 억누르기 위해 더 즐거워했고, 웃었을 뿐이다.

그러던 중 거짓된 감정이 당과로 인해 깨어져 나갔고, 그로 인해 그동안 억눌러져 있던 감정이 부서진 둑에서 쏟아져 나오는 물처럼 터져 나왔다.

백호는 괴로워했다.

하루 종일 어두운 방 안에서 꿈쩍도 하지 않았고, 갑자기 발작을 일으키는 것처럼 자리에 앉아 하염없이 눈물을 흘렸다.

날이 갈수록 날카롭게 변하는 백호의 모습에 이제 주작은 걱정까지 들 정도였다. 그 인간에게 가졌던 마음이 얼마나 컸기에 저 백호라는 사내가 이토록 망가질 수 있단 말인가.

더 놀라운 건 저런 고통에 잠겨 있으면서도 백호가 가만히 있다는 점이다.

주작이 알던 백호라면 자신이 원하는 건 해야만 직성이 풀린다. 한마디로 월하린이 보고 싶다면 당장이라도 달려가야 정상이라는 거다.

그런데 백호는 미칠 듯이 울면서도 월하린에게 가지 않았다.

그 모든 건 다 그녀를 위해서다.

자신이 간다면 다시금 월하린은 무림인들에게 쫓길 것이고, 그렇다면 예전 같은 일이 벌어지지 않는다고 어찌 장담할 수 있단 말인가.

짓지도 않은 죄를 뒤집어쓰고 무림의 공적이 된 백호.

이런 상태로 어찌 그녀와 함께할 수 있단 말인가.

지금 자신이 느끼는 고통이 아무리 크다 해도 월하린에게 상처를 주고 싶지 않았다. 이 모든 괴로움을 혼자서 떠안더라도 말이다.

백호는 허공을 바라보며 손가락을 뻗었다.

월하린의 얼굴이 코앞에 있는 것처럼 기억에 생생한데…….

손은 애꿎은 허공만 갈랐다.

백호는 이를 악물고 눈을 감았다.

한 달 정도 지나면 나아질 거라 스스로에게 얼마나 주문을 걸었던가. 그리고 그렇게 한 달이 지났다.

그런데? 변한 게 무엇인가.

무덤덤해질 거라 생각했던 월하린에 대한 감정은 더 큰 파도가 되어 돌아오고, 이제는 자신이 얼마나 더 버틸지도 자신할 수 없었다.

일 년이면 잊을까? 아니면 십 년? 그것도 안 된다면 인간이 죽을 정도의 시간인 백 년이면 될까?

백호가 고개를 저었다.

아무것도 자신할 수 없다.

백호는 고개를 자신의 양 무릎 사이로 푹 수그렸다. 그런 그가 걱정스러웠는지 멀리서 지켜보던 주작이 다가와 말을 걸었다.

"백호, 괜찮아? 우선 밥이라도 좀 먹어. 너 지금 며칠째 아무것도 입에 안 댄지……."

"나가."

"야, 너 이렇게 굴다가는 정말 죽을지도……."

"나가라고!"

콰앙!

백호의 주먹이 바닥에 틀어박혔다.

나무로 된 바닥이 산산조각이 나며 튕겨져 나갔다. 그런 백호의 모습에 주작이 잠시 침묵하다가 이내 고개를 끄덕였다.

지금은 혼자 두는 게 나을지도 모르겠다.

백호의 외침대로 주작은 몸을 돌려 백호의 방을 빠져나갔다.

그녀가 방을 나가자 백호는 고개를 치켜든 채로 벽에 기대었다. 그의 입에서 짧은 숨소리가 터져 나갔다.

"하아."

숨이 막혀 온다.

가슴이 먹먹하고 점점 찢겨져 나갈 것 같이 아프다. 이 감정은 도저히 다스려지지 않았고, 시간이 지날수록 백호에게 큰 고통만 안겨 줬다.

안다.

이런 자신의 모습이 얼마나 바보 같을지.

백호는 주작이 가져다 둔 음식을 힐끔 바라봤다. 백호가 좋아하는 고기들로 가득 채워져 있었지만 식욕이 돋지 않는다.

백호가 자리에서 일어났다.

그는 창가로 다가갔다. 그러고는 빛이 들어오지 않게 막아 둔 천을 확 하고 열어젖혔다. 새카만 천을 밀어 버리자 바깥의 경치가 한눈에 들어왔다.

창문 바로 앞에는 커다란 연못이 있고, 그 연못은 달을 집어삼키고 있었다.

새카만 하늘 위에 뜬 수없이 많은 별들.

백호가 천천히 창문 바깥으로 몸을 빼고는 한쪽으로 시선을 돌렸다. 그곳은 다름 아닌 무림맹이 있는 방향이다.

무림맹이 있는 남쪽으로 시선을 둔 백호가 아련한 목소리로 입을 열었다.

"몸은 좀 괜찮아?"

대답이 돌아올 리가 없다.

알면서도 백호는 계속해서 말을 이어 나갔다.

"일어났을 때 나 없어서 엄청 깜짝 놀랐겠다. 그래도 이게 널 지킬 수 있는 유일한 방법이었어. 내 선택 이해하지?"

마지막 보았던 월하린의 얼굴이 떠오르자 괜스레 코가 시큰해졌는지 백호는 혼자 크게 웃으며 말을 이었다.

"킥킥⋯⋯. 그래도 이제 나한테 사 줄 고기나 당과값 굳었겠다? 그것만 모아도 엄청 부자 될걸. 그치?"

혼자서 웃던 백호가 갑자기 고개를 푹 수그렸다.

하고 싶은 말이 참 많은데, 아직 해 주지 못한 것도 엄청 많았는데⋯⋯.

고개를 수그린 백호의 눈에서 눈물이 뚝뚝 떨어져 내렸다.

수십 마디의 말보다도 가장 먼저 떠오르는 한마디.

"⋯⋯보고 싶다."

투웅.

떨어져 내린 백호의 눈물로 인해 연못 위에는 동그란 파장이 생겨났다. 그리고 그 파장은 천천히 퍼져 나갔다.

고개를 푹 수그리고 있던 백호의 어깨가 움찔했을 때였다.

슈우우욱! 탕!

뭔가가 날아들어 창 옆쪽에 틀어박혔고, 고개를 숙이고 울고 있던 백호가 고개를 들어 왼쪽으로 시선을 돌렸다.

벽에는 화살 하나가 날아와 박혀 있었다.

백호는 갑자기 날아든 화살에도 전혀 놀란 기색을 보이지 않았다. 처음부터 뭔가 날아오는 것도 눈치챘고, 또 자신에게 닿지 않을 거라는 것도 알았다.

그리고 지금 그에겐 이런 모든 것이 관심 밖의 일이었다.

백호는 옆에 박힌 화살을 가만히 바라보다 이내 날아온 쪽으로 시선을 돌렸다. 아주 멀리이긴 했지만 움직임이 감지됐다.

쫓을까 하는 생각도 들지 않았다.

자신을 노렸어도 상관없고, 그게 아니라도 상관없다.

백호가 다시금 방 안으로 고개를 돌리다가 뭔가를 발견하고는 시선을 움직였다. 화살 끝에 달린 종이가 백호의 눈에 들어왔다.

뭔가 적힌 서찰이 분명했다.

그렇지만 그것뿐이었다면 백호의 시선은 잡지 못했을 것이다. 문제는 그 서찰의 벌어진 틈으로 보인 하나의 문장이다.

나비 무늬.

새카만 나비의 날개가 눈에 들어왔다.

그 문양을 보는 순간 백호는 자신도 모르게 다급히 화살을 뽑아 들었다. 이 나비 인장이 찍힌 서찰이 날아들 때마다 뭔가 엄청난 일이 벌어졌다.

지금 같은 상황에 백호에게 엄청날 일이라면 그게 무엇일까?

단 하나다.

월하린과 관련된 일.

다급하니 뒤쪽에 달려 있는 서찰을 떼어 낸 백호는 다른 손에 들린 화살을 바깥으로 내던졌다. 그러고는 급히 서찰을 펼쳤다.

서찰을 펼쳐 든 백호의 입술이 파르르 떨렸다.

그리고 때마침 화살이 날아와 박히는 소리를 들은 주작이 다급히 백호의 방 안으로 들어서고 있었다. 그녀가 안으로 들어서며 놀란 목소리로 물었다.

"백호! 이상한 소리 났는데 혹시 무슨 일 있는 거야?"

말을 내뱉던 주작은 백호를 보며 멈칫했다.

백호의 표정이 사납게 돌변해 있었다. 그리고 손에 들린 정체를 알 수 없는 서찰까지.

주작이 당황한 기색을 애써 감추며 물었다.

"백호, 손에 들린 그건……."

"주작."

"응?"

"하나만 묻자."

말을 마친 백호가 손에 서찰을 든 채로 주작에게 다가왔다. 힘없던 백호의 두 눈동자에 분노가 이글거리고 있었다. 그 모습을 확인한 주작은 뭔가 일이 벌어졌음을 직감했다.

백호가 주작에게 다가온 채로 입을 열었다.

"월하린한테 소림사에서 오백 년 동안 갇혀 있으라는 형벌이 내려졌다는데 사실이냐?"

꿀꺽.

주작은 자신도 모르게 큰 소리가 나게 침을 삼켰다. 물어보는 백호의 눈에서 느껴지는 건 의문이 아닌 확신이다.

성이 난 백호를 마주하는 것만으로도 주작은 전신이 찌릿거릴 정도로 큰 공포에 휩싸였다. 이 엄청날 정도의 살기, 그동안 죽은 듯이 있었던 백호가 폭발하고 있었다.

놀란 주작이 아무런 말도 하지 못할 때였다.

백호가 버럭 소리쳤다.

"사실이냐 물었다! 주작!"

"……그렇게 됐다고 들었어."

묻지 않았으면 모를까 이렇게 백호가 물어본 이상 거짓말을 할 생각 따위는 없다. 그런 주작을 말없이 바라보는 백호의 두 눈에는 이루 말로 형용하기 힘들 정도로 진한 살기가 번뜩였다.

그 이유는 이것이었다.

백호는 터져 나오는 화를 억지로 집어삼키며 힘겹게 입

을 열었다.

"그럼 이것도 사실이냐?"

"뭐가?"

되묻는 주작의 얼굴에는 왠지 모를 두려움이 서렸다. 다른 건 그렇다 쳐도 단 하나만큼은 백호가 알지 못했으면 하는 것이 있었다.

그건 바로……

"내가 무림공적이 된 모든 것들에 너희가 관련되어 있다는 거."

주작이 눈을 질끈 감았다.

백호가 알지 못하길 바라던 바로 그것을 그가 알아버리고야 만 것이다.

물론 이 모든 계획을 짠 것은 청룡이었고, 당시 주작은 탐탁지 않아 하긴 했다. 그렇지만 백호와 함께할 수 있을 거라는 욕심에 주작은 결국 청룡의 제안을 수락했다.

그랬기에 주작은 이 일을 백호가 모르길 빌었다.

설령 안다고 해도 오랜 시간이 흐른 후이길 바랐다. 그렇다면 백호의 화가 그리 크지 않을 거라 생각했으니까.

그런데 그런 중요한 정보가 백호에게 새어 들어갔다.

도대체 어떻게 이 특급 비밀을 백호가 알아 버린 것일까?

찰나의 순간이 영원처럼 느껴질 만큼 주작의 마음은 복

잡했다. 그렇지만 이내 눈을 뜬 그녀는 바짝 마른 입술에 침을 슬쩍 바르고는, 고개를 끄덕였다.

"응, 맞아."

"대체 왜!"

백호가 얼굴을 들이미는 순간 그의 이빨이 순식간에 자라났다. 더불어 백호의 손톱도 무서울 정도로 길어져 있었다.

당장이라도 주작의 목을 찢어 버려도 이상할 것 하나 없는 분위기.

주작은 그런 와중에서도 솔직히 대답했다.

"널…… 가지고 싶었으니까."

"뭐? 고작 그 이유로 나에게 그런 죄를 뒤집어씌웠다고?"

"고작?"

백호의 말에 주작은 피식 웃으며 되물었다.

잘못이라는 건 애초에 알았다. 알면서도 그런 짓을 벌일 정도로 백호를 사랑했던 것뿐이다. 그를 가지고 싶었고, 또 곁에 두고 싶었다.

그게 사랑이라 생각했으니까.

주작이 백호를 똑바로 바라보며 입을 열었다.

"화내는 거 이해해. 그렇지만 나도 그 전에 하나만 물을게."

하나만 묻겠다 말한 주작은 길게 숨을 내쉬었다.

아주 오랫동안 하지 못했던 말이기에 꺼내는 게 쉽지 않다. 하지만 지금이 아니면 안 된다 생각했기에 주작은 힘겹게 입을 열었다.

"내가 오랫동안 널 사랑했던 건 알지? 설마 몰랐다고는 하지 말아 줘. 그럼 정말 비참해질 것 같으니까."

"……안다."

"그런데 왜? 대체 왜!"

주작이 악을 쓰듯 소리를 질렀다.

이해가 되지 않았다. 백호의 옆에는 항상 자신이 있었다. 수백 년이 넘는 시간 그를 짝사랑해 왔고, 결국은 자신을 봐줄 거라 생각했다.

헌데 아니었다.

백호는 믿을 수 없게 인간과 사랑에 빠져 버렸다.

요괴인 그가 전혀 다른 존재인 인간과 말이다. 그런 백호를 보고 있는 자신의 기분이 어땠는지는 이루 말로 표현하기도 힘들다.

그랬기에 어떻게든 백호를 쟁취했을 뿐이다.

그것이 뭐가 잘못이란 말인가?

주작이 흥분한 목소리로 말을 이었다.

"난 내가 가지고 싶은 걸 가지기 위해 그런 짓을 한 것뿐이야. 너도 알잖아? 너도 사랑이라는 걸 이제 아니 내 맘 이해하잖아. 어떻게든 가지고 싶은 그런 마음을. 내 행동을 네가 이해해 주면……."

"이해 못 하겠는데. 너와 내가 같다 생각해?"

"무슨 말이야?"

주작이 되묻자 백호가 차가운 목소리로 말했다.

"비슷한 상황으로 엮어 가고 있는데 너와 나는 결정적으로 너무 달랐어. 너의 선택과 나의 선택. 넌 말이야…… 사랑하는 상대가 아닌 자신을 택한 거야."

백호는 월하린을 위해 자신의 사랑을 희생했다.

눈물을 머금고 그녀를 떠나보내야만 했다. 그로 인해 자신은 점점 무너져 감에도 불구하고 월하린에게 돌아가지 않았다.

주작은 달랐다.

자신의 사랑을 위해 행동했다. 상대방보다 자신의 감정을 앞에 둔 것이다.

누가 옳고 그름의 문제가 아니다.

주작이 옳을 수도 있고, 백호 자신이 옳은 것일 수도 있다.

다만…… 백호가 알아 버린 사랑은 그렇다는 게 문제였다. 주작은 이해할 수 없을지 모르겠지만 그것이 백호가 인간 세상에서 살면서 배운 사랑이었다.

상대가 아닌 자신을 택했다는 백호의 그 한마디에 주작

은 멍하니 서서 그를 바라봤다.

그런 것에 대해서는 생각해 본 적이 없었다. 그제야 주작은 백호와 자신의 선택이 얼마나 달랐는지 느낄 수 있었다.

주작이 충격을 받은 것처럼 서 있는 동안 백호의 생각은 다른 방향으로 뻗어져 나갔다.

자신이 모든 죄를 뒤집어쓴 상황에 대해 의문을 가졌었다. 당시엔 이렇게 흘러가는 게 이해가 되지 않았지만 이제는 아니다.

이렇게 과감한 행동이라면 분명 이것은 청룡이 나서서 벌인 게 분명하다. 주작과 현무의 성격상 백호가 화를 낼 걸 아는 일을 앞장서서 벌이지는 않았을 테니까.

그렇다면 청룡은 왜?

또 다른 의문들이 샘솟는다.

청룡은 결코 의미 없는 행동을 하는 자가 아니다. 그가 자신을 주작과 함께하게 한 건 청룡 본인에게도 그로 인해 뭔가 이득이 되는 게 있기 때문이다.

그리고 그 이득은 아마도 청룡을 비롯한 나머지 두 요괴들이 최근 벌이는 일과 아주 밀접한 관련이 있을 공산이 컸다.

주작과 합류하고 여태까지 그들이 뭘 하고 있는지 묻지 않았다. 궁금하지 않았으니까. 알아야 할 이유가 없다 생각했으니까.

그렇지만 이제는 알아야겠다.

백호는 아직까지도 멍하니 서 있는 주작을 향해 물었다.

"너희들 대체 무슨 짓을 꾸미고 있는 거냐?"

"……여태 관심 없었잖아. 이제 와서 그건 왜?"

주작은 애써 담담한 척 말을 받았다.

계속해서 백호와 자신들과 뜻을 같이하자 말했다. 그렇지만 그런 요괴들의 제안에 백호는 관심 없다며 듣지도 않았다. 그랬던 백호가 도리어 뭘 꾸미고 있냐 묻는다.

백호 또한 인정한다는 듯 고개를 끄덕였다.

"맞아. 여태까지는 그랬지. 하지만 이제는 아니야. 그 일이 나랑 관계가 있을 것 같거든."

"너랑 관계없어."

주작이 딱 잘라 말할 때였다.

"월하린은? 월하린과도 관계가 없는 일이냐?"

"……."

"그거였군."

이제야 알 것 같았다.

청룡이 왜 주작을 도와 자신을 이곳으로 오게 했는지. 요괴들의 계획에서 월하린은 귀찮은 존재였던 것이다. 어떻게든 제거해야 했지만 백호 자신이 붙어 있었다.

청룡의 입장에서는 백호가 있는 것이 무척이나 거추장스

러웠을 것이다.

 아무리 하늘 무서운 줄 모르고 날뛰는 청룡이라 할지라도 아직까지 그는 백호의 명을 따라야 하는 신세였으니까.

 백호가 다시금 물었다.

 "청룡은 월하린한테서 날 떼어 놓는 게 목적이었군. 그렇지?"

 "맞아."

 주작은 거짓말을 하지 않았다.

 이미 여기까지 온 이상 감추려 한들 감출 수도 없는 상황이다.

 월하린과 관계된 일이라는 걸 안 이상 백호는 지금 벌어지는 일들에 대해 반드시 알아야만 했다. 그녀에게 백호가 재차 말했다.

 "그래서 청룡 그놈이 요새 하려는 게 대체 뭐야?"

 주작이 백호를 가만히 올려다봤다.

 더 이야기를 하고 싶지 않았다. 모든 이야기를 끝마치면 그가 떠날 것 같았으니까. 하지만 백호가 묻는 이상 주작은 더는 입을 닫고 있을 수 없었다.

 주작이 입을 열었다.

 "청룡은 지금 세상을 다시 재정비하려고 해."

 "재정비?"

"그 녀석은 지금 세상을 마음에 들지 않아 하고 있어. 그는 무림인들을 모두 죽이고 세상에 있는 모든 무공을 없애겠데. 그리고 그 세상 위에 우리 요괴들이 군림하는 거지."

"그게 말이나 되는 소리야?"

백호가 믿기지 않는다는 듯이 말했다.

인간은 변했다.

무공이라는 걸 통해 인간은 요괴보다 더욱 뛰어난 힘을 가지게 됐다. 그런 무공을 익힌 존재들을 고작 셋이서 모두 죽이려고 했단 말인가?

말도 안 된다는 듯이 말하는 백호를 보며 주작이 고개를 저었다.

백호의 생각대로 그냥 싸운다면 당연히 상대가 되지 않는다. 제아무리 자신들이 강하다 해도 무공을 익힌 그 많은 인간들을 모두 상대할 수는 없다.

그랬기에 청룡은 오히려 인간들 사이로 파고들었다. 그리고 오랜 시간을 들여 천천히 그들을 집어삼키고 있었던 것이다.

"무림맹과 사파와 마교까지. 정사 양쪽 모두 다 이미 청룡 손아귀에 들어갔어."

이미 청룡의 꼭두각시들이 점령해 버린 그곳들은 그의 명령대로 움직이는 상황이다.

그들은 자신들이 폭약을 짊어지고 불구덩이 속으로 뛰어들고 있다는 사실조차도 모르고 있다. 최고라는 자리에 오르겠다는 욕심이 자신들을 죽음으로 내몰고 있다는 걸 그들은 아직 알지 못했다.

주작이 가만히 서 있는 백호를 향해 말했다.

"곧 정사 회합이 열릴 거야. 그리고 그 날 무림의 모든 핵심 인물들이 죽을 거고."

한 번에 모두를 죽이는 건 불가능하다.

그랬기에 청룡은 정사 양측을 실질적으로 이끄는 모두를 한자리에 모을 생각인 것이다. 그리고 그곳에서 그 모두가 죽는다면 무림은 순식간에 공황 상태에 들어서게 된다.

각 문파의 수장들과 고수들 대부분이 죽은 그들을 요리하는 건 생각보다 수월하다.

수장과 고수들을 한 번에 제거하고, 남은 자들은 그 이후에 모두 씨를 말려 버린다.

이것이 바로 청룡이 계획한 무림 말살 계획이다.

백호가 잠시 침묵하다가 이내 입을 열었다.

"그 말은 곧…… 월하린이나 내 두 명의 부하들도 죽이겠다는 거냐?"

"응. 무공을 아는 자라면 모두 죽일 거야. 어린애든 삼류 무사든 상관없이 모조리 다. 세상에서 아예 무공이라는 것 자체를 없애는 것이 청룡의 목적이니까."

백호가 입술을 깨물었다.

생각보다 이번 사안은 보통 일이 아니었다.

백호의 머릿속이 월하린의 생각으로 가득 찼다. 청룡이라면 그녀를 결코 오래 살려 두지 않을 게 분명했다.

월천후와 약속을 했다.

월하린을 다시 만나지 않겠다는 약속.

하지만…… 이 모든 일을 안 이상 가만히 있을 수가 없었다. 그리고 청룡의 계획대로 세상이 뒤집히는 것 또한 두고 볼 수 없다.

무림(武林)!

월하린이, 그리고 전우신과 아운이 살아가던 세상이다. 그 셋을 위해서라도 백호는 이번 청룡의 계획을 그대로 보고 있을 수만은 없었다.

그녀는, 그리고 그들 또한 백호에게는 너무나 특별한 존재들이었으니까.

궁금증은 모두 풀렸다.

그랬기에 백호는 더는 이곳에 있을 이유가 없었다.

월하린, 그녀를 구하러 간다.

반쯤 요괴의 모습으로 변했던 백호의 모습이 원래대로 돌아왔다. 요기를 거둔 백호가 주작을 스쳐 지나가 문가를 향해 걸었다.

주작은 그런 백호를 향해 황급히 몸을 돌렸다.

"정말 갈 거야? 꼭 그 인간한테 다시 가야 되냐고."

자신을 향해 소리치는 주작을 향해 백호가 몸을 돌렸다. 그가 망설임 없이 입을 열었다.

"응, 월하린에게로 갈 거다."

주작은 주먹을 꽉 움켜쥐었다.

이 일에 대해 캐물을 때부터 불안했었고, 그가 떠날 거라 어렴풋이 예상했다.

주작이 애써 자신의 감정을 억누르며 말했다.

"좋아, 그 여자한테 가도 돼. 어차피 인간 계집, 살아도 백 년이나 살까? 억겁의 시간을 사는 우리에게 그 정도는 찰나지. 그러니까…… 그 인간 계집이 죽은 후에는 나랑 살자. 그때는 나랑 같이 살아."

주작의 말을 들은 백호는 아무런 대답도 하지 않았다. 그 모습을 보고 있던 주작이 속이 타는지 다시금 말했다.

"왜? 그 이후에도 나한텐 네 시간을 줄 수 없다는 거야? 얼마나 기다리면 되겠는데? 이백 년? 삼백? 아니면 오백 년이라도 기다릴까?"

"아니. 기다리지 마."

"어째서?"

수백 년을 기다리겠다는 데도 기다리지 말라 말하는 백호를 주작이 원망스럽게 바라볼 때였다. 백호가 자신의 심장이 있는 부분에 손을 가져다 댔다.
　뛰고 있는 심장이, 백호의 가슴이 자신의 마음을 말해 주고 있었다. 그랬기에 백호는 확신할 수 있었다.
　백호가 주작을 똑바로 바라보며 단호하게 입을 열었다.
　"천 년이 지나도, 그 천 년의 천 년이 다시 지나도…… 네 말대로 억겁의 시간이 흐르고 흐른다고 해도, 내 마음속에는 월하린, 그 여자 하나밖에 없을 테니까."
　이 심장에 단 한 명만 새겨 놓았고, 그 자리는 그 누구도 대신할 수 없다.

제2장. 소림사
— 잘들 지냈냐

정도 무림에는 수많은 문파들이 존재한다.

대표적으로 구파일방이 있고, 그 외에 오대세가를 비롯해 일일이 나열하기조차 힘든 수많은 문파들이 있는 곳이 바로 무림이다. 그런 무림에서 가장 으뜸으로 꼽는 곳.

소림사(少林寺).

불가 계열의 문파로 하남성 숭산 소실봉에 위치한 대문파다. 스님들로 이루어진 소림사는 엄격한 규율과 뛰어난 무공, 또 대환단이라 불리는 중원 최고의 영약으로도 유명하다.

소림사는 권법과 장법, 봉법과 심법 등 여러 가지 분야에서 특출하였고 무림에서 그들이 지니는 위상만 따지고 봐도 그 어디와도 비견할 수 없을 정도로 독보적이다.

그런 소림사로 오르는 길에 일련의 무리가 모습을 드러냈다.

사십여 명에 달하는 그들은 한 여인을 포위하듯이 둥그렇게 자리 잡은 채 이동하고 있었다. 그 무리의 중앙에 위치한 여인은 바로 이번에 소림 면벽행을 선고 받은 월하린이었다.

그녀의 양옆으로는 전우신과 아운이 자리했고, 그 둘을 제외한 다른 모두는 유강의 명대로 움직이는 무림맹의 무인들이었다.

가장 선두에 선 유강이 목소리를 높였다.

"왜 이렇게 처지나! 속도를 올린다!"

"알겠습니다!"

유강의 외침에 다른 이들 또한 한목소리로 대답했다. 모두가 같은 소리를 내는 지금 백하궁의 세 사람만은 다른 시선으로 그를 바라봤다.

전우신이 불만스레 말했다.

"너무 과하신 거 아닙니까?"

"겨우 이 정도가 과하긴 뭐가 과합니까."

웃으면서 유강이 받아쳤다.

하지만 그 또한 모르고 있지는 않을 터다. 지금 월하린의 상태를.

"헉헉."

월하린은 가쁜 숨을 몰아쉬고 있었다.

당연하다. 무림맹을 떠나 이곳 소림에 오기까지 정말 쉼 없이 움직였다. 자거나 식사를 하는 아주 잠깐의 시간을 제하고는 계속해서 이동했다.

물론 그 사이사이마다 말을 이용하기도 했지만 이렇게 산길을 오를 때는 직접 움직여야만 했다. 문제는 월하린의 상태였다.

도주의 우려가 있다며 그녀의 두 팔과 다리에는 쇠줄이 묶여 있다. 거기다 월하린은 오랜 시간 내공을 사용하지 못하는 신체를 지녔다.

그녀로서는 산길을 오르는 도중에 이미 내공을 사용하지 못하는 상태가 되었었고, 그걸 알면서도 유강은 계속해서 무리하게 움직였다. 오히려 이런 때를 기다리기라도 했다는 듯이 말이다.

전우신이 그런 유강의 모습에서 속내를 읽었는지 입술을 깨물었다. 말이 통하지 않을 걸 너무나 잘 알았지만 그럼에도 전우신은 월하린을 그냥 두고 보기 힘들었다.

"그럼 이 쇠사슬이라도 좀 풀어 주시죠. 이 상태로 어떻게 더……."

말을 하는 전우신은 자신의 소매를 잡는 손길에 시선을

돌렸다. 시선이 향한 곳에 있는 월하린은 작게 고개를 젓고 있었다.

말이 통할 상대가 아니다.

그리고 적어도 저자에게만큼은 이런 약한 모습을 보이고 싶지 않았다.

월하린이 힘든 와중에서도 그런 내색을 감추며 입을 열었다.

"괜찮아요. 아직 버틸 만해요."

"하지만……."

버틸 만할 리가 없지 않은가. 내공도 못 쓰는 몸으로 거친 산길을 이토록 빠른 속도로 걸어 올라왔다. 아직까지 쌀쌀한 날씨에도 불구하고 온몸이 땀으로 가득하다.

아마 발은 벗겨지다 못해 피로 범벅인 상황일 게다.

아운이 안타까워하며 말을 잇지 못하는 전우신에게 그만하라는 듯이 툭 쳤다. 그러고는 월하린의 앞으로 다가가 몸을 돌리더니 허리를 굽혔다.

"업히시죠."

아운의 행동에 월하린이 망설일 때였다.

그런 그녀를 향해 아운이 괜찮다는 듯 고개를 끄덕이며 말을 이었다.

"어서요. 백호님만큼 커다란 등은 아니지만 그래도 못 업

히실 정도는 아니니까요."

 백호와 관련된 말에 월하린은 이런 와중에서도 살짝 미소를 보였다. 백호는 죄인의 삶을 살아가는 그녀에게 하나뿐인 희망이자 즐거움이었으니까.

 월하린이 고개를 끄덕이며 말했다.

 "그럼 실례할게요."

 말을 마친 월하린이 아운의 등에 업혔다. 그리고 그런 월하린과 아운의 모습을 전우신은 말없이 바라만 보고 있었다.

 두 사람의 모습을 보고 있자니 전우신은 왠지 모르게 찡하면서도 마음이 아팠다.

 등에 업힌 월하린이 두 사람을 번갈아 바라보며 작게 말했다.

 "두 분 모두 너무 고마워요."

 무림맹에서부터 이곳 소림사가 있는 숭산까지.

 둘은 어떻게든 월하린을 혼자 보내지 않기 위해 이 호송 무리에 꼈다. 유강의 모욕적인 행동에도 둘은 굴하지 않으며 결국 월하린과의 동행을 성공했다.

 화산파 다음 대 장문인 후보인 전우신.

 흑천련 련주의 제자인 아운.

 둘 모두 이렇게 무시를 당할 인물들이 아님에도 불구하고 그들은 그런 굴욕을 감당했다. 그 모든 것이 월하린 그녀를 위해서다.

그런 힘든 길을 스스로 선택하고도 전혀 내색하지 않는다. 오히려 자신들보다는 월하린이 조금이라도 더 편할 수 있도록 갖은 배려를 아끼지 않고 있는 두 사람이다.

어찌 그런 이들이 고맙지 않을 수 있겠는가.

둘이 있었기에 월하린은 백호의 상황도 알 수 있었고, 더욱 용기를 낼 수도 있었다.

아운은 고맙다는 월하린의 말에 실실 웃으며 말했다.

"고맙긴요. 백호님이 오실 때까지 궁주님을 지키는 게 저희 몫인데요 뭘."

백호에 대한 이야기가 오가는 걸 선두에 선 유강이 모를 리 없었다. 그는 아무도 모르게 입가에 미소를 머금었다.

백호가 올 때까지 지켜 준다?

'백호가 돌아오는 일은 죽어도 없을 거다.'

유강은 자신했다. 백호는 지금 감숙성에 위치한 마을에서 조용히 살고 있다. 그녀에 대한 모든 관심을 끊은 채로 말이다.

당장이라도 이 말을 꺼내 이 셋의 희망을 송두리째 뭉개고 싶었지만…….

유강은 입이 근질거리는 걸 간신히 참아 냈다.

다른 무림맹 무인들도 있는 이 자리에서 백호가 어쩌고

있다는 이야기를 할 수는 없는 노릇이었으니까.

웃음기 가득한 얼굴을 한 채로 유강은 힘차게 앞으로 걸어 나갔다.

한참을 이동한 일행이 도착한 곳은 바로 숭산 소실봉. 그곳에 도착하자 소실봉에 위치한 커다란 전각들이 한눈에 들어왔다.

입구에 도착했을 뿐이거늘 느껴지는 이 웅장함은 쉽게 표현할 수 없을 정도였다.

그리고 입구에 적혀 있는 세 글자.

소림사.

그 세 글자가 내뿜는 위용은 보통이 아니었다.

그만큼 소림사가 무림에서 가지는 비중이 크다는 걸 의미했다. 문 앞에 섰을 뿐이거늘 그 힘에 압도되어지는 느낌이다.

입구를 지키고 있던 중 한 명이 일행에게 다가왔다.

이십 대 중반 정도로 보이는 젊은 중이 합장을 하며 물었다.

"아미타불. 이곳은 소림사입니다. 시주들께서는 어떠한 용무로 찾아왔는지 물어도 되겠습니까?"

선두에 있던 유강이 그런 중에게 마찬가지로 포권을 취해 보이고는 이곳에 온 이유를 밝혔다.

"무림맹에서 죄인을 호송해 왔습니다."

"아, 이미 이야기는 들었습니다. 오늘내일 중으로 도착할 거라 들었는데 생각보다 빠르게 오셨군요."

"워낙 급한 사안인지라."

유강이 사람 좋아 보이는 미소를 머금은 채 유려하게 말을 이어 나갔다. 어느새 아운의 등에서 내린 월하린이 다른 이들로 인해 앞으로 끌려왔다.

젊은 중은 앞으로 끌려온 월하린을 바라보며 떨떠름한 표정을 지어 보였다. 이곳 소림에서도 월하린에 대한 소문은 이미 자자하게 퍼진 상황이다.

인간을 잡아먹는 요괴의 편에 선 악녀.

그런 소문을 들은 터라 젊은 중의 시선 또한 그리 곱지 못했다. 잠시 가만히 서 있던 젊은 중이 이내 정신을 차리고는 황급히 말을 이었다.

"방장님께 오셨다는 말을 전하겠습니다. 잠시만 기다려 주시겠습니까?"

"물론이죠."

유강의 대답이 떨어지자 젊은 중은 원래 있던 자리로 돌아가 누군가에게 말을 전했다. 그러자 말을 전달 받은 다른 중 하나가 소림사 내부로 모습을 감췄다.

그렇게 소식을 전하러 간 중이 모습을 감춘 지 일각가량이 지났을 때였다.

일련의 무리가 소림사의 입구에 모습을 드러내고 있었다. 열 명가량으로 구성된 그들의 선두에는 다름 아닌 소림사의 방장인 현청대사가 자리했다.

현청대사의 등장에 무림맹 측 모든 무인들의 얼굴에 존경의 빛이 서렸다. 현청대사가 누구인가. 소림의 방장으로 이십여 년이 넘는 긴 시간을 소림사라는 대문파를 이끌어온 장본인이다.

성정이 온화하지만, 또 옳지 않은 일에는 나찰과도 같다 하여 많은 이들의 존경과 두려움을 동시에 받는 인물.

그가 휘하의 소림사 고승들을 이끌고 이곳에 모습을 드러낸 것이다.

유강이 그런 현청대사를 향해 포권을 취하며 예를 갖췄다.

"무림맹 은자각 각주 유강, 맹주님의 명을 받들어 죄인 월하린을 이끌고 이곳 소림에 왔습니다."

"허허. 먼 길 오시느라 고생들이 많으셨습니다."

승복을 입은 현청대사가 유강의 인사에 웃으며 반가이 맞았다. 가까이 다가온 현청대사의 시선이 저절로 뒤편에 서 있는 월하린에게로 향했다.

"이 시주가······."

참으로 아름다운 여인이다.

이런 얼굴을 하고 인간을 그토록 학살했다는 게 믿어지지 않는다. 하지만 외향만으로 사람을 평가해선 안 된다는 것을 현청대사가 모를 리 없었다.
 현청대사는 이내 시선을 돌려 유강을 바라봤다. 그가 인자한 표정을 거두고는 진지한 자세로 예를 갖춰 입을 열었다.
 "맹주님의 명을 받아 소림사 방장 현청이 죄인을 인도받도록 하지요."
 현청대사의 말에 유강이 길을 비켜섰고, 그러자 뒤편에 있던 월하린이 무림맹 무인들에 의해 밀려나며 앞으로 나갔다. 그런 그녀의 옆을 지키고 서 있던 전우신이 그런 그들의 손길을 막아서며 소리쳤다.
 "밀지 마시오! 알아서 갈 테니!"
 목소리를 높이는 전우신을 바라보던 현청대사의 얼굴에 이채가 감돌았다. 어디선가 본 듯한 얼굴이다 싶었는데 이제야 기억이 났다.
 "시주는 화산파의 매화검수가 아닙니까."
 "오랜만에 뵙습니다. 방장님."
 전우신이 고개를 조아렸다.
 몇 년 전 주기진의 명을 받고 움직이던 중 현청대사를 만났던 적이 있다. 짧은 만남이었지만 그 당시에도 인상이 깊었는지 현청대사는 전우신을 기억하고 있었다.

현청대사는 인상을 찡그렸다.

참으로 좋게 보았거늘 그런 그가 설마 이토록 악독한 짓을 벌인 여인을 지키고 있을 줄은 몰랐다. 현청대사가 굳이 입을 열지 않았음에도 전우신은 그의 생각을 알 것만 같았다.

그렇지만 전우신은 현청대사의 시선을 피하지 않았다.

자신은 틀리지 않았다는 확신한 믿음이 있었으니까.

현청대사는 이내 그런 전우신에게서 시선을 돌리고는 뒤쪽으로 신호를 보냈다. 그러자 뒤편에 있던 사오십 대 정도 되어 보이는 중들이 일렬로 월하린에게 다가갔다.

그들은 쇠줄에 묶여 있는 월하린을 포위했다.

현청대사가 무림맹에서 온 이들을 향해 말했다.

"자, 그럼 저희는 이만 이 여 시주를 데리고 들어가 보도록 하지요. 먼 길들 가시는 길 별 탈 없으시기를. 아미타불."

말을 마친 현청대사가 몸을 돌리려 할 때였다.

유강이 황급히 말했다.

"아 참, 혹시 백호라는 자가 저 여인을 구하러 올지 모르니 조심하시라는……."

"허허, 시주. 이곳이 어디인지 잊으신 겁니까?"

현청대사가 웃으며 몸을 돌렸다.

그가 양팔을 벌려 소림의 거대함을 표현하며 말을 이었다.

"이곳은 소림사입니다. 더군다나 이 여 시주가 갇히는 곳이 어디인지 아십니까?"

현청대사의 물음에 유강은 고개를 저었다.

소림사에서도 면벽 수행을 하는 곳은 한두 곳이 아니다. 경비가 삼엄한 곳도 있지만, 그에 반해 허술한 곳이 있는 건 당연했다.

유강은 혹시나 모를 상황에 대비하고자 물었던 것이고, 그런 그를 향해 현청대사는 안심하라는 듯이 말했다.

"저 여 시주가 오백 년 동안 갇혀 있을 장소는 다름 아닌 참원동(懺源洞)이라는 곳입니다. 그리고 그곳은 나한당(羅漢堂)을 지나쳐야만 갈 수 있지요."

현청대사의 말에 유강은 절로 고개를 끄덕일 수밖에 없었다.

나한당.

소림사를 대표하는 고수들인 십팔나한들이 기거하는 장소가 아니던가. 그곳을 지나쳐야만 갈 수 있는 곳이라면 제아무리 백호라 해도 그리 쉽지는 않을 것이다.

어디에 갇히는지를 듣자 전우신과 아운은 안타까운 표정을, 유강은 미소를 지어 보였다. 유강이 웃는 얼굴로 현청대사에게 사과했다.

"제가 괜한 걱정을 했군요. 죄송합니다."

"아닙니다, 시주. 돌아가셔서 맹주님께도 이 일에 한해서는 걱정 말라 전해 주시지요."

"알겠습니다."

유강이 포권을 취해 보이자 현청대사 또한 합장으로 예를 갖추고는 몸을 돌려 소림사 안으로 걸어 들어갔다. 그리고 그런 그의 뒤를 이어 다른 이들이 움직였다.

"궁주님!"

아운이 끌려가는 월하린을 보다 참지 못하고 소리쳤다. 그녀는 고개를 돌려 전우신과 아운을 바라보며 활짝 웃어 보였다.

"걱정하지 말아요. 곧 돌아갈게요. 그러니 그때 다시 만나요."

사실 월하린은 무서웠다.

생면부지의 인물들에게 포박당한 채로 소림사 참원동이라는 곳으로 끌려가고 있는데 어찌 무섭지 않을 수 있으랴.

최악의 경우 마지막이 될지도 모르는 만남. 마음이 무거운 건 당연하다. 그럼에도 불구하고 월하린은 애써 밝은 모습을 보였다.

여기까지 함께해 주고 계속해서 지켜 주려 노력했던 두 사람의 마음을 편안하게 해 주고 싶었으니까.

그런 월하린의 마음을 잘 알기에 전우신 또한 황급히 소리쳤다.

"조금만 견디고 계십시오! 저희가 반드시 진범을 찾아 궁주님을 그곳에서 빼드리도록 하겠습니다. 그러니 그 안에서 몸 건강하니……."

말을 하던 전우신은 목이 메는지 입을 닫았다.

그는 입술을 꽉 깨물었다. 멀어져 가는 월하린의 모습이, 애서 웃음 짓는 그 모습이 자꾸 마음에 남는다. 월하린의 모습이 사라졌을 때다.

비웃고 있던 유강이 전우신에게 다가왔다.

"자, 그럼 흉악한 죄인을 처리했으니 돌아들 갑시다."

말을 마친 유강이 전우신의 어깨에 손을 올렸을 때다. 기분 나쁘다는 듯 아운이 다가섰지만 그보다 전우신이 빨랐다.

타악.

손등으로 손을 탁 소리 나게 쳐 버린 전우신이 유강을 쏘아봤다. 그러고는 차가운 목소리로 유강을 향해 말했다.

"우리가 언제 가든 신경 쓰지 말고 당신은 당신 갈 길 가시오. 솔직히 말해서 당신 엄청 짜증 나거든."

"하하. 전 소협은 아운 저놈하고 좀 다른 줄 알았는데 이제 보니 아주 비슷하군요. 뭐, 끼리끼리 만나는 법이니."

유강은 전우신에게 맞은 손목을 만지작거리며 슬쩍 살의를 드러냈다. 하지만 자신의 뒤편에는 무림맹의 무인들이 있었고, 또 앞은 소림사다.

이곳에서 소란을 일으킬 생각은 없었다.

유강은 전우신과 아운을 곁눈질로 살피다 이내 몸을 돌렸다.

"저 둘은 놔두고 나머지 인원은 움직이지."

유강의 명령에 나머지 무림맹 무인들이 그를 향해 움직였다. 비웃음 가득한 얼굴로 두 사람을 바라보던 유강이 몸을 돌려 올라온 길을 거슬러 내려갔다.

멀어져 가는 유강을 바라보던 아운이 주먹을 들어 올리며 입을 열었다.

"망할 새끼 가는 길에 콱 똥이나 밟아라."

유강의 태도에 화가 나는 둘이었다. 그렇지만 지금은 그런 유강에게 화를 낼 기분조차 들지 않았다.

둘의 시선이 소림사의 입구로 향했다.

이 안으로 들어간 이상 이제는 둘 또한 그녀를 지켜 줄 수가 없었다.

안타까운 시선으로 월하린이 들어선 소림사의 입구를 바라보던 아운이 옆에 있는 전우신을 향해 중얼거렸다.

"우리 어쩌냐, 이제?"

아운의 물음.

하지만 전우신이라고 딱히 답이 있을 리가 없었다.

낮게 가라앉은 목소리로 전우신이 말했다.

"……나도 모르겠다."

* * *

　손에 들린 서찰을 바라보던 청룡의 표정이 일그러졌다. 마주 앉아 있던 현무가 왜 그러냐는 듯이 청룡에게 물었다.
　"무슨 일이라도 있는 건가?"
　"하아, 정말 끝까지 귀찮게 만드네."
　청룡의 입에서 나지막한 목소리가 흘러나왔다. 그러고는 이내 자신을 바라보고 있는 현무에게 짧게 상황을 설명했다.
　"백호가 움직였다는군."
　"뭐? 녀석이 움직였다니?"
　"진실을 알아 버린 모양이야. 이번 일에 우리가 개입된 것들도. 모든 걸 알자마자 곧바로 감숙성을 떠났다고 하니……."
　어디로 향했는지는 굳이 정보를 얻지 않아도 알 수 있었다. 소림사, 월하린이 있는 그곳으로 갔을 게 분명했다.
　그런 청룡의 말에 현무가 믿기지 않는다는 듯이 말했다.
　"어떻게 그걸 백호가 알아? 주작이 말한 건가?"
　"아니, 갑자기 날아든 화살에 누군가가 이 같은 걸 적어서 보냈다더군."

"설마……."

"맞아. 매번 우리를 방해하는 그 정체 모를 놈의 소행이 겠지. 놈은 우리는 물론이거니와, 백호를 감춰 둔 장소도 알고 있던 모양이야."

청룡의 말에 현무는 놀란 표정을 지어 보였다.

자신들의 존재는 정말 극소수만 아는 일이다. 더군다나 백호가 있는 장소, 그곳까지 찾아냈다는 건 정말 자신들 사이에 깊이 관여된 자가 아니면 불가능하다.

백호가 있는 장소는 비밀 중의 비밀이었다.

그걸 알아낼 수 있는 자라면…….

나비 문양을 쓰는 자의 정체를 조사하고 있던 현무가 입을 꾹 닫은 채로 상념에 잠겼다. 그런 현무를 향해 청룡이 말했다.

"시간이 없어. 대체 언제 그놈을 잡아낼 수 있는 거냐?"

"……잠시면 된다. 백호에 대한 정보도 아는 자라고 하니 용의자가 더욱 줄어드는군. 아마 곧 놈의 꼬리를 잡을 수 있을 것 같다."

"좋아. 그 말이 사실이길 바라지."

청룡은 이를 갈며 대답했다.

매번 이 나비 문양을 쓰는 자는 자신을 귀찮게 만들었다. 그런데 그러던 걸로 모자라 이번에는 믿을 수 없을 정도로 큰일을 벌여 버린 것이다.

　백호와 월하린이 다시 만나게 되는 건 어떻게든 막아야 했다.

　지금 백호가 월하린과 다시 만나게 된다면 그 이후에 벌어진 일들은 청룡이 감당하기 너무 버거웠다. 백호가 나선다면 수십 년 넘게 준비해 온 무림 말살 계획이 수포로 돌아갈지 모른다.

　아주 조금의 가능성이라도 그냥 두고 볼 순 없었다.

　청룡은 반지를 계속해서 만졌다.

　그러고는 이내 결단을 내렸는지 그가 바깥을 향해 신호를 보냈다. 그러자 이내 문이 열리며 수하 하나가 걸어 들어왔다. 청룡이 그에게 물었다.

　"소림으로 간 유강에게 연락을 취할 수 있느냐?"

　"예. 거리가 있어 며칠은 걸리겠지만 연락망은 확실하게 구축되어 있습니다."

　수하의 대답을 들은 청룡이 나지막이 입을 열었다.

　"그에게 전해라. 서찰을 받는 즉시……."

　청룡이 앞에 있는 현무를 힐끔 바라봤다. 그러고는 이내 천천히 말을 이었다.

　"월하린이라는 그 계집을 죽여 버리라고."

*　　　*　　　*

　은설란이 맹주 월천후의 거처를 찾았다.
　갑작스러운 방문에 월천후가 자리에서 일어나 그녀를 맞이했다.
　"비각주가 어쩐 일이시오?"
　"맹주님과 차 한잔하러 왔어요."
　"이 늦은 시간에 말이오?"
　월천후가 바깥을 바라보며 당황스럽다는 듯이 되물었다. 이미 모두가 잠에 들었을 정도로 깊은 시간이다. 그런 시간에 다른 이도 아닌 비각주가 찾아온 것도 놀라운데, 그 이유가 고작 차 한잔하러 온 것이라니.
　은설란이 품에서 가지고 온 병 하나를 꺼냈다.
　"좋은 차를 구했거든요. 가장 먼저 맹주님에게 대접하고 싶어서 찾아왔어요."
　"비각주께서 차를 즐기시는 줄은 몰랐소. 어쨌든 이리 힘든 발걸음 하셨으니 담소나 나눕시다."
　"차는 제가 타죠."
　자리에서 일어난 은설란은 병을 들어 맹주의 탁자에 올려뒀다. 그러고는 이내 그 안에 든 것을 꺼내어 찻잔에 담았다.
　잔을 들고 온 은설란은 그 안에 천천히 물을 부었다. 향기가 순식간에 방 안을 맴돌았다.

"향이 좋소이다."

월천후가 잔을 들기 전부터 느껴지는 진한 향에 칭찬을 던졌다. 그러자 은설란이 감사하다는 듯이 웃으며 말했다.

"최근 일이 많아서 지쳐 보이시더라고요. 따님 일도 그렇고 얼마나 심려가 깊으시겠어요."

"배려 고맙소."

월천후가 무덤덤하니 말했다.

그리고 그런 그를 바라보며 은설란이 찻잔에 입을 가져다 댔다. 둘은 그렇게 차를 마시며 잠시 이야기를 주고받았다.

하지만 둘만의 시간은 그리 길지 못했다.

차 한 잔을 마실 정도의 짧은 시간이 끝나자 은설란은 자리에서 일어나야만 했다.

"시간이 많이 늦었네요. 괜히 시간 잡아먹어서 죄송합니다, 맹주님."

"아니오. 잠시 쉬고 싶었는데 덕분에 고맙소이다."

고맙다는 의사를 전하는 월천후를 바라보는 은설란의 눈빛에 왠지 모를 아련함이 묻어 나왔다. 그런 눈빛을 느껴서일까 월천후가 물었다.

"왜 그러시오?"

"아뇨. 그냥 제가 가장 존경하던 분과 이렇게 함께할 수 있어 영광이어서요."

"과찬이시오."

"……그럼 좋은 밤 되시길."

인사를 던진 은설란은 몸을 돌려 월천후의 거처를 빠져나갔다. 그녀는 방을 나와 잠시 뒤를 바라보다 이내 걸음을 옮겼다.

월천후의 거처를 지키는 무인들의 인사에도 무덤덤하니 받으며 바깥으로 빠져나간 은설란은 어두운 무림맹을 조용히 걸었다.

늦은 밤이지만 무림맹은 언제나 감시하는 무인들이 곳곳을 지킨다. 그런데 참으로 묘하다. 오늘 은설란이 걷는 이 길은 그 누구의 인기척도 느껴지지 않는다.

그런 사실을 모를 리 없는 은설란이거늘 그녀는 전혀 거칠 것 없이 걸었다.

그렇게 걸어가던 은설란의 뒤편으로 그림자 하나가 내려섰다. 걸음을 옮기던 은설란이 발을 멈추고 뒤편으로 시선을 돌렸다.

그곳엔 현무가 있었다.

은설란이 현무를 보고는 반가이 맞았다.

"당신이 여기 웬일이에요?"

"보고할 게 있어서 왔다."

"보고할 거라뇨?"

은설란의 질문에 현무가 그녀를 바라보며 무덤덤하니 말했다.

"얼마 전 네가 시킨 그림자회 내부의 배신자를 찾아냈다. 나비 문양의 서찰을 계속해서 백호 일행에게 보내던 바로 그자 말이다. 그래서 그 범인을 너에게 말해 주려고 왔다."

"어머? 그 배신자가 누구인가요?"

은설란이 웃으며 되물었다. 그리고 그런 그녀를 바라보던 현무가 망설이다 천천히 입을 열었다.

"바로 그대."

현무의 그 한마디와 함께 스산한 바람이 사방에서 불었다.

스스스스.

풀잎이 울어 대는 소리가 은설란의 귀를 가득 채웠다.

안다.

지금 이곳에는 현무를 비롯해 수십 명의 인물들이 자리하고 있다는 것 정도는. 그리고 그런 그들의 목표물이 자신이라는 것도.

현무를 바라보던 은설란은 전혀 당황한 기색을 보이지 않았다.

그 배신자의 정체가 자신이라는 데도 오히려 여유가 넘쳤다. 마치 오늘 자신에게 이 같은 일이 닥칠 거라는 걸 알고 있었던 것처럼.

은설란이 웃으며 입을 열었다.

"이런…… 들켜 버렸네요?"

"변명할 생각은 없나 보군."

"그럼요. 당신의 정보인데 '틀리다', '아니다' 라고 우길 순 없잖아요?"

점점 주변이 진한 살기로 덮여 가며 은설란을 옥죄어 온다. 그렇지만 그녀는 여전히 여유 있는 표정으로 현무를 대했다.

현무가 안타까운 얼굴로 말했다.

"안됐지만 여기가 끝일 것 같군."

그의 말에 은설란이 동조한다는 듯 고개를 끄덕였다. 그렇지만 끝이라 해도 그냥 죽어 줄 생각은 없었다.

은설란이 언제나처럼 자신만만한 목소리로 말했다.

"아 참! 제가 누군지는 잘 알죠? 비각주 은설란, 은살선녀(銀殺仙女)라 불리는 저랍니다. 절 죽이려면 그쪽에 숨어 있는 당신들도…… 목숨을 걸어야 할 거예요."

은설란의 말이 떨어지는 그때였다.

사방에 숨어 있던 이들이 쏜살같이 그녀를 향해 날아들었다.

타아앙!

은설란의 두 소매가 흔들렸다.

*   *   *

소림사가 있는 숭산으로 향하는 길목.

그 길목에 있는 시안이라는 곳은 그리 큰 마을은 아니다. 그렇지만 숭산을 오르는 많은 무림인들이나, 또 풍류를 즐기는 학자들이 자주 들르는 길목에 위치한 터라 그 크기에 비해 무척이나 많은 객잔이 있는 곳이다.

그곳에서 죽립을 깊게 눌러 쓴 사내, 백호가 뭔가 분주히 움직이고 있었다.

이곳을 지나는 길을 따라 움직이면 월하린이 갇혀 있는 소림사에 도착할 수 있다는 말을 들은 그는 한달음에 시안까지 달려왔다. 백호는 자신의 얼굴을 가린 채로 마을 내부를 두리번거렸다.

뭔가를 찾던 백호의 시선이 이내 어딘가를 향했다.

그곳은 다름 아닌 객잔이었다.

백호는 눈에 띈 객잔을 향해 걸음을 옮겼다.

여태까지 최대한 무인들을 피할 수 있는 길로 이동했다. 혹여나 모를 자신의 정보가 새어 나가는 걸 방지하기 위해서다.

그런 백호의 노력 덕분인지 그는 아무런 방해 없이 이곳까지 올 수 있었다.

백호가 이곳 시안에 들른 건 정보를 얻기 위해서다.

사실 백호는 여태까지 정보에 대해 크게 생각하지 않았다. 그렇지만 상황이 이렇게 되니 백호는 왜 월하린이 하오문이라는 문파와 손을 잡고 움직였는지 알 것 같았다.

정보가 없으니 백호는 눈뜬장님이나 다름없었다.

월하린이 소림사로 끌려간다는 이야기는 들었다. 그렇지만 그뿐이다. 지금 월하린이 소림사에 도착했는지, 아니면 오고 있는 중인지조차 알지 못한다.

만약 월하린이 소림사에 도착하지도 않았는데 쳐들어간다면 그것만큼 우스운 일도 없다. 더군다나 소림사라면 백호 또한 쉽게 생각할 수 없는 곳이기도 했다.

무작정 쳐들어가기엔 소림사는 너무나 강했다.

그랬기에 백호는 작전이 필요했다.

월하린이 갇혀 있는 곳을 알아야 했고, 내부의 지리를 어느 정도 파악해서 최단 거리를 알아 둬야만 한다. 그래야 월하린을 구하는 계획이 한결 수월해질 것이다.

물론 제일 좋은 경우는 아직 월하린이 소림사에 도착하지 않은 것이겠지만.

백호는 그런 정보를 구하기 위해 마을에 있는 객잔들을 돌고 있었다.

객잔의 숫자가 하도 많았기에 일일이 도는 것도 일이었

지만 백호는 쉴 시간이 없었다. 그가 시안에 있는 세 번째 객잔에 들어가 앉아 있을 때였다.

　백호가 조그마한 정보라도 얻기 위해 괜히 앉아서 좋아하지도 않는 차를 홀짝이던 중이었다. 그토록 듣고 싶어 하던 월하린에 대한 이야기가 옆쪽에서 흘러나왔다.

"소림사에 그 악녀가 잡혀갔다던데 들었는가?"

　거리가 제법 먼 탁자에서 시작된 이야기, 그렇지만 백호의 엄청난 청각을 벗어날 순 없었다. 백호는 두 귀를 세운 채로 그쪽으로 관심을 기울였다.

"결국 소림사가 책임지는군."

"솔직히 소림사 아니고서야 그런 위험한 여자를 가둘 곳이 어디 있겠는가? 무림맹에서도 처리하기 곤란해서 떠넘겼다는 소문도 있던데 뭘."

"맹주의 여식이라던데?"

"맞아. 월천후 대협 같은 훌륭한 분 밑에서 어떻게 그런 개만도 못한 인간이 태어났는지 원……."

　월하린에 대한 욕에 죽립에 감춰진 백호의 얼굴이 일그러졌다. 마음 같아서는 당장이라도 자리를 박차고 일어나 다시는 그딴 말 지껄이지 못하게 만들어 버리고 싶다.

　그렇지만 백호는 참았다.

　그들에게서 더 들을 이야기가 있지 않을까 하는 생각에

서였다.

하지만 그뿐이었다.

별로 아는 게 없는지 그 이후로는 대부분 월하린에 대한 욕으로 대화를 이어 가는 그들을 보며 백호가 천천히 자리에서 일어났다.

더 듣고 있자니 울분이 치민다.

백호는 가볍게 탁자 위에 있던 잔을 손가락으로 퉁겼다.

부우웅!

갑자기 날아간 잔이 세 사람의 머리를 연달아 치고 지나갔다.

"으앗!"

잔에 일격을 맞은 그들은 아팠는지 이마를 부둥켜 쥔 채로 바닥을 굴렀다. 백호는 그런 그들을 향해 가볍게 시선을 줬다.

백호가 짧게 중얼거렸다.

"너희 같은 놈들이 욕할 여자가 아니다."

더 큰 소란을 일으키면 문제가 될 것을 알기에 백호는 혼란스러운 틈을 타 객잔 바깥으로 걸어 나왔다. 죽립 안 백호의 얼굴이 그리 좋지 않다.

자신을 지켜 준 탓에 이런 욕을 먹는다는 게 마음이 아팠다.

기분이 상하긴 했지만 최소한 이들을 통해 월하린이 이미 소림사에 갇혔다는 건 알았다. 이제 문제는 그녀가 어디에 있고, 또 그곳으로 가는 방법이다.

하지만 이런 고급 정보는 쉽사리 알 수 있는 게 아니었다.

백호는 고민했다.

'사파 놈들 중 돈으로 정보를 파는 놈들이 있다고 들었는데……'

상황이 상황이다 보니 하오문의 힘을 빌릴 수는 없다. 그렇지만 사파의 정보력을 이용하려 해도 백호로서는 그 방법을 알지 못했다.

백호가 길가에 멍하니 서서 앞으로의 일로 고민하고 있을 때였다. 가만히 서 있던 백호가 갑자기 킁킁거리기 시작했다.

그러고는 이내 뭔가 익숙한 냄새를 맡았는지 고개를 갸웃했다.

"어라?"

백호는 걸음을 옮겼다. 그런 그의 발이 향한 곳은 어느 조그마한 객잔이었다. 사람들이 찾지 않을 것 같은 곳이었기에 백호가 들르지 않았던 곳.

그런 객잔의 입구에 선 백호가 문을 열며 안으로 걸어 들어갔다.

겉으로 본 것처럼 객잔은 조그맸다.

다섯 개 정도의 자리가 있고, 내부도 뭔가 허름하다. 하지만 지금 백호에겐 중요한 건 그런 게 아니었다. 그의 시선이 탁자 하나를 차지하고 있는 이들에게로 향했다.

그곳에 있는 두 명의 사내.

둘을 본 백호의 입가가 미묘하게 떨렸다.

'저 녀석들?'

백호의 얼굴에 오랜만에 미소가 걸렸다.

눈앞에 전우신과 아운이 있었으니까.

잠시 가만히 서 있던 백호의 걸음이 그쪽으로 향했다. 자리에 앉아 있던 두 명의 사내, 전우신과 아운은 누군가가 자신들에게 다가오자 고개를 돌렸다.

죽립을 눌러 쓴 백호를 알아보지 못한 아운이 잡상인이라 생각했는지 귀찮다는 듯 손을 휘휘 저으며 말했다.

"거 뭔지 몰라도 안 사요."

그런 아운을 향해 백호가 기가 차다는 듯이 입을 열었다.

"누굴 잡상인 취급이냐, 두건."

두건이라는 말에 아운이 놀라 자리에서 벌떡 일어났다. 자신을 이렇게 부르는 자는 세상에 오직 단 한 명, 백호밖에 없다.

놀란 듯이 젓가락을 들고 굳어 있던 전우신이 더듬거리며 입을 열었다.

"서, 설마……?"

"그래, 매화."

말을 마친 백호가 쓰고 있던 죽립을 벗었다. 그러자 그의 감출 수 없는 긴 백발이 떨어져 내렸다. 백호는 둘을 바라보며 히죽 웃었다.

백호의 얼굴을 보자 아운이 반가운 얼굴로 끌어안기라도 하려는 듯이 와락 달려들었다. 그러자 백호는 황급히 손을 뻗어 아운의 머리를 막으며 말했다.

"징그럽게 왜 이래."

백호의 거친 손길에도 아운은 뭐가 좋은지 계속해서 웃었다.

소림사에 도착한 지 어언 이틀 가까이 시간이 흘렀다. 이틀 동안 두 사람은 소림사 인근에 있는 이 마을을 떠나지 못했다.

이유는 간단했다.

월하린 때문이다. 지켜 줄 순 없었지만, 홀로 이곳에 그녀만을 놔두고 떠나는 게 너무나 마음에 걸렸기 때문이다. 그런 이유 하나로 둘은 이곳에서 어찌할지 모른 채 시간을 보내고 있었다.

어떻게든 백호의 소식을 듣기를 바라면서.

그런데 놀랍게도 백호가 나타났다. 그것도 직접 자신들

을 찾아내서 말이다.

 전우신은 백호를 보자 반가움과 동시에 서운함이 밀려들었다. 왜 이리 오래 연락이 되지 않은 것인지 따지고 싶을 정도다.

 그가 없는 그 한 달이 넘는 시간이 너무 괴로웠으니까.

 둘 앞에 모습을 드러낸 백호를 향해 전우신이 서운한 감정을 담아 입을 열었다.

 "백호님, 대체 왜 이제 오셨습니까. 백호님이 안 계신 동안 궁주님께서 어떤 수모를 당하셨는데……."

 월하린이 수모를 당했다는 말에 둘과의 만남에 웃고 있던 백호가 미소를 거뒀다.

 어찌 들어야 알겠는가.

 굳이 듣지 않아도 알 수 있는 게 있다. 그랬기에 백호는 화가 나면서도 미안했다. 월하린에게도, 그리고 이곳에 있는 두 사람에게도.

 백호가 짧게 입을 열었다.

 "응. 그래서 돌아왔다. 이제 모든 걸 다시 원래대로 돌려놓으려고."

 백호의 말에 전우신과 아운은 왠지 모르게 기분이 들떴다. 사실 상황은 그리 좋지 못했다. 월하린은 이미 소림사에 갇혔고, 그런 그녀를 구하는 건 불가능하다는 것도 안다.

그런데 왜일까?

이 사내의 말에는 왠지 모를 힘이 있다.

불가능한 말도 가능하게 만들 것 같은 그런 신비한 매력도.

아운이 실실 웃으며 입을 열었다.

"이제 어쩌실 생각입니까?"

"어쩌긴. 가장 중요한 일부터 시작해야지."

백호가 죽립을 벗어 탁자에 놓고는 자리에 앉았다. 그러고는 품 안에 있는 당과 주머니를 꺼내어 들었다. 백호는 당과 하나를 입 안에 쏙 집어넣고는 둘을 향해 말했다.

"소림사에 대해 아는 건 전부 말해 봐. 구조나 침입하기 좋은 길목이든 뭐든지."

월하린이 있는 소림으로 간다.

* * *

이틀 동안 유강은 무림맹 무인들을 이끌고 온 길을 거슬러 가고 있었다. 무림맹으로 향하는 유강의 얼굴에는 연신 웃음이 터져 나왔다.

백호의 수족들이 하나씩 잘려져 나가는 걸 보는 기분은 이루 말로 형용하기 힘들 정도로 통쾌했다. 월하린을 아직

가지지 못한 것이 못내 아쉽긴 했지만 아직 시간은 많았다.

청룡의 말대로라면 백호는 이제 자신들 앞에 모습을 드러내지 않을 것이다. 그리고 곧 무림은 청룡의 것이 될 거라 했다. 그렇게 되면 청룡의 수족인 자신의 위상은 얼마나 높아질지 굳이 말하지 않아도 될 일이다.

무림의 모든 것들이 자신의 뜻대로 돌아가리라.

그렇게 즐거운 기분을 만끽하며 무림맹으로 돌아가던 유강이 잠시 휴식을 위해 마을에 들렀을 때였다.

누군가가 기다렸다는 듯이 유강에게 다가왔다.

단번에 청룡이 보낸 사람이라는 걸 알아차린 유강은 아무렇지 않게 그자가 건네는 서찰을 건네받았다. 무슨 일인가 서찰을 살피던 유강의 표정이 단번에 일그러졌다.

'백호가 움직였다고?'

서찰에는 얼마 전 벌어진 일에 대해 적혀 있었다.

백호가 움직였고, 그가 월하린이 잡혀 있는 소림사로 향할 것이라는 것이다.

'망할……!'

유강의 눈동자에 붉은빛이 돌기 시작했다.

또 그놈이다.

백호 그놈이 움직이면 유강이 꿈꾸었던 계획들도 수정해야만 했다. 어떻게든 월하린을 자신의 것으로 하고 싶었다.

그런데 청룡의 명이 떨어졌다.

　백호보다 먼저 소림사로 가서 그녀를 죽이라는.

　내키지 않는 명령이다.

　백호가 사랑했던, 백호를 사랑했던 여인을 가짐으로써 자신의 우월함을 느끼고 싶었다. 그런데 그런 계획이 망가진 것이다.

　유강이 서찰을 뚫어져라 보고 있자 옆에 있던 무림맹 무인이 조심스레 말을 걸었다.

　"무슨 일이십니까?"

　"아, 잠시 일이 생긴 것 같군요."

　유강이 품에 서찰을 넣으며 그들을 향해 언제나처럼 순해 보이는 미소를 지어 보였다. 본성을 드러내기엔 아직 시기가 이르다.

　그 전까지는 어떻게든 선한 사람으로 남아 있어야 했다. 유강이 웃으며 말했다.

　"먼저들 가시지요. 아무래도 저는……."

　유강은 멀리 북쪽을 바라보며 천천히 입을 열었다.

　"해야 할 일이 있을 것 같군요."

　백호와 마찬가지다.

　유강 또한 소림으로 간다.

제3장. 백인 돌파
— 역사상 유례가 없는 일이다

객잔에서 하루를 보낸 백호 일행은 이튿날이 돼서야 움직였다. 일반적으로 어딘가에 잠입하기에는 밤이 적합한 것은 당연하다.

그랬기에 백호는 당장이라도 어제저녁에 움직이려 했다. 하지만 그런 백호를 말린 건 전우신이었다. 그가 말린 이유는 그곳이 다름 아닌 소림사였기 때문이다.

소림사의 무공을 익힌 승려들은 무려 수천 명에 달한다. 물론 그들이 모두 절정 고수인 것은 아니다. 그렇지만 일반적으로 여타의 문파에 비해 뛰어난 고수들이 즐비하고, 또 그들의 수준 또한 높다.

그런 곳에 몰래 잠입하는 건 분명 쉽진 않지만 백호라면 가능할지도 모른다.

다만 문제는 바로 월하린에게 가는 길이다.

그 길목을 막고 있는 나한당.

그곳에는 소림사 최고의 고수들인 십팔나한들이 기거하고 있다. 더군다나 나한당에는 그 십팔나한들을 제외하고도 백여 명에 가까운 다른 승려들도 자리하고 있다.

그곳은 그냥 기척을 감춘다고 지나갈 수 있는 곳이 아니다.

한마디로 무조건 소란은 일게 된다는 소리인데 나한당에서 사건이 벌어진다면 얼마 되지 않아 소림사의 모든 이들이 알게 될 것이다. 그렇게 되면 결국 백호는 소림의 모든 무인들을 상대해야 한다.

모두와 싸우는 건 실질적으로 무리였고, 그랬기에 전우신은 조금 더 좋은 기회를 노렸다.

그건 다름 아닌 불공을 드리는 시간이다.

그것도 마침 봄이 오기 직전 올리는, 풍년을 기원하는 불공이 잡혀 있었다. 특별한 불공이니 만큼 평소보다 더 많은 인원이 움직였고, 소림사 외부로도 나가는 탓에 빈틈이 생길 수밖에 없다.

이런 중요한 불공에는 나한당에 있는 십팔나한을 제외한

나머지 인원들 또한 움직이는 경우가 많다 하니 정말 운이 좋다면 백호는 그들만 상대하면 될 수도 있었다.

물론 그렇다고 해도 십팔나한이라는 소림의 최정예들과 싸워야 하는 건 변함없었지만 그것이 지금으로선 최선의 선택이었다.

순식간에 숭산을 오른 셋은 소림사가 있는 소실봉 인근 인기척이 없는 장소에 몸을 감췄다.

허기가 졌는지 말린 고기 하나를 입에 문 백호가 아주 멀리에 간신히 보이는 소림사를 바라보다 물었다.

"십팔나한이라는 놈들이 그렇게 강하냐?"

"물론입니다. 소림사 최정예라 보셔도 되는 자들인데 그들 개개인의 실력도 실력이지만 그보다 더 문제는 바로 십팔나한진(十八羅漢陣)입니다."

소림이 자랑하는 진법, 열여덟 명의 절정 고수들이 펼치는 십팔나한진은 완벽에 가깝다. 공수 양면에서 뛰어난 위력을 발휘하는 십팔나한진은 소림의 자랑이다. 하지만 전우신은 백호를 믿었다. 분명 쉽진 않겠지만 백호라면 가능성이 있지 않을까 하는 생각이 들었다.

십팔나한진에 대한 간략한 이야기를 마쳤던 전우신이 가라앉은 표정으로 말을 이었다.

"백호님. 하지만 하나 알아 두실 게 있습니다."

"뭔데?"

"만약에 십팔나한을 제외한 다른 이들도 나한당에 있다면…… 피하셔야 합니다."

"월하린을 두고 그냥 나오잔 말이야?"

"예, 분하지만 그러셔야 합니다."

전우신의 목소리는 침착했다. 그리고 더 이야기를 듣지 않았음에도 옆에 서 있던 아운은 전우신이 그같이 말하는 이유를 알아차렸다.

전우신이 말도 안 된다는 듯한 표정을 짓고 서 있는 백호를 향해 말했다.

"십팔나한진은 백호님의 힘으로 어찌할 수 있을 거라 생각합니다. 그렇게 믿으니 이런 소림 침투 작전에 저도 힘을 보태고 있는 것이고요. 하지만 그들이 펼치는 것이 백팔나한진(百八羅漢陣)이라면 이야기는 달라집니다."

백팔나한진.

십팔나한진 여섯 개가 동시에 운용되며 만들어지는 진법이다. 소림 최고의 진법, 그리고 이 백팔나한진은 커다란 의미를 지니고 있다.

무림 역사상 단 한 번도 깨어진 적이 없는 무적의 진법.

그것은 전설이었고, 백팔나한진의 아성에 도전했던 시대를 풍미했던 수많은 고수들은 그 앞에 무릎을 꿇고 사라져 갔다.

그 누구도 성공하지 못했던 일이다.

물론 백호를 믿는다. 그렇지만 백팔나한진은 믿고 말고의 문제가 아니다. 그랬기에 전우신은 재차 백호에게 확신을 받기 위해 말했다.

"궁주님을 구하고 싶은 마음은 알지만 나한당의 인원이 빠져 있지 않다면 빠져나오시기로 약속하시는 겁니다. 그렇지 않으면 저희도 모두 죽습니다."

"……."

백호는 말없이 팔짱을 끼고는 멀리 소림사를 바라봤다. 전우신이 이토록 걱정을 하는 걸 보아하니 그 백팔나한진이라는 건 정말 보통이 아닌 모양이다.

'단 한 번도 깨지지 않은 무림 유례에 없는 진법이라…….'

백호는 묘한 표정을 짓고 있었다.

그런 백호를 보며 전우신은 걱정이 들었지만 이내 고개를 저었다. 이런 걱정은 기우이리라는 생각 때문이다.

이런 큰 불공에는 언제나 각 장소를 지키는 최소한의 인원만 남기고 움직이는 것이 소림사의 전례였다. 그랬기에 만약의 경우를 대비하긴 했지만 나한당 또한 마찬가지리라.

십팔나한들이 버겁긴 해도 가능성은 충분하다.

그 이후에도 전우신은 어제 이야기했던 소림사를 잠입할 길목 등을 다시 한 번 점검했다.

이야기를 모두 들으며 백호는 연신 고개를 끄덕였다. 여러 차례 반복해서 들은 덕분에 단 한 번도 소림사에 가 보지 않았던 백호였지만 그 구조가 머리에 그려지는 듯한 느낌이다.

내부에 관한 이야기를 나누던 백호가 갑자기 조용하라는 듯 입가에 손을 가져다 댔다.

그런 백호의 행동에 뭔가를 계속 이야기하고 있던 전우신이 입을 닫고는 그의 시선이 향한 쪽으로 눈길을 돌렸다.

먼 거리였지만 내력을 돋우니 소림사의 입구가 열리고 많은 수의 승려들이 쏟아져 나오는 모습이 보였다. 거리가 멀지만 저들 또한 만만하게 볼 수 없는 고수들.

백호를 비롯한 셋은 기척을 완전히 감춘 채로 나무를 이용해 몸을 감췄다. 숨소리도 죽인 채로 셋은 소림의 승려들이 멀어져 가는 걸 기다리고만 있었다.

그렇게 몸을 감춘 지 일각이 훨씬 더 지났을 때였다.

멀어져 가는 그들을 살피던 백호가 입을 열었다.

"슬슬 멀어진 것 같군."

"그럼 이제 움직이죠."

아운이 말을 하고는 준비해 둔 복면을 꺼내어 쓰려고 할 때였다. 백호가 손을 뻗어 그의 손목을 잡았다. 마찬가지로 복면을 쓰려 하던 전우신 또한 왜 그러냐는 시선으로 백호를 바라봤다.

백호가 둘을 바라보며 말했다.

"이 안에는 나 혼자 간다."

"예?"

"혼자서는 힘듭니다."

아운과 전우신이 번갈아가며 말했다.

하지만 이미 백호의 마음은 정해진 지 오래였다. 둘이 도와준다면 한결 수월해질 수도 있다는 건 안다. 허나 이번 일로 인해 둘의 인생도 망가질 수 있다는 것도 안다.

월하린의 일로 백호는 그런 사실을 깨달았다.

그랬기에 백호는 이 길을 혼자 가기로 마음먹은 상태였다.

"넌 화산파의 무인, 너는 사파의 무인."

둘은 백호와 다르다.

아무것도 잃을 게 없는 백호와 달리 두 사람이 이번 일에 개입된 것이 들통 나면 사단이 벌어질 것이다. 그러한 사실을 둘 또한 잘 알았다.

그저 알면서도 백호를 도우려 한 것뿐이다.

백호는 그들의 그런 마음을 알기에 둘을 바라보며 걱정 말라는 듯이 자신만만한 목소리로 말했다.

 "그렇게 볼 필요 없어. 어쩌면 월하린만 구하고 도망쳐야 할지도 모르는데 너희까지 있으면 오히려 짐이 될 수도 있는 거고."

 백호의 말이 가능성 없는 건 아니다.

 도움을 주려 동행했다가 도리어 짐이 될 수도 있으니까. 그렇지만 둘은 백호 혼자 보내는 게 못내 탐탁지 않았다.

 백호가 둘의 등을 커다란 손바닥으로 팡팡 쳤다.

 그러고는 엄지손가락으로 자신을 가리키며 입을 열었다.

 "내가 누군지 잊은 거냐? 그깟 진법 따위 간단하게 깨부숴 줄 테니 걱정 말고 내려가서 기다리고 있으라고."

 "정말…… 괜찮으시겠습니까?"

 "내가 허튼소리 하는 거 본 적 있냐? 됐으니까 어서 가라고. 그래야 나도 움직일 거 아냐. 시간이 그리 넉넉하지 않다는 건 너희들이 오히려 잘 알 거 아냐."

 말을 마친 백호는 더 길게 이야기를 하지 않겠다는 듯 몸을 돌렸다. 그러고는 전우신과 미리 답사해 두었던 길 쪽으로 천천히 발걸음을 내디뎠다.

 발을 떼는 게 쉽지 않은지 머뭇거리는 둘을 향해 백호가 말했다.

"내려가서 식사라도 준비해 둬."

백호가 고개를 돌리고는 말을 이었다.

"사 인분으로."

백호의 그 말에 두 사람은 자신들도 모르게 웃음을 머금었다.

전우신이 웃으며 짧게 대답했다.

"넉넉하게 준비하겠습니다."

"좋아. 그럼 슬슬 몸 풀러 가 볼까!"

백호가 살짝 목소리를 높이고는 소림사를 향해 홀로 걸어가기 시작했다.

소림사로 들어가는 길은 여러 개가 있다.

그렇지만 정식으로 문을 통해 들어가기에는 백호의 특징이 너무 알려져 있었다. 문들마다 경비가 삼엄하기에 아무런 소란 없이 잠입하는 건 불가능했다.

그래서 백호가 노린 건 다름 아닌 잔반을 처리하기 위해 만들어 둔 작은 쪽문이었다.

그쪽은 경비가 없는 건 물론이거니와 나한당과도 거리가 그리 멀지 않았다. 워낙 좁은 통로라 한 사람이 지나다니기도 어려운 길목, 그리고 나한당과 밀접하기에 누군가가 이쪽으로 침입할 거라고는 딱히 생각하지 않은 모양이다.

백호는 그쪽 문을 기다시피 해서 소림사 내부로 잠입했다.

안으로 들어선 백호는 우선 인근에 있는 건물 쪽으로 이동해 몸을 감추고 주변을 살폈다. 처음 들어오는 곳이지만 전우신에게 들었던 간략한 설명을 통해 커다란 그림을 머릿속에 그렸다.

몸을 감춘 채 주변을 두리번거리던 백호의 눈에 전경각이라는 글자가 들어왔다.

'전경각이 저기 있으니 나한당은 저쪽 길로 가면 되겠군.'

전경각 좌측으로 난 길을 따라 이동하면 나한당이 있고, 그 나한당을 지나면 있는 참원동에 월하린이 있다. 백호는 월하린과 가까이 있다는 생각에 점점 빨라져 오는 심장을 느꼈다.

그녀의 향기가, 숨소리가 느껴지는 것만 같다.

'월하린……'

백호는 빨라지는 심장을 억지로 진정시키며 조심스럽게 움직였다. 마음은 조급했지만 그럴수록 침착하기 위해 노력했다. 이번 기회를 놓친다면 언제 다시 월하린을 구할 수 있을지 장담할 수 없다.

침착해야 했고, 완벽해야 한다.

그래야만 그녀를 구할 수 있으니까.

소림사 내부 곳곳에는 자리를 지키는 무승들이 있었다. 그렇지만 불공을 드리기 위해 많은 이들이 빠져나간 만큼 백호의 움직임은 자유로울 수밖에 없었다.

숙숙!

백호의 몸이 빠르게 지형지물을 이용해 나아갔다.

코앞에 소림의 승려들이 있었지만 그들은 눈뜬장님처럼 백호를 놓칠 수밖에 없었다. 그만큼 백호가 은밀하고 빠르게 움직였으니까.

백호는 거칠 것이 없었다.

이미 지리를 머리에 새겨 놓은 덕분에 소림사의 내부는 어느 정도 파악해 둔 상태다. 백호가 월하린이 있는 참원동으로 갈 수 있는 최후의 길목인 나한당 입구에 들어서고 있었다.

나한당의 안으로 걸어 들어가던 백호는 잠시 발을 멈췄다.

'뭔가 이상한데.'

사실 나한당이 눈에 들어올 때부터 들었던 생각이다. 감시가 삼엄하다 들었는데 입구를 비롯해 누구의 모습도 보이지 않았다.

처음엔 대다수의 인원이 소림사 외부로 빠져나간 게 확실하다는 생각이 들었다. 그렇게 의심할 정도로 나한당 외부에서부터 아무런 흔적이 보이지 않았기 때문이다.

하지만 나한당으로 들어서서 참원동으로 향하는 길을 걷던 백호는 이내 알아차렸다.

'함정이군.'

어느 순간부터 아무런 기척도 없던 주변에서 하나둘씩 기운이 감지되기 시작했다. 그들은 흡사 백호가 올 것을 알았던 것처럼 포위하듯 주변을 에워싼 채로 모습을 감추고 있었다.

백호는 그러한 사실을 알았다.

하지만 그럼에도 물러나지는 않았다. 온 것을 들키지 않았다면 모를까, 이미 이들이 알고 있는 이상 도망칠 순 없었다. 그만큼 월하린에 대한 경비가 강화 될 테니까.

우선은 보다 확실하게 상황을 인지하고 그 이후에 결단을 내리려 마음먹은 것이다.

주변에 늘어나는 숫자를 느끼며 앞으로 걸어가던 백호의 눈에 나한당 건물이 들어왔다. 그리고 그곳의 문은 이미 활짝 열려 있었다.

안에서 기다리고 있었다는 듯이 수십 명의 중들이 모습을 드러냈다.

우르르르.

그들이 건물 내부에서 밖으로 뛰어나왔고, 그 순간 숨어서 주변을 포위하고 있던 자들도 전부 모습을 드러냈다.

백호는 그런 그들의 숫자를 가볍게 눈으로 파악했다. 한눈에 봐도 열여덟 명의 몇 곱절은 되어 보인다.

"하아. 안 좋네."

전우신은 십팔나한만 있으면 싸우고, 백팔나한 모두가 자리하고 있다면 피하라고 했다. 하지만 아쉽게도 상황은 후자였다.

"시주가 백호라는 자요?"

선두에 선 중년의 중이 물었다.

우람한 체구의 중은 누가 봐도 고수라는 걸 느낄 수 있었다. 그에게서는 쉬이 범접하기 어려운 기운이 흘러넘쳤다.

그런 그를 향해 백호가 막 입을 열려는 순간이었다.

"맞습니다."

중들 사이에서 누군가의 목소리가 들려왔다. 백호는 익숙한 목소리에 잠시 그쪽으로 시선을 돌렸고, 이내 중들 사이에서는 백호가 예상했던 자가 걸어 나오고 있었다.

유강이다.

백호는 유강을 보는 순간 눈살을 찌푸림과 동시에 상황

이 어떻게 흘러간 것인지 파악할 수 있었다. 유강이 무림 맹으로 들어와 은자각 각주 노릇을 한다는 건 이미 어제 들어서 알고 있었던바.

어떻게 이들이 자신이 올 것을 알기라도 하는 것처럼 방비하고 있었나 하는 고민은 단번에 풀어졌다.

백호가 차가운 목소리로 입을 열었다.

"이 환영 인사는 청룡의 개인 네놈 짓이냐?"

백호의 말에 유강은 가볍게 어깨를 으쓱해 보였다. 그렇지만 애초부터 대답을 듣고자 물었던 것이 아니다.

백호가 움직인 사실을 아는 건 주작밖에 없다.

한마디로 자신들과 관계되지 않은 자가 백호가 올 거라는 걸 알 방도가 없다는 거다. 유강이 움직였다는 건 곧 청룡의 명이 있었다는 말이기도 했다.

'청룡. 네가 끝까지 이렇게 나오겠다?'

백호가 슬그머니 이빨을 드러냈다.

자신을 속여 월하린과 강제로 헤어지게 만든 것도 모자라 이제 그런 그녀를 되찾으려는 행동까지 막으려 하고 있다.

백호는 청룡을 결코 용서할 수 없었다.

그리고 그런 청룡에 대한 감정을 떠나, 이제 백호는 이곳에서 절대 물러서지 못하게 되어 버렸다. 백팔나한 모두가 이곳에서 자신을 기다렸다는 건 알았지만 이젠 상황이 달라졌다.

청룡이 개입했다. 그가 백호가 이곳에 온 걸 알고 막았다는 게 무엇을 의미하는 것일까?

백호가 온다는 사실을 소림사에 알리는 것으로 충분했을 수도 있는 상황에 유강까지 직접 보냈다. 그것은 곧 유강에게 목적이 있다는 소리다.

그리고 지금 이 상황에 유강의 목적이라면 하나일 수밖에 없다.

월하린의 목숨.

'애초부터 물러날 생각은 별로 없었지만…… 일이 이렇게 된 이상 끝을 볼 수밖에 없겠군.'

이제 물러나서 다음 기회를 노린다는 건 꿈에서나 지껄일 법한 소리가 되어 버렸다. 지금 도망치면 월하린은 유강의 손에 죽을 것이다.

상황은 좋지 않았지만 덕분에 생각은 단번에 정리됐다.

물러났다가 훗날을 도모한다는 게 불가능해졌으니, 이제 선택할 수 있는 것은 하나뿐이다.

어떻게든 지금 이곳에서 월하린을 구한다.

백호는 가볍게 손을 풀며 소림의 백팔나한들과 유강을 향해 입을 열었다.

"좀 복잡했는데 덕분에 단순하게 생각할 수 있게 돼서 고맙다고 해야 되나."

전우신에게 귀에 딱지가 앉을 정도로 들었다.

소림 백팔나한진의 위력이 얼마나 강한지는.

그랬기에 백호는 처음부터 전력을 다할 생각이었다. 백호의 귀에 걸린 흑련석에서 검은 기운이 흘러넘쳤다. 그 기운은 몸을 감싸 안았고 이내 백호는 점점 요괴의 모습으로 변하기 시작했다.

새카만 갈기들이 전신을 뒤덮었고 이빨과 손톱도 길어졌다.

그런 백호의 모습에 포위하고 있던 백팔나한들조차도 놀란 듯 일순 웅성거렸다. 그렇지만 백호는 단순한 구경거리가 아니었다.

"크아앙!"

백호의 포효에 그들은 정신을 차리고 황급히 자리를 잡았다. 투지를 불태우는 백호를 내려다보던 백팔나한의 수장으로 보이는 중년의 무승이 옆에 있는 유강을 향해 믿을 수 없다는 듯이 짧게 중얼거렸다.

"믿을 수가 없군. 백팔나한에게 정면으로 도전하는 자가 있을 줄은 몰랐소이다."

"조심하셔야 할 겁니다. 생각보다 많이 위험한 요괴니까요. 그리고 이건 명심하셔야 합니다. 인간이 아닌 요괴에게 부처님의 자비를 베푸실 필요도 없다는 걸요."

"……."

유강의 말투에서 뭔가 빈정거림을 느꼈는지 힐끔 그를 바라봤던 무승은 이내 백팔나한진을 완성시키기 위해 몸을 날렸다.

무승이 바닥에 착지하고는, 손바닥을 합장한 채로 우렁찬 목소리로 소리쳤다.

"백팔나한진 개진!"

그는 자신이 있었다.

백팔나한진은 무적이라 불러도 손색이 없는 진법이다. 역사상 단 한 번도 깨지지 않았고, 그건 앞으로도 마찬가지리라.

열여덟 명씩 짝을 지은 여섯 개의 진법이 한 자리에서 동시에 펼쳐졌다. 그렇게 소림사의 전설이라 불리는 백팔나한진이 모습을 드러내기 시작했다.

그것도 고작 단 한 명, 백호를 상대하기 위해서.

백 명이 넘는 소림의 고수들이 뿜어내는 기운이 어마어마하다.

자신에게 밀려드는 그 기운을 정면으로 마주한 백호가 마지막으로 품 안에서 당과 하나를 꺼내 입에 물었다.

사람들이 움직이고 있거늘 태풍이 밀어닥친다.

백호는 펄럭이는 옷자락과 머리카락을 손으로 가볍게 한 번 스윽 밀어 넘기고는 입을 열었다.

"수백 년 동안 한 번도 깨지지 않았으니, 지금 한 번쯤 깨지는 것도 나쁘진 않잖아?"

자신만만한 그 한마디와 함께 백호 또한 밀려드는 백팔 명의 무인들에게 달려들었다.

후우웅!

백호의 몸 주변으로 빛무리가 밀려든다. 동시에 질세라 백팔나한진을 펼치는 무승들의 주변으로도 막이 형성됐다.

한눈에 봐도 알 정도로 그들 몸 주변에 생성된 막은 단단하고 견고했다.

상대의 실력을 가늠해 보는 식의 공수는 있을 수 없었다. 소림의 최정예 백팔 명의 무승들이 펼치는 연수합격진인 백팔나한진에 말려드는 순간 표적이 된 자는 결코 몸 성히 그곳에서 나올 수 없다.

한순간의 방심이 곧 죽음으로까지 연결될 수 있는 상황.

백호의 모든 오감이 극도로 예민하게 퍼져 나갔다.

요괴로 변한 탓에 더욱 날카롭게 변한 감각들이 주변의 모든 것들을 읽어 내고 있었다.

백팔나한진 사이로 뛰어든 백호의 손에 어마어마하다고

밖에는 표현할 수 없는 내력이 끌어 올려졌다.

일전에 눈으로 보고 배운 개방의 무공, 강룡십팔장이다. 백호가 밀려드는 백팔나한진의 한쪽을 향해 손바닥을 휘둘렀다.

번쩍!

빛이 폭발하면서 동시에 폭음이 사방으로 울려 나갔다.

쿠카카카캉!

바닥이 터져 나갔고 밀려들던 기운이 일순 약해졌다는 생각이 들었다. 그렇지만 그건 찰나였다. 잠시 약해졌던 백팔나한진은 다시금 맹렬하게 다가왔다.

'이 정도로는 무리인가?'

순간 여섯 개의 무리 중 하나가 백호에게 다가왔다. 그리고 그곳에 섞인 열여덟 명의 무승들의 공격이 정해진 길목을 따라 백호를 완전하게 옥죄어 왔다.

탕탕탕!

그들의 봉이 빠르게 백호를 노렸다.

백호가 반보 정도 뒤로 물러났을 때였다. 어느샌가 뒤로 다가온 다른 이들의 공격이 쏟아졌다. 봉 하나에 어깨를 가격당한 백호가 앞으로 밀려 나갔다.

"큭!"

하지만 아파할 틈이 없었다.

일격을 허용하는 순간 정면에서 밀려드는 수십 개의 봉들이 시야를 뒤덮었다. 백호가 황급히 땅을 뒹굴었고 이내 그의 뒤편은 다른 이들이 자리하고 있었다.

콰쾅!

벽력과도 같은 장력들이 백호의 위에서 쏟아졌다.

놀라울 정도로 빠른 공격에 백호는 숨 돌릴 틈도 없었다. 거기다 그 파괴적인 위력까지.

빠르게 회전하면서 피해 낸 장소는 나한들이 휘두른 장력으로 인해 박살이 나 버렸다. 그 위력에 절로 혀를 내두를 정도였지만 지금은 감탄만 하고 있을 때가 아니었다.

휘리릭.

사방에서 휘둘리는 봉으로 인해 백호는 정신이 없을 지경이었다. 그럼에도 불구하고 백호는 최대한 정신을 집중해 날아드는 봉에서 시선을 놓치지 않았다.

휘이익! 쾅!

껑충 뛰어올라 공격을 피해 낸 백호가 빠르게 손을 휘둘렀다. 길게 자란 손톱이 단번에 그들의 손에 들린 봉 하나를 박살을 내 버렸다.

나무로 된 봉, 하지만 소림 무승들의 내력이 담긴 봉을 그저 단순한 나무 막대로 보면 곤란했다. 터져 나가는 와중에도 그자는 자신의 내력을 이용해 백호에게 공격을 가했다.

 부서진 봉들의 파편이 사방으로 비산했다.

 백호가 재빠르게 몸을 낮춰서 피해 내고 있을 때였다. 뒤편으로 매섭게 다가오던 소림 중 하나가 자신에게 날아드는 파편을 봉 끝으로 회전시켜 방향을 틀었다.

 피잇.

 볼에서 핏줄기가 솟구쳤고, 동시에 위아래로 동시에 소림 무승들의 봉이 날아들었다.

 백호는 뒤로 몸을 회전시키며 뛰어올랐다.

 가볍게 착지한 백호의 몸 주변으로 빠르게 요력과 내력들이 꿈틀거렸다. 회오리치듯 강렬한 기운이 쏟아져 나가며 달려드는 소림 무승들이 밀려 나갔다.

 허나 그것은 찰나. 빠르게 균형을 잡은 그들은 백호의 몸에서 뿜어져 나온 기운들을 밀어내며 거리를 좁혀 왔다.

 그리고 수십 개의 봉과 손바닥이 동시에 백호에게 날아들었다. 그런 그들의 공격에 백호 또한 빠르게 손을 움직였다.

 묵직한 힘이 백호의 주먹에 실린 채 꿈틀거렸다.

 파앙! 팡!

 소림의 권법은 부드러움보다는 강맹함에 그 무게를 두고 있어, 일격 일격마다 뼈를 으스러트릴 정도의 파괴력이 있다.

그런 그들이 자신 있게 펼쳐 낸 권법들. 힘이 있는 주먹 수십 개가 백호를 향해 움직였지만 밀려난 건 도리어 그들이었다.

"크윽!"

사방에서 짧은 비명 소리들이 터져 나왔다.

소림사의 무승들은 무공을 훈련할 때 갖은 고통을 감내한다. 살점이 터져 나갈 정도로 바위를 두드리기도 하고, 뜨거운 모래에 손을 담그기도 한다.

그렇게 담금질을 통해 주먹을 무쇠처럼 단단하게 만든다. 그런 고통을 감내해 만들어 낸 자신들의 주먹이 백호와 부닥치자 터져 나갈 것 같이 아팠다.

주먹과 주먹이 격돌하는 순간 대부분의 무승들이 뒤로 몇 걸음 이상씩 물러나야만 했다.

백호는 성이 난 것처럼 쉼 없이 주먹을 휘둘렀다.

제아무리 백호라 해도 이들의 단련된 주먹이 어찌 가벼우랴. 허나 백호는 고통을 느낄 잠시의 여유조차 허락되지 않았다.

그 조그마한 머뭇거림이 곧 큰 위험으로 닥칠 것을 알기에 백호는 고통을 참고 계속해서 날아드는 수백 개의 공격을 받아 냈다.

퍽퍽!

주먹 몇 개가 백호에게 틀어박혔고, 봉에 무릎 안쪽이 찍혔다. 고통의 비명 소리가 흘러 나가려는 걸 억지로 버텨 낸 백호는 오히려 포효했다.

"크아아아앙!"

백호의 주먹이 백팔나한진을 구성하는 무승 중 하나의 가슴으로 파고들었다. 뼈가 함몰될 정도로 파괴적인 공격이었지만 옆에 있던 다른 자가 아슬아슬한 순간에 봉을 휘둘러 백호의 팔을 쳐 냈다.

그 탓에 치명상이 될 법했던 공격이 아슬아슬하게 어깨에 적중했다. 백호의 일격을 허용한 중이 바닥을 뒹굴었지만 그는 곧 재빠르게 일어났다.

백호는 짧은 기회를 틈타 펼쳤던 공격이 무산되자 이내 다시금 수세에 몰렸다.

백 명이 넘는 그들의 공격은 백호에게 숨을 고를 시간조차 주지 않았다. 또 다시금 앞뒤, 좌우를 가리지 않고 셀 수도 없이 많은 공격이 쏟아졌다.

그것들은 적당한 시간차를 두고 백호를 절묘하게 압박해 들어왔다.

휘익! 휙!

백호가 팽이처럼 몸을 회전시키며 날아드는 공격들을 연달아 피해 냈다. 동시에 손을 바삐 움직이며 한 무승의 옷

깃을 잡아채며 균형을 무너트렸다.

 백호가 쓰러지려는 그자에게 발을 움직이려고 할 때였다. 이번에도 그런 백호의 움직임에 누군가가 반응했다.

 다른 무승 하나가 소림의 조법인 응조수(鷹爪手)를 펼쳤다. 손가락을 매의 모양으로 말아 쥔 채 펼치는 이 조법은 날카로우면서도 강력함을 자랑한다.

 뻗어지는 백호의 다리로 응조수가 날아들었다.

 그 탓에 백호는 상대를 제압할 수 있었음에도 불구하고 발을 비틀어 공격을 피해야만 했다. 아쉽게 재차 기회를 놓친 백호가 표정을 굳혔다.

 그리고 쏟아지는 소림의 무공들.

 팍팍!

 백호는 연달아 밀려나면서 급히 머리를 굴렸다.

 이 백팔나한진은 너무나 잘 짜여 있다. 백팔 명의 무인들이 만들어 내는 진법이지만, 하나의 힘이라 봐야 옳을 게다.

 그런 그들을 상대하는 건 백호로서도 쉽지 않았다.

 백팔나한진 안에서 쉼 없이 싸우고 있던 백호는 점점 한 가지 생각이 들었다.

 '이들을 계속 하나로 움직이게 하면 못 이겨.'

 완벽한 연수합격진.

백팔나한진이 무서운 건 소림의 무공에서 흘러나오는 강인함과 혹독한 훈련 때문이기도 하지만 가장 중요한 건 그런 이들이 모여 만든 하나의 완벽한 작품이라는 것이다.

 이런 상태로 싸운다면 백호로서는 승산을 장담할 수 없었다.

 백호는 조금 더 관점을 넓혔다.

 백팔나한진. 하지만 결국은 그것을 구성하는 건 어떠한 것도 아닌 인간이다.

 하나가 아닌 백팔 명이 만들어 내는 진법이고, 그로 인해 이토록 강할 수 있었지만 반대로 그런 부분에서 약점을 찾을 수 있었다.

 백팔 명이 만들어 내는 백팔나한진이 아닌 개개인을 본다면? 분명 백팔나한진은 약점이 없었지만 개개인만 놓고 보면 또 그렇지만은 않다. 그저 서로의 약점을 보완해 주는 옆의 동료들이 있기에 잘 드러나지 않을 뿐이다.

 백호의 두 눈동자가 빛났다.

 '균형을 무너트린다!'

 백호가 지금 할 수 있는 최선의 선택은 바로 이들끼리 만들어 내는 절묘한 조화를 깨어 버리는 것이었다. 그로 인해 빈틈이 생겨날 테고, 그 빈틈이 백호에겐 다시없을 기회들을 만들어 줄 게다.

제3장. 백인 돌파 - 역사상 유례가 없는 일이다

생각을 정리하는 그 찰나의 시간에조차 백호는 몇 번 일격을 허용했다. 물론 그 와중에 반격을 가하며 상대에게도 공격을 가하긴 했지만 옆에 있는 다른 자들로 인해 치명상은 전부 빗겨 가고야 말았다.

촘촘하게 퍼져 있던 백호의 감각이 조금 더 예민하게 움직였다.

그 감각의 틀 안에서 백호는 이들의 움직임을 읽었다. 소림의 권법과 봉법, 이 두 가지는 일전에 무림맹에서 있었던 비무 대회에서 본 적이 있다.

물론 그때 보았던 자들과 이 백팔나한진의 구성원들이 펼치는 무공의 완성도는 비교도 되지 않았지만, 그래도 한 번 머리에 새겼던 무공인지라 그것들을 이해하는 데는 오랜 시간이 걸리지 않았다.

아마도 지금 이곳에서 공격을 펼치는 소림의 무승들이 안다면 기겁할 정도의 일이 지금 벌어지고 있었다. 백호는 그들이 펼치는 무공을 눈으로, 감각으로 받아들이고 있었다.

빠르게 그 무공들이 백호에게 흡수되었고, 머릿속에서 그것들을 이해하기 시작했다.

무림 최고의 절학들로 알려진 소림의 무공을 이해하는 데 백호에겐 그리 오랜 시간이 필요치 않았다.

소림의 수많은 권법들.

소림 칠십이종 절예의 하나인 백보신권(百步神拳), 단순하고 간단하여 권법의 기본이 된다 알려진 육합권(六合拳)과 동물의 동작을 본떠 만든 소림오권(少林五拳)까지.

이 외에도 더 많은 권법들이 펼쳐지고 있었고, 또 그 권법들마다 수십 개의 초식들과 변화를 지니고 있어 그 무공을 이해한다는 건 쉬운 일이 아니었다.

허나 백호는 진법에 둘러싸인 채로 공격을 당하면서 소림의 모든 무공을 흡수했다. 그건 말도 안 되는 일이었다.

백호의 자세가 돌변했다.

그를 향해 달려들던 소림의 무승들의 얼굴에 일순 당혹감이 서렸다. 지금 백호의 자세는 다름 아닌 백보신권이다. 백보신권은 백보 밖에 있는 바위마저도 권경으로 부술 수 있을 정도의 위력적인 권법.

모두가 움찔하는 그 짧은 틈에 백호의 주먹이 움직였다.

뻗어지는 주먹에는 힘이 실렸고, 태산조차도 누를 법한 강맹한 기운이 뻗어져 나왔다. 마주하고 있던 이들이 놀란 듯 옆으로 비켜섰다.

콰왕!

큰 소리와 함께 백호의 주먹이 향한 곳이 터져 나갔다. 그 모습을 본 소림의 무승들의 얼굴색이 새하얗게 변했다.

지금 백호가 펼친 건 소림의 무공인 백보신권이 틀림없었다.

대체 어떻게 저런 요괴가 소림의 무공을 안단 말인가.

하지만 놀람은 거기서 끝이 아니었다.

백호의 손이 빠르게 허공을 휘저었다.

소림오권이 순식간에 쏟아져 나왔다. 호권에 이어 용권, 표권과 사권 학권까지. 그 다섯 가지의 권법은 마치 오랜 훈련을 받은 것처럼 완벽했다.

자신들의 권법에 공격을 당하자 평정심을 지키던 소림의 무승들마저도 흔들렸다.

백호의 모든 소림 권법들은 완벽했다.

아니, 자신들이 펼치는 것보다 오히려 더 뛰어났다. 더욱 파괴적이고 변화무쌍하다.

백호의 손이 맹렬하게 회전했다.

후웅—훙!

연달아 불어오는 바람 소리와 함께 백호의 주먹이 허공을 갈랐다. 백호의 주먹이 향한 곳에 있던 백팔나한의 일인이 마침내 일격을 허용했다.

갑자기 소림의 무공을 펼치는 백호의 모습에 당황한 탓에 벌어진 일이었다.

그렇게 무승 하나가 뒤로 밀려 나가며 완벽했던 백팔나

한진에 조그마한 균열이 생겼다.

그리고 백호의 예리하게 퍼져 있던 감각은 그 틈을 놓치지 않았다. 백호는 지금까지와 다르게 빠르게 내공을 끌어모았다.

두두두두!

땅이 가볍게 떨려 왔다.

바닥을 이루고 있던 흙들이, 작은 돌멩이들이 요동쳤다. 그 순간 백호의 몸으로 어마하다고밖에 표현할 수 없는 내력이 몰려들었다.

수천 년을 살아온 백호의 내공은 인간으로선 상상조차 하지 못할 수준이다.

자신의 몸에 엄청난 내공이 있다는 사실은 예전 월하린에게 들어서 알고 있었다. 백호는 그 내공을 폭발시키듯 뿜어냈다.

백팔나한진을 이끄는 중년의 무승 또한 지금 느껴지는 위험함을 감지했는지 황급히 소리쳤다.

"온다!"

백호의 몸에서 새하얀 기운이 쏟아졌다.

초절정 고수만이 가능하다는 강기. 그런데 강기도 보통 강기가 아니다. 수십 개의 기운이 마치 커다란 호랑이의 모습을 띠며 주변을 잠식해 들어갔다.

새하얀 기운의 강기에 백호의 귀걸이에서 흘러나온 검은 기운이 흡수되면서, 강기에는 흡사 백호의 갈기 같은 검은 줄무늬가 가득 새겨졌다.

백호는 뿜어져 나오는 막대한 내력에 자신의 몸도 압사당하는 느낌이 들었다.

그만큼 지금 자신의 몸에서 뿜어져 나오는 내공은 엄청났다. 오래전부터 지녔던 내력, 하지만 그것을 이런 식으로 사용하는 걸 인간들에게 배웠다.

백호는 그 힘을 이용해 월하린을 구해야만 했다.

자신마저도 버거운 힘을 뿜어내며 백호는 이를 악물었다.

'집중하자. 집중!'

주어진 한 번의 기회, 지금 이 순간 백팔나한진을 흔들어야만 했다. 백호의 시선이 몇 군데를 빠르게 확인했다.

백호가 입을 열었다.

"……찾았다."

중얼거림과 함께 폭발음이 터져 나갔다.

쿠웅!

백호의 몸 주변에서 시작한 기운이 거미줄처럼 퍼져 나갔다. 그에게서 흘러나온 수십 개의 강기들이 사방으로 요동쳤다.

엄청난 위력의 무공을 펼치는 백호의 모습에 소림의 백팔나한들조차도 당황했다.

 몇 명으로 막아 낼 수 없다는 것을 알았기에 그들은 재빠르게 자리를 잡고 뭉쳤다. 여섯 개의 무리들이 빠르게 자리를 잡고 다급하게 내력을 뿜어냈다.

 백호의 기운이 그런 그들을 집어삼켰다.

 쿠와아와와앙!

 땅이 뒤흔들리는 소리와 함께 주변의 많은 것들이 터져 나갔다. 일격을 가한 백호도, 그런 백호의 공격을 마주한 백팔나한들의 몸도 미칠 듯이 흔들렸다.

 충격은 한 번으로 그치지 않았다.

 몇 번이고 계속해서 밀려들며 백팔나한들을 압박해 들어갔다. 주변으로 폭풍과도 같이 거친 바람이 몰아닥쳤다가 사라졌다.

 커다란 굉음을 토해 냈던 공격이 이내 잠잠해졌다.

 믿을 수 없는 일격을 가했던 백호는 가만히 선 채로 전방을 응시했다. 그리고 사방으로 흩날리던 흙먼지가 가라앉으며 그 안에는 엉망이 된 백팔나한들의 모습이 드러났다.

 그들의 승복은 찢겨져 있었고, 입가에 피가 묻어 있는 이들이 대부분이었다.

피해를 입은 건 승려들만이 아니었다.

나한당에 심어져 있던 많은 나무들이 뽑혀 나뒹굴거나 박살이 나 있었고, 땅은 지진이라도 난 것처럼 쩍쩍 갈라져 있다.

피해는 그 정도로 그치지 않았다.

심지어 멀리 떨어져 있던 나한당의 외벽마저도 엉망이 되어 버렸다. 주변을 장식하고 있던 돌들은 부서져 사방으로 나뒹군다.

엉망이 되어 버린 소림사의 자랑 나한당.

지금 이 모습은 흡사 수백 개의 벽력탄이 떨어진 게 아닌가 하는 생각이 들 정도였다.

놀란 건 그 공격을 직접 마주한 소림 무승만이 아니다. 나한당의 입구에서 백호를 바라보며 웃고 있었던 유강의 표정은 이미 일그러질 대로 일그러져 있었다.

그는 백호의 말도 안 되는 일격을 보고 놀라 급히 꼬리만 개처럼 바닥에 바짝 엎드려 있었다. 그는 자신의 꼴이 우스웠는지 붉어진 얼굴로 자리에서 벌떡 일어났다.

유강이 이를 갈았다.

'저놈이 정말…… 내가 알던 그놈이란 말인가?'

유강은 분을 삭이기 힘들었다.

그의 꽉 쥔 주먹에서 피가 흘러내렸다.

백호와는 한 번 싸워 본 적도 있는 자신이다. 그랬기에 그의 실력이 어느 정도인지 안다. 물론 그 이후에도 빠르게 강해지는 백호의 모습을 보아 왔던 유강이다.

그래서 그때와는 비교도 하지 못할 정도로 강해진 건 알았지만 이건 해도 너무하지 않은가.

유강은 강해졌다.

청룡에게 모든 걸 줬고, 인간으로서의 삶도 버렸다. 그 이유는 오직 하나였다.

백호, 저놈을 뛰어넘기 위해서였다.

청룡에게 엄청난 마공을 받았고, 하루 종일 무공에만 매진한 덕분에 유강은 예전과는 비교도 안 될 정도의 경지에 올라 있었다.

십 할 이길 거라 자신은 못했지만, 어느 정도 따라잡았다고 생각했던 백호와 자신의 거리.

그런데 그건 착각이었다.

따라잡았다 생각했는데…… 더 멀어졌다.

예전엔 그나마 등을 보고 달렸다면, 이제는 백호의 모습이 보이지도 않을 정도로 멀어져 버렸다.

화가 났다.

놈의 재능이, 놈의 강함이.

유강이 분에 치 떨고 있는 그때 백호와 마주하고 있던

소림의 백팔나한들은 당황스러움을 감추기 힘들었다. 상대가 위험인물이고, 혹시 모를 피해를 막기 위해 처음부터 백팔나한진을 펼쳤다.

그런데 백호는 그들의 예상보다 훨씬 강했다.

이런 무지막지한 무공은 살면서 경험해 본 적이 없다. 그 쏟아지는 엄청난 내공에 백팔나한진 자체가 흔들렸다.

너무나 당황스러웠지만, 이내 그들은 마음을 다잡았다.

자신들은 소림의 무승들이다.

이곳에서 흔들릴 순 없다.

처음 백호와 마주했던 중년의 무승이 서둘러 백팔나한진을 정비하겠다는 듯이 소리쳤다.

"진정들 해라! 우리가 누구인가!"

무승의 외침에 나머지 나한들이 한목소리로 소리쳤다.

"소림!"

그 목소리에는 자부심이 가득했다.

무림 최고의 방파라는 자신감 있는 그들의 목소리. 그런 나한들의 목소리를 뒤로한 채 무승은 서둘러 상황을 파악하기 위해 재차 소리쳤다.

"다친 이들이 얼마나 되는가!"

그러자 사방에서 목소리가 터져 나왔다.

"원정이 다쳤습니다!"

"원석도 마찬가지입니다."

"원진도 다쳤습니다!"

외침이 이어지는 순간 무승의 얼굴에 설마 하는 표정이 들었다. 놀랍게도 다친 모든 이들은 바로 원(元)이라는 법명을 지닌 이들이다.

소림사는 배분에 따라 법명을 나눈다.

그리고 원이라는 법명을 지닌 이들은 이곳 나한당에서 가장 아래에 위치한 자들이다. 한마디로 백팔나한 중에 가장 실력이 미흡하다는 말이기도 했다.

과연 이게 우연일까?

무려 열네 명이 움직이기 힘들 정도의 큰 부상을 입었다. 백호의 집중 공격이 쏟아진 부분에 위치한 승려들이다.

그런 그들이 모두 원이라는 법명을 가진 자들이었다.

'……이것이 우연일 리가 없다.'

중년의 무승은 소름이 돋았다.

어떻게 안 것일까?

저자는 그토록 몰아치는 백팔나한진을 상대하면서 그 안에서 가장 약한 자들을 머리에 새겼던 것이다. 그리고 완벽하게 그들을 향해 더 강한 일격을 내뻗었고 그로 인해 원의 법명을 지닌 승려들이 모두 쓰러졌다.

믿을 수 없는 일이다.

힘의 배분을 위해 그들을 한 진법에 몰아 둔 것도 아니고 곳곳에 박아 두지 않았던가. 진법에 뒤섞여 있는 그들을 이렇게 제압한다는 건 불가능한 일이다.

불가능한 일이라 여겼던 그것이 현실로 다가오니 무승으로서는 당혹스러웠다.

무승은 소름이 돋아 저릿거리기까지 하는 손을 가볍게 어루만졌다. 그는 자신들을 향해 무표정한 얼굴로 서 있는 백호를 보며 직감했다.

'잘못했다가는 큰 피해를 입겠구나.'

소림사는 부처를 모시는 곳이다. 그런 곳에서 인명 피해를 입는 것만큼은 피하고 싶었다. 그랬기에 그는 최대한 피해 없이 백호를 제압하기를 바랐다.

그리고 이번 격돌로 인해 정면으로 붙기에는 위험한 상대라는 걸 뼈저리게 느꼈다.

괴물 같은 힘, 그리고 한눈에 진법의 약한 부분을 파고드는 말도 안 되는 눈썰미에 소림 무공까지 훔치고 있다.

이런 상황을 더욱 길게 이어가게 된다면 피해도 피해이거니와 소림의 백팔나한이라는 명성에도 금이 가고야 말 것이다.

선대부터 만들어져 왔고, 후대까지 이어져야 할 명예다.

이곳에서 무너지게 할 순 없었다.

그가 소리쳤다.

"조를 재편성한다! 두 개 조는 권법, 한 개 조는 봉법, 나머지 인원들은 장법으로 상대한다! 그리고 십팔나한은 나를 따르도록!"

조금 더 체계적으로 움직이기로 마음먹은 그가 명을 내렸다. 그러자 소림의 무승들은 빠르게 자리를 바꿔 잡으며 백호와 마주했다.

일사불란한 그들의 움직임은 그만큼 훈련이 잘되어 있다는 걸 의미했다.

중년의 무승은 빠르게 다른 십팔나한들에게 전음을 날렸다.

『일지선(一指線)을 준비한다.』

명령을 내린 그를 제외한 나머지 십팔나한들이 놀란 듯 그를 바라봤다.

일지선은 소림이 자랑하는 지법이다.

격공술이라는 게 있다.

격공술이란 앞에 어떠한 장애물이 있다 해도 그 뒤편에 있는 것에 타격을 입힐 수 있는 무공을 의미한다. 그리고 이 일지선 또한 그런 격공술의 일종이였다. 뭔가 장애물이 있다 해도 원하는 목표물에 적중시킬 수 있다.

치명적인 일격을 가하거나 혈도를 점할 때 자주 사용하는 일지선은 보통의 무공이 아닌 만큼 소림 내에서도 사용할 수 있는 이의 숫자가 극도로 적었다.

백팔나한 중에서도 십팔나한만이 가능한 경지.

그랬기에 무승은 따로 십팔나한만을 움직여 일지선으로 백호를 제압하기로 마음먹었다. 가능하면 생포하려 했지만 마음이 바뀌었다.

이런 자를 상대로 제압을 하느니 마니 하는 것도 우습다. 최선의 선택은 여전히 생포하는 것이었지만 그것이 힘들다면 살생 또한 염두에 두어야 할 부분이다.

무승은 재빠르게 조를 재편성하고는 다시금 백호를 앞에 두고 움직이기 시작했다. 그의 목소리가 쩌렁쩌렁 울렸다.

"저자를 압박하라!"

"예!"

다른 무승들의 목소리가 힘 있게 울렸고, 이내 잠시 소강상태가 되었던 싸움이 이어지기 시작했다.

소림의 무승들의 움직임을 바라보던 백호의 얼굴에 처음으로 웃음기가 걸렸다.

'보인다.'

아까까지는 보이지 않던 수많은 약점들이 사방에서 노출됐다. 열네 명의 소림 나한들. 백팔 명 중 열네 명은 일 할도 되지 않을 정도로 적은 숫자다.

 여전히 소림 무인들이 뿜어 대는 기운은 강대했고, 전혀 문제는 없어 보였다.

 허나 그건 겉으로 드러난 부분에 불과했다. 백호에게 당한 열네 명이 없음으로써 백팔나한진은 완벽해 질 수 없었다.

 백호가 히죽 웃으며 두 손에 내력을 불어 넣었다.

 길게 자란 손톱 끝에 차디찬 검기와도 같은 기운이 서렸다. 이제부터는 백호가 공격할 시간이었다.

 백호가 작게 중얼거렸다.

 "부서진 장독을 언제까지나 두 손으로 막을 수는 없는 노릇이지."

 백호는 지금 백팔나한진을 커다란 장독에 비유했다.

 깨어져 버린 한 축, 그곳에서 계속해서 흘러나오는 물을 억지로 손으로 막고는 있지만 그건 임시방편에 불과하다.

 결국 그 구멍으로 인해 장독 안에 있는 모든 물이 새어 나올 테니까.

 그리고 백호는 그 속도를 더욱 높일 생각이었다.

 한 번에 더 많은 물이 쏟아져 나올 수 있게 구멍의 크기를 더욱 넓혀야만 한다. 백호는 자신을 바라보는 소림의 나한들을 향해 재차 말했다.

"너희들이 무적이라 말하던 백팔나한진은…… 이미 깨졌어."

백호의 말은 소림 무승들을 자극했다.

백팔나한진에 대한 자부심을 지닌 나한당의 무승들이다. 그런 자신들의 자부심을 건드리자 그들은 무척이나 노한 표정이었다.

"그 입 다물어라, 요괴!"

누군가가 버럭 소리치며 백호에게 달려들었고, 이제는 균형이 무너져 버린 백팔나한진이 다시금 펼쳐졌다. 여러 방위를 동시에 점하며 밀려드는 공격은 분명 매서웠다.

허나 완벽했던 아까와는 달리 지금은 곳곳에 틈이 있었고, 이미 소림의 무공을 이해하고 또 이 백팔나한진 자체를 머리에 심은 백호에게 그 공간은 너무나 컸다.

백호의 몸이 요리조리 움직이며 그들의 공격을 피해 냈다.

숨을 돌릴 시간도, 생각을 할 여유도 있다.

'너희는 차라리 백팔나한진을 포기했어야 했다.'

분명 아직까지도 백팔나한진은 위력적이었다. 그렇지만 이미 망가진 진법, 그것에 매달리는 이상 이들은 결코 백호를 이길 수 없었다.

빠르게 몰아치는 연속 공격을 옆으로 비켜서며 피해 내

던 백호의 몸이 땅을 박찬 채로 회전했다. 그의 발이 매서울 정도로 진법 사이사이를 파고들었다.

퍽퍽퍽!

허공에서 번개처럼 휘둘러진 발길질이 한 명의 얼굴에 연달아 틀어박혔다. 소림 무승 하나가 그대로 뒤로 밀려나갈 때였다.

백호가 양손을 내뻗었다.

그 순간 손바닥에서는 무지막지한 내공이 뿜어져 나왔다. 재차 개방의 강룡십팔장을 사용했던 것이다. 처음엔 너무나 수월하게 막혔던 공격.

하지만 이번엔 달랐다.

무너진 균형이 강룡십팔장에게 빈틈을 허용하고야 말았다.

콰아앙!

강룡십팔장의 기운이 노린 곳에 있던 소림의 무승들 여러 명이 그 충격을 감당해 내지 못하고 사방으로 나자빠졌다.

공격은 거기서 끝이 아니었다.

백호의 손이 연달아 휘몰아쳤다.

후웅!

수십 명의 소림 무승들이 어떻게든 그런 백호의 공격을

막기 위해 나섰다. 그렇지만 그렇게 많은 이들이 막아섰음에도 백호 하나의 힘을 견딜 수 없었다.

한 번 끌려가기 시작한 소림의 나한들은 그렇게 패배하는 것처럼 보였다.

그렇지만 그 순간 멀리에서 새로운 움직임이 시작되고 있었다. 다름 아닌 십팔나한들이었다.

옆으로 내달리는 중년 무승의 눈동자가 빛났다.

'아직이다. 조금만 더……'

백호의 몸이 이리저리 휘몰아치고 있었고, 그때마다 소림의 나한들이 쓰러지고 있다. 그런 상황이었지만 그는 최대한 침착함을 유지하려 했다.

기회는 한 번이다.

그 한 번의 기회로 백호의 혈도를 모두 점해야 했다. 그리고 그런 그의 명령을 기다리며 다른 십팔나한들 또한 손가락 끝에 내력을 끌어모으고 있었다.

수십 명의 소림 무승들이 벽처럼 가로막고 있지만 상관없다. 어차피 격공지인 일지선이기에 방해물이 있다 해도 목표한 표적에 적중시킬 수 있다.

그는 계속해서 기회를 엿봤다.

백호에게 일지선을 모두 적중시키기 위해선 소림의 다른 나한들이 그의 움직임을 잠시라도 완벽하게 봉쇄해야만 했으니까.

쿠웅! 쾅!

백호의 파괴적인 힘이 연신 쏟아져 나왔다.

나한당이 흔들렸고, 소림의 무승들이 계속해서 하나둘 나가떨어진다. 단 한 번도 깨지지 않았던 백팔나한진이 점점 그 위용을 잃어간다.

마음이 조급하지만 그는 계속해서 참았다.

한 번, 한 번이면 된다.

그렇게 쓰러지는 동문의 승려들을 바라보던 그의 눈에 파란빛이 일렁였다.

『지금이다!』

그의 외침이 다른 십팔나한들의 머릿속으로 퍼져 나갔다. 명령이 떨어지는 순간 그들은 일사불란하게 백호를 향해 그동안 모아 둔 내력을 토해 내기 위해 자세를 잡았다.

십팔나한들의 손가락이 한참 싸움에 열중하고 있던 백호에게로 향했다. 그리고 그 손가락 끝에 걸려 있던 내력이 쏟아져 나왔다.

피잉!

일지선이다.

자그마한 소리와 함께 쏘아진 열여덟 개의 일지선이 소림 무승들을 뚫고 목표인 백호에게 날아들었다. 워낙 은밀하게 날아든 탓에 지척까지 오기 전에는 알아차리지 못했던 백호가 황급히 위험함을 감지하며 몸을 틀었다.

허나 장애물도 뚫고 들어가는 일지선을 완벽하게 피해 내는 건 불가능했다. 그 탓에 백호는 열여덟 개의 일지선 중 절반가량에 적중당해 버렸다.

적중당한 부위에서 피가 터져 나왔다.

푸슉!

열 개 정도의 상처에서 피가 터져 나오며 백호는 엄청난 고통에 휩싸였다.

"크르릉!"

백호는 낮은 울음소리와 함께 황급히 손을 휘둘렀다. 다가오는 다른 이들의 움직임을 막기 위해서였다. 날카로운 백호의 손톱에 기회라 여기고 다가서던 소림 무승들이 황급히 뒤로 물러났다.

백호가 이를 드러낸 채로 낮은 울음소리를 흘릴 때였다.

일지선이 적중당한 것을 확인한 중년의 무승이 한결 밝아진 얼굴로 앞으로 나섰다. 그가 자신만만한 목소리로 말했다.

"이만하시오, 시주."

"왜? 그 잘난 백팔나한진이 깨질까 봐 겁이라도 나나 보지?"

"그럴 리가 있겠소. 다만 괜한 인명 피해는 피하고 싶을 뿐이외다. 아미타불."

백호는 피가 솟구치는 어깨를 손으로 틀어막은 채 히죽 웃어 보였다. 그런 그의 여유 있는 모습이 마음에 들지 않아서일까?

중년의 무승이 말을 이었다.

"이미 알 거라 생각하는데 말이오. 방금 그 일격으로 시주의 혈도가 이미 점혈당했다는 것 정도는."

그의 말을 들으면서도 백호는 전혀 동요하지 않았다. 무승의 말대로 일격을 허용하면서부터 알았던 사실이니까.

일지선은 정확하게 백호의 몇 군데 혈도를 두드렸다. 일부는 그냥 백호를 관통했지만 나머지 세 개의 일지선이 백호의 혈도를 완벽하게 점했다. 그리고 그건 백호의 내공을 사용하지 못하게 만들어 버렸다.

백호가 그런 그를 바라보며 입을 열었다.

"맞아. 혈도를 제압당했지. 덕분에 내공을 움직일 수도 없고 말이야."

상황은 분명 최악이다.

내공을 쓰지 못한다면 이곳에서 어찌 이들을 물리치고 월하린을 구할 수 있단 말인가. 그럼에도 불구하고 백호의 얼굴에 걸린 미소는 사라지지 않았다.

그런 백호의 모습에 무승은 의아함을 감추기 어려웠다. 다른 이들도 아닌 소림의 십팔나한이 제압한 혈도다. 결코 쉽사리 풀 수 없다는 소리다.

 딱히 다른 방책이 있는 것도 아닐 터인데 아직까지도 흘러넘치는 저 자신감은 무엇이란 말인가?

 백호가 감쌌던 어깨에서 손을 내려트렸다.

 어깨에서 피가 계속해서 솟아 나왔지만 그는 개의치 않는 듯했다.

 백호가 피가 잔뜩 묻은 손으로 가볍게 턱 부분을 어루만졌다. 그 탓에 얼굴에는 잔뜩 피가 묻어났고, 그 상태로 백호가 천천히 입을 크게 벌리며 웃었다.

 내공을 쓰지 못하는 상황에 처한 백호가 도리어 크게 웃자 중년의 무승은 당황한 듯 표정을 구겼다.

 자신만만해 보이는 백호의 웃음소리에 그는 오히려 위축됨을 느꼈다.

 '뭐지? 이 알 수 없는 불안감은?'

 분명 이 싸움은 끝났다 생각했다. 혈도를 점혈당한 자가 무엇을 한단 말인가. 그런데 이상하게 불안했다. 저 웃음을 보는 순간 자신들의 일지선이 빗나간 것이 아닌가 하는 생각마저 들 정도였다.

 하지만 분명 일지선은 적중했고, 그렇다면 지금 자신의

이런 걱정은 기우에 불과했다.

괜히 백호에게 휘둘릴 필요 없다 생각했는지 그가 다른 이들에게 명을 내렸다.

"이제 저자는 내공을 쓸 수 없다. 서둘러 제압하여 신성한 소림사를 어지럽힌 벌을 내리도록 한다."

백호의 용맹한 모습에 은연중에 겁을 집어먹었던 이들이 중년 무승의 말에 애써 침착함을 되찾았다. 그러고는 명대로 백호를 제압하기 위해 다가올 때였다.

백호가 눈을 감았다.

몸 안의 모든 감각이 순간적으로 퍼져 나갔다.

막혀 있던 혈도를 향해 내공이 연달아 몰아쳤다.

퉁퉁퉁!

몸 안에서 폭발하는 듯한 소리가 밀려 나온다. 백호의 몸도 그에 맞춰 들썩거렸고, 그 모습을 본 소림의 무승들이 놀라 뒷걸음질 칠 때였다.

백호의 혈도가 하나씩 풀려나가고 있었다.

순식간에 막혀 버린 혈도를 풀어버린 백호가 여전히 웃는 얼굴로, 자신에게 다가오던 소림 무승들을 바라봤다.

"이거 어쩌나? 이미 다 풀어 버렸는데."

히죽 웃으며 내뱉는 백호의 한마디에 소림 무승들의 얼굴이 굳어졌다.

일지선을 펼쳤던 소림 십팔나한들조차 믿기지 않는다는 표정을 지어 보였다. 어떻게 자신들이 한 점혈을 이토록 쉽게 풀 수 있단 말인가.

하지만 그건 이들이 백호를 몰랐기에 한 행동이다.

백호의 내공은 이들이 상상하는 것보다 몇 곱절, 아니 몇십 갑절에 가깝게 강대했다. 이들이 막아 둔 혈도는 백호의 내공이 몇 번 두드리자 거대한 물길에 잠겨 버린 둑처럼 집어삼켜져 버렸다.

백호에게 이런 공격은 아무런 의미가 없었던 것이다.

놀란 듯 서 있는 그들을 향해 백호는 다시금 내력을 끌어모았다. 백호의 움직임에 급히 정신을 차린 남은 백팔나한들은 자신의 자리로 움직였다.

이미 반쯤 망가진 백팔나한진에 다시금 희망을 거는 것이다.

허나 백호는 이미 이 싸움이 끝으로 치닫고 있음을 직감했다. 백호의 머릿속에는 이미 자신이 아는 가장 파괴적인 무공들이 준비되고 있었다.

일전 북황련의 유령신마에게서 훔쳐 배운 구륜필살, 그리고 개방의 강룡십팔장. 당시 유령신마를 쓰러트릴 때에도 이 두 가지 무공을 동시에 사용했었다.

그리고 그 당시 사용했던 무공들을 지금은 몇 곱절 더

강하게 사용하는 게 가능해진 백호다.

백호의 손톱마다 아홉 개의 검환이 생겨나기 시작했다.

무려 구십 개에 달하는 검환이 손톱 끝에 맺혔다. 그 크기는 무척이나 작았지만 그렇다고 해서 위력이 반감된 것은 아니다. 작게 압축된 힘이 맹렬하게 회전하며 주변의 모든 걸 빨아들였다.

그 힘을 마주한 백팔나한들은 숨이 멎는 것 같은 착각에 빠졌다.

사실 이건 불가능한 일이었다.

구륜필살 자체가 엄청난 내공을 소모하는 무공이다. 그랬기에 유령신마도 아홉 개의 검환을 만들어 내는 데에서 그쳤다. 허나 수천 년을 살아온 백호의 내공은 백 년도 살기 힘든 인간과 비교해선 안 됐다.

더군다나 백호는 요괴.

그의 내공은 자연으로부터 시작된 것으로, 가장 정순하다 해도 무방했다. 그런 백호의 내공이 모두 개방되다시피 했으니 마주한 이들로서는 생전 처음 느껴보는 강대한 기운에 겁을 집어먹는 건 당연했다.

거기다 손에 밀려드는 강룡십팔장의 기운까지.

어찌 이런 말도 안 되는 무공이 가능하단 말인가. 그렇지만 지금은 그런 모습에 넋을 잃고 있을 상황이 아니었다.

"막아야 한다! 여기서 막지 못하면······."

무승은 차마 뒷말을 잇지 못했다.

허나 듣지 않아도 모두가 그 뒤에 이어질 말 정도는 알 수 있었다.

지금 이곳에서 막지 못한다면 소림사에 치욕적인 역사가 생길 것이고, 단 한 번도 깨어지지 않았던 백팔나한진의 전설도 사라지리라.

구우우우우웅!

이상한 소리와 함께 백호의 몸이 허공에서 슬쩍 떠오른다는 생각이 들었다. 그의 전신을 감싸는 빛과 손끝에 맴도는 검환들이 무섭게 회전했다. 그 모습을 바라보던 소림의 무승들 또한 나름 대비를 마쳤다.

대력금강장이다.

백호를 감쌌던 빛들이 폭발했고, 손끝에 걸려 있던 검환이 여전히 맹렬하게 회전하며 날아들었다. 그리고 그런 백호의 공격을 마주한 소림의 무승들이 다급히 자리를 잡고 대력금강장을 뿜어냈다.

백호의 기운과 소림 무승들의 힘이 충돌했다.

쿠우웅!

두 개의 힘이 맞닿는 그 순간 숭산이 흔들렸고, 덩달아 그곳에서 힘을 내뿜고 있던 소림 무승들의 몸도 떨려 왔다.

강력한 기운들이 허공에서 충돌한 채로 주변의 모든 걸 빨아들였다.

"으으으!"

사방에서 고통에 찬 신음 소리가 흘러나왔다.

백팔나한을 이끌고 있는 무승은 지금 상황을 믿을 수가 없었다. 단 한 명의 공격을 이 많은 소림의 무승들이 받아 내지 못해 쩔쩔매고 있다니.

하지만 약해져선 안 됐다.

지금의 상황에서 한 명이 무너지면 그만큼 다른 이들이 짊어져야 할 부담이 더 크다.

무승이 소리쳤다.

"버텨라! 이런 막대한 공력을 계속 쏟을 수는 없을 것이다!"

그는 생각했다.

강한 공격이니 만큼 내력의 손실이 큰 건 당연지사다. 조금만 더 버텨 낸다면 백호의 내공은 바닥날 것이다. 내공을 모두 사용할 때까지만 버틴다면 그 이후에 제압이 가능할 거라고.

하지만 그런 무승의 생각을 비웃기라도 하는 듯이 그 위에 강룡십팔장의 힘이 더해졌다.

쿠웅!

그 힘을 견디기 힘들었는지 반수 이상의 무승들이 바닥에 무릎을 꿇었다. 곧 사그라질 거라 생각했던 힘은 도리어 점점 더 강해져 왔다.

백팔나한진이 멀쩡했다면 모를까, 지금 같이 힘의 균형이 무너진 상황에서 이 공격을 받는 건 쉽지 않았다.

파라라락!

옷자락이 미친 듯 휘날렸고, 밀려드는 바람으로 인해 눈을 뜨기도 힘들다.

백호에게서 터져 나온 기운이 점점 다가온다.

무승의 안색이 창백하게 변했다.

'이, 이러다가는 정말 끝……'

백호의 힘이 소림 무승들이 뿜어낸 대력금강장을 집어삼켰다. 그리고 동시에 버티고 서 있던 백팔나한들의 몸이 사방팔방으로 날아갔다.

쾅쾅쾅!

사방으로 날아가며 소림 백팔나한들은 땅에 처박혔다. 그들은 부르르 떨기 무섭게 혼절했고, 그나마 버티고 선 이는 채 열 명도 되지 않았다.

그들조차도 반쯤 만신창이가 되어 땅바닥을 마구 뒹군 이후였다. 간신히 몸을 일으킨 이들은 모두 십팔나한의 구성원들이었다.

가장 강한 무인들인 만큼 이 와중에서도 버티고 선 모양이다.

폭풍우가 휘몰아친 장소를 걸어 들어오던 백호가 그런 그들을 바라보며 짧게 탄성을 토해 냈다.

"호오. 제법들 버텼네."

대단하다는 듯한 어투, 그렇지만 그 말이 결코 칭찬으로 들리지 않는다. 그렇게 듣기에 자신들을 이렇게 만든 저 백호라는 자는 너무나 멀쩡해 보였으니까.

전신에 크고 작은 상처가 가득하긴 했지만 그 대가로 백팔나한과, 백팔나한진을 뭉개 버렸다. 어느 쪽이 손해인지는 굳이 계산하지 않아도 알 수 있었다.

중년의 무승이 힘겹게 떨리는 다리를 손으로 꽉 눌렀다. 버티고 서 있긴 했지만 마음 같아서는 자신 또한 당장에 드러눕고 싶을 지경이다.

그가 내상을 억지로 억누르며 입을 열었다.

"더는…… 들어갈 수 없소."

길을 막아선 그를 바라보며 백호가 짧게 말했다.

"비켜."

백호의 말에도 그는 전혀 따를 생각이 없었다. 버티고 선 그의 뒤편으로 아직 쓰러지지 않은 십팔나한들이 몰려들었다.

적어도 이곳을 뚫고 가려면 이들 십팔나한들 모두를 쓰러트려야 할 모양이다.

그런 그들을 향해 백호가 공격을 펼치려 할 때였다.

파라락!

날카로운 파공음에 백호가 몸을 뒤로 젖혔다. 아슬아슬하게 검 한 자루가 회전하며 그를 스쳐 지나가는 찰나였다. 백호가 허리를 들어 올리는 순간 커다란 장포가 시야를 가렸다.

백호가 손을 뻗어 날아드는 장포를 휙 잡아채는 순간이었다. 그 장포 뒤편에서 날카로운 검이 튕겨져 나왔다.

타앙!

은밀하게 펼쳐진 공격이었지만 이미 장포를 잡아채기 전부터 백호는 뭔가가 다가오고 있음을 알고 있었다. 그랬기에 그리 어렵지 않게 날아드는 검을 손톱으로 쳐 낼 수 있었다.

검을 휘두른 주인공은 바로 유강이었다.

백팔나한들의 뒤편에서 싸움을 보고만 있던 그가 더는 안 되겠다 생각했는지 직접 나선 것이다. 백호가 그런 유강을 향해 인상을 쓰며 말했다.

"아직도 안 도망갔냐?"

"도망갈 이유가 없지. 지금이 널 죽일 적기일 텐데."

유강이 웃는 얼굴로 대꾸했다.

정말 놀라운 싸움이었다. 설마 백호가 백팔나한진을 깰 거라고는 생각도 못 했다. 그렇지만 그는 말도 안 되는 내공으로 백팔나한진을 산산조각을 내 버렸다.

분명 압도적인 힘에 놀랐고, 그로 인해 분노까지 했던 유강이다.

허나 백팔나한과의 싸움이 끝나자 유강은 지금이 기회라는 생각이 들었다. 이 정도로 격하게 싸운 이상 백호의 몸 상태가 정상일 리가 없다.

지금이라면 자신이 백호를 죽이는 게 가능할지도 모른다는 생각이 든 것이다.

이대로 간다면 평생 백호의 실력을 따라잡지 못한다는 걸 이번 싸움을 보면서 알았다. 그렇기에 백호가 지친 지금 승부수를 띄운 것이다.

백호를 만나고 지금까지 단 하루도 그를 잊고 지낸 적이 없다. 어떻게든 죽이고 싶었고, 그러기 위해서 피나는 노력을 해 왔다.

직접 백호에게 어떻게 할 수 없었기에 청룡의 명대로 움직이며 그를 궁지에 모는 대부분의 일을 한 것이 바로 유강이다.

간접적으로 계속해서 백호를 괴롭혔지만 그것만으론 분

이 풀리지 않았다. 어떻게든 저놈을 자신 앞에 무릎 꿇려야만 이 깊은 원한이 풀어질 것이다.

유강의 손에 들린 검이 움직였다.

파라라락!

날카로운 검신이 꼬리에 꼬리를 물며 백호에게 날아들었다. 제법 날카로운 검로에 백호가 옆으로 비켜섰다. 그러자 유강의 검이 폭발하듯이 붉은빛을 쏟아 냈다.

유강의 검이 방향을 선회하며 백호의 목으로 날아들었다.

그냥 검이 아니다.

그의 검에 씌인 붉은 기운이 뜨겁게 타올랐다.

쿠카카캉!

공기마저 갈라 버리며 날아드는 검을 보며 유강의 두 눈동자에 희열이 감돌았다. 이 검이 닿는 순간 백호의 목은 떨어져 나갈 것이다.

그런데…….

파앙!

백호의 목과 종이 한 장 정도의 간격을 남겨 두는 순간이었다. 그 틈을 비집고 백호의 손톱이 자리했다.

붉게 물든 기운이 백호에게 닿지 못했다.

그리고 바로 그 순간.

백호의 다른 편 손이 움직였다. 채 반응도 하기 전에 유강의 배와 어깨를 백호가 손바닥으로 후려쳤다.

"우욱."

유강이 뒤로 물러날 때였다.

백호의 손톱이 그의 어깨를 꿰뚫었다. 유강이 황급히 검을 휘둘렀지만 고개를 숙여 가볍게 피해 낸 백호의 손바닥에서 장력이 터져 나왔다.

카캉!

검으로 막으며 버텼다 생각했다. 그렇지만 아니었다. 유강의 검이 쩌저적 갈라지는 것과 동시에 백호가 다시금 다가왔다.

땅을 강하게 밟으며 백호가 주먹을 내질렀다.

한 방이 틀어박히는 순간, 비어 있는 유강의 급소를 백호의 주먹이 연달아 두드렸다.

"우웩!"

급소에 몇 방이나 치명타를 허용한 유강이 바닥을 마구 구르다가 피를 토해 냈다. 그는 숨을 쉬기도 힘들 정도로 헐떡였다.

유강이 힘겹게 몸을 일으켜 세우려고 할 때였다.

치켜들던 고개를 어느새 다가온 백호가 발로 밟았다.

쿠웅.

백호가 머리를 발로 짓누르는 바람에 유강은 바닥에 얼굴을 파묻은 채로 바동거리는 꼴이 되어 버렸다. 그가 붉어진 얼굴로 소리쳤다.

"당장 발 치워! 네놈을……."

말을 하는 와중에도 바닥에 있는 흙이 연신 입으로 밀려 들어 왔다.

지친 백호를 상대하면 어느 정도 승산이 있다 생각했는데 그건 오산이었다. 백호가 그토록 많은 내공을 사용했음에도 불구하고 유강은 상대가 되지 못했다.

그 사실에 너무나 화가 나 지금 상황도 잊고 바락바락 소리를 질러 대고 있었지만, 그런 유강을 내려다보는 백호의 시선은 차갑기 그지없었다.

백호가 살짝 발에 더 힘을 주자 그의 얼굴의 일부가 땅에 파묻혔다. 그 상태로 백호가 유강을 향해 입을 열었다.

"네놈 하나 죽이는 건 아무 일도 아니지만, 그놈한테 전할 말이 있어서 우선은 살려 줄게. 그러니 가서 네놈 주인에게 똑바로 전해. 당장 하려던 모든 걸 멈추라고. 만약 그렇지 않으면 내가 다 부숴 버릴 거라고. 알겠냐?"

말을 마친 백호는 유강의 머리를 짓밟고 있던 발을 뗐다.

여태까지 해 왔던 짓을 생각하면 죽여도 시원치 않았지

만 백호는 그보다 청룡에게 자신의 말을 전하라며 유강을 살려 줬다.

지금 당장 청룡에게 말을 전할 수 있는 수단이 유강밖에 없었기에 어쩔 수 없이 내린 결정이다.

백호가 아무렇지 않게 몸을 돌리며 먹었던 흙을 뱉어 내는 유강을 향해 말했다.

"아 참, 그리고 이번엔 살려 두지만 다음엔 이런 자비를 기대하지 마라. 다음에 보면 그땐 넌 정말로 죽는다."

말을 마친 백호는 관심 없다는 듯 고개를 돌리고 앞으로 걸어갔다. 그의 시선은 월하린이 갇혀 있는 참원동으로 향하는 길목을 막아서고 있는 십팔나한들에게로 가 있었다.

그 모습을 뒤에서 주저앉은 채로 바라보고 있던 유강의 두 눈에서는 피눈물이 흘렀다.

강해졌다 생각했거늘 지쳐 있는 백호에게 몇 수를 견뎌 내지 못하고 나가떨어졌다. 그가 죽이려 했다면 이미 자신은 죽었을 것이다.

하찮다는 듯 바라보던 백호의 시선이 계속해서 머릿속을 맴돈다.

으드득.

그가 주먹을 강하게 움켜쥐었다.

'아직…… 아직 끝나지 않았다, 백호! 날 살려 둔 걸 후

제3장. 백인 돌파 - 역사상 유례가 없는 일이다 143

회하게 만들어 주지.'

이대론 물러설 순 없었다. 자리에서 일어난 유강이 뒤편으로 빠지더니 이내 모습을 감췄다.

*　　　*　　　*

참원동.

많은 이들이 참원동이라 하면 동굴로 오해하곤 하지만 그곳은 돌벽에 막힌 커다란 건물이다. 참원동에 갇히는 자는 하루 종일 그 돌벽을 바라본 채로 참회의 시간을 가진다.

입도 열 수 없고, 잘 수도 없다.

잠은 정해진 시간에 딱 두 시진만 가능하고, 식사 또한 음식이 아닌 벽곡단으로 대신한다. 그렇게 돌벽을 본 채로 하루하루를 보내는 건 면벽 수행에 익숙해진 소림의 고승들에게도 쉬운 일이 아니다.

점혈을 당한 탓에 내공도 쓰지 못하는 몸으로 하루 종일 움직이지도 않고 벽을 보고 있는 건 보통의 정신력으로는 버티기 힘들었다.

시간은 더디게 흐르고, 심지어 시간의 흐름조차 느끼기 어렵다.

참원동은 꽤 넓었지만 그곳은 오로지 월하린 혼자만이 자리했다. 그녀는 가부좌를 튼 채로 시종일관 벽을 바라만 보고 있었다.

참원동은 조용하다.

아니, 비단 참원동만이 아니다. 소림사 자체가 항상 조용하고 정적인 분위기가 흐른다. 그런 소림사 참원동에 어느 순간부터 이상한 소리가 들려오기 시작했다.

작은 소란 소리로 여겼거늘 그 소리가 점점 커지더니 이내 참원동이 진동할 정도로 큰 충격까지 밀려왔다. 그런 소란에 월하린은 무슨 일이 벌어진 건 아닌가 하고 바깥으로 귀를 기울였다.

그렇지만 내공도 쓰지 못하다 보니 그 소리의 정체를 파악하는 건 쉽지 않았다.

월하린이 바깥에서 나는 소란에 잠시 정신을 팔리는 걸 눈치챈 참원동의 승려 하나가 긴 나무 막대로 그녀의 어깨를 내려쳤다.

대나무로 만들어진 막대에 맞자 월하린은 살짝 눈을 찡그렸다. 승려가 월하린에게 무뚝뚝한 어조로 말했다.

"집중하시게."

"……."

월하린은 아무런 대꾸 없이 다시금 돌벽으로 시선을 돌

렸다.

이곳에 온 지도 며칠의 시간이 지났다.

그렇지만 이 무뚝뚝한 승려와 지루한 하루는 아직도 적응이 되지 않는다. 그리 긴 시간이 지나지 않았음에도 불구하고 몇 달은 지난 게 아닌가 하는 착각이 들 정도로 하루 종일 벽만 바라보고 있는 건 고역이었다.

만약에 백호가 살아 있다는 걸 알지 못했다면 월하린에게 지금은 지옥과도 같았을 것이다. 백호에 대한 걱정으로 계속해서 자책하고 슬퍼했을 테니까.

참으로 다행이다.

백호가 살아 있다는 걸 알았기에 월하린은 이 혼자만의 시간 속에서도 버틸 수 있었고, 또 희망을 품을 수 있었다.

언젠가 백호를 다시 만날 그 날만을 기다리며.

백호에 대한 생각에 월하린이 자신도 모르게 입가에 미소를 머금었을 때다. 기다렸다는 듯이 막대가 그녀의 어깨를 세게 두드렸다.

그녀가 억지로 미소를 지운 채로 애써 마음을 감추고 있을 때였다.

덜컹.

참원동의 문이 격한 소리와 함께 열렸다.

괜히 시선을 돌렸다가는 막대가 날아올 것을 알았기에

월하린은 그저 앞만 바라보고 있을 때였다. 막대를 휘두르던 승려가 입구 쪽으로 고개를 돌렸다가 이내 입을 열었다.

"뉘십니까? 이곳은 아무나 들어오실 수 있는 곳이 아닙니다. 어서 나가 주······."

푸슉!

말을 내뱉던 승려의 목이 단번에 나가떨어졌다. 그리고 그 목은 데굴데굴 굴러 앉아 있는 월하린의 무릎 쪽으로 다가갔다.

목이 떨어지는 그 순간 이미 뭔가 이상함을 눈치챘던 월하린이다. 분명 이 소리는 검이 움직이는 소리다. 그런 그녀의 생각과 동시에 피 냄새가 코를 자극했다.

그리고 이내 무릎 근처로 굴러 온 잘려진 승려의 머리까지.

여태까지 벽을 바라보고 있던 월하린이 황급히 자리에서 일어나며 시선을 돌렸다. 그리고 그곳에는, 피 묻은 검을 들고 있는 유강이 서 있었다. 그가 차가운 표정으로 검에 묻은 피를 털어 냈다.

월하린은 유강을 확인하고는 표정을 굳혔다.

"당신이 왜 여기에······."

"백호, 그놈이 널 구하러 이곳까지 왔거든. 방금 전에 소림 십팔나한들과 마주했으니 아마 곧 이곳에 도착하겠지."

백호가 왔다는 말에 월하린의 얼굴에 화색이 감돌았다. 그런 그녀를 바라보며 유강은 불쾌함이 밀려들었다.

유강이 검을 든 채로 월하린이 있는 쪽으로 성큼 걸어왔다. 그가 발을 옮기며 말을 이었다.

"백호가 왔다는 걸 좋아하기보다는 내가 왜 여기 왔는지부터 걱정해야 하는 거 아냐?"

굳이 듣지 않아도 알 수 있다.

유강이 이곳에 찾아온 이유가 결코 좋은 의도가 아니라는 것쯤은. 월하린은 어떻게든 유강과 거리를 벌리려 했다.

그렇지만 내공을 사용하지 못하게 된 지금 유강의 손을 피하는 건 불가능했다. 어떻게든 거리를 벌리며 뒷걸음질쳤지만 이내 월하린의 등이 벽에 닿았다.

그리고 그 순간을 놓치지 않고 유강이 신법을 펼치며 빠르게 다가섰다.

스윽.

차가운 검날이 월하린의 목에 닿았다.

유강이 그 상태로 희미하게 웃으며 말했다.

"그놈한테 줄 최고의 선물이 바로 네 목이거든."

월하린은 벽에 기댄 채로 침을 삼켰다. 그런 그녀를 바라보던 유강이 뭔가를 생각하고는 크게 웃었다.

"푸하하! 정말 상상만 해도 신나는군. 이곳까지 힘겹게 찾아왔는데 그곳에 잘려진 네 목이 있다라. 아마 백호 그놈은 미쳐 날뛰겠지?"

"……정말 미쳤군요. 백호를 화나게 했다가는 당신도 결코 멀쩡하지 못할걸요."

"상관없어. 그놈이 괴로워하는 모습만 볼 수 있다면 내 목숨 따위는 말이야."

애초부터 목숨을 걸었다.

백호 그놈의 전부인 이 여인만 죽인다면 자신이 죽더라도 웃으며 죽을 수 있으리라. 그런 생각에 점점 손에 든 검에 힘을 불어 넣는 순간이었다.

유강의 예상보다 훨씬 빠르게 참원동의 입구에 백호가 모습을 드러냈다.

여전히 요괴의 모습을 한 그가 빠르게 안으로 뛰어들었다. 그러고는 이내 월하린과, 그녀의 목에 검을 가져다 댄 유강을 발견한 백호의 두 눈에서는 살기가 터져 나왔다.

"네놈이!"

백호가 버럭 소리쳤다.

십팔나한과 싸움을 하던 도중 사라지는 유강의 움직임을

느꼈다. 그리고 뭔가 이상하다는 걸 느끼고는 혹시나 하는 마음에 다급히 이곳까지 달려왔다.

그리고 그런 백호의 예상은 적중했다.

유강은 백호의 눈을 피해 참원동에 들어섰고, 월하린을 죽이려고 하고 있었다.

몇 달 만에 본 월하린이 눈앞에 있다.

당장 달려가서 안고 싶고, 그녀의 체온을 느끼고 싶었다. 자신의 모든 걸 주어도 아깝지 않은 세상 유일한 여인.

그런 그녀를 유강 그놈이 죽이려 들고 있었다.

백호는 이를 드러낸 채로 울음을 토해 냈다.

목에 검이 닿아 있음에도 백호를 발견한 월하린이 자신도 모르게 기쁜 미소를 지어 보였다.

"백호!"

월하린이 반갑게 소리쳤지만 백호에게 다가갈 수 없는 건 매한가지였다. 목에 닿아 있는 검이 언제라도 그녀를 죽일 것 같이 번뜩였다.

생각보다 빠른 백호의 등장에 잠시 당황했던 유강이었지만 그는 이내 침착함을 되찾았다. 원래의 계획대로라면 백호가 오기 전에 월하린을 죽였어야 했다.

백호가 일찍 와서 애초에 생각했던 계획대로 일을 진행할 순 없었지만 어쩌면 오히려 이게 더 백호에게 큰 충격일 수도 있다는 생각이 들었다.

그가 보는 앞에서 월하린을 죽인다면?

생각만 해도 짜릿했다.

미쳐 날뛰는 백호의 모습을 보는 것만으로도 유강은 세상을 다 가진 기분을 느낄 수 있으리라.

유강이 미소를 머금은 채로 말했다.

"백호, 많이 늦었네?"

"죽고 싶지 않으면 그 검 치워라!"

"하하. 이거 어쩌지? 난 이미 죽을 각오를 했거든."

유강이 능글능글거리며 대답했다.

지금 이 순간만큼은 백호보다 자신이 위에 있음을 느끼고 있었다. 그리고 그 기분은 썩 나쁘지 않았다. 그 잘난 백호가 자신의 눈치를 보며 아무런 행동도 하지 못하고 있다.

유강은 괜히 검을 한 바퀴 가볍게 돌렸다.

월하린의 목에서 핏방울이 맺혔고, 백호는 움찔했다. 그런 그를 향해 유강이 반대편 손을 내밀며 입을 열었다.

"움직이면 안 되지. 네가 아무리 빨라도 이 검이 월하린의 목을 뚫는 것보다 빠를까?"

재미있다는 듯이 가볍게 검을 움직여 보는 유강의 행동에 백호가 이를 갈았다. 놈은 지금 월하린의 목숨을 가지

제3장. 백인 돌파 – 역사상 유례가 없는 일이다

고 장난을 치고 있었다.

　백호가 낮게 깔린 목소리로 말했다.

　"후회할 짓 하지 마라. 지금 그 검을 놓고 사라진다면 당장에 죽이진 않으마."

　"지금 네가 그런 말할 처지는 아니지. 이 여자가 죽는 걸 보고 싶어서 그래?"

　"……어떻게 하면 월하린을 놔줄 거냐?"

　백호가 묻자 유강이 피식 웃더니 이내 말했다.

　"네가 죽어. 그러면 이 여자는 살려 주지."

　"정말이냐?"

　진지하게 백호가 되묻자 유강이 참지 못하고 크게 웃음을 터트렸다.

　"푸하하! 설마 그러겠냐? 네놈 가지고 노는 재미가 쏠쏠한데 그래? 그런데 이걸 어쩌나. 슬슬…… 지겨워지려고 하네."

　유강이 여전히 웃는 얼굴로 백호를 바라보며 슬며시 손에 힘을 줬다. 그러자 백호가 다급히 소리쳤다.

　"하지 마!"

　유강이 모든 신경을 백호에게 한 채로 이 상황을 즐겁게 만끽하고 있을 때였다. 벽에 기대어 있던 월하린의 손이 움직이고 있다는 걸 유강은 알아차리지 못했다.

월하린의 손이 목에 걸려 있는 백호의 손톱으로 만들어진 목걸이로 향했다.

내공은 사용하지 못했지만 월하린은 뛰어난 무인이다. 그녀의 손이 움직였다.

휘익!

백호의 손톱으로 만들어진 목걸이는 그 어떠한 검보다 날카로웠다. 백호 쪽을 향해 시선을 돌리고 있던 유강의 손목이 단번에 반으로 찢겨져 나갔다.

그리고 손에 들려 있던 검 또한 바닥으로 떨어졌다.

쨍!

"이, 이 계집이!"

유강이 황급히 월하린을 죽이기 위해 반대편 손을 휘둘렀다.

허나 찰나의 틈이 생기는 그 순간 백호의 몸은 이미 유강의 지척까지 닿아 있었다. 그리고 월하린에게 펼쳐진 살수보다 더욱 빠르게 백호의 커다란 손이 유강의 머리통을 움켜잡았다.

그러고는 그대로 유강의 머리를 벽에 처박았다.

콰앙!

벽에 머리가 틀어박히며 유강의 머리에서 피가 터져 나왔다. 그가 겁을 집어 먹은 눈으로 백호를 곁눈질할 때였다.

백호가 화가 난 목소리로 입을 열었다.

"애송아, 작작 까불지 그랬어. 내가 말했지? 다음에 만나면 그땐 정말로 죽여 버린다고. 난 약속은 어떻게든 지키는데 말이야 그 말을 이렇게 빠르게 지키게 될 줄은 몰랐군."

으드드득.

백호의 손이 유강의 머리를 돌벽 속으로 밀어 넣었다.

"으아아아악!"

유강의 커다란 비명 소리가 참원동 내부를 울렸다. 그렇지만 그 비명 소리는 점점 잦아들었고, 백호 또한 천천히 머리를 잡았던 손을 뗐다.

유강은 얼굴이 돌벽 속에 박힌 채로 숨을 거뒀다.

오랜 시간 백호 일행을 괴롭혀 왔던 유강의 최후였다.

백호는 곧바로 몸을 돌려 월하린을 바라봤다.

월하린은 백호의 손톱으로 만들어진 목걸이를 든 채로 환하게 웃고 있었다.

"백호, 당신이 또 절 살렸는데요?"

"아니."

백호가 고개를 저었다.

살린 건 자신이 아니다.

백호가 목걸이를 든 채로 자신을 바라보고 있던 월하린

의 손을 감싸 쥐었다. 그녀의 따뜻한 체온을 드디어 느낄 수 있었다.

오랫동안 그리워했던 그녀가 눈앞에 있다.

백호는 가슴이 먹먹해 옴을 느꼈다. 얼마나 보고 싶었던가. 다시는 이렇게 마주할 수 없을 거라 생각했었다.

이 미소, 이 체온.

백호가 그리웠던 모든 걸 느끼며 입을 열었다.

"네가 날 살렸어. 네가 죽었다면 난……."

다시 마주하게 된 월하린을 바라보던 백호의 눈에 자신도 모르게 눈물이 그렁그렁 맺혔다. 하고 싶은 많이 참으로 많았는데 목이 막혀서 아무런 말도 할 수가 없다.

그런 백호의 모습을 바라만 보던 월하린이 그의 목에 팔을 두르며 가슴에 안겼다.

그러자 백호는 팔을 뻗어 그런 월하린을 강하게 부둥켜안았다. 그녀를 품에 안은 채로 백호가 입을 열었다.

"많이 늦었지?"

월하린은 백호에게 안긴 채로 고개를 도리도리 저었다. 어찌 말할 수 있으랴. 하루가 백 년 같았고, 한 달이 천 년 같았다고.

그런 그녀를 품에 안은 채로 백호가 말을 이었다.

"미안. 잠시 길을 잃었었거든. 그래서 조금 헤매긴 했지만…… 그 덕분에 확실히 알았다. 내가 가야 할 길이 어디인지를."

더는 흔들리지 않을 것이다. 그리고 더는 망설이지도 않는다.

백호가 나지막이 말했다.

"보고 싶었다. 월하린."

그녀는 떨어지기 싫다는 듯 백호를 더욱 꼭 껴안았다.

제4장. 진실
— 이 일을 홀로 해냈단 말인가

 백호는 월하린을 안은 채로 힘차게 달렸다. 그의 발길이 향하는 곳은 다름 아닌 전우신과 아운이 대기하고 있을 객잔이었다.

 제법 먼 거리였지만 백호의 빠른 발은 그 거리를 단숨에 좁혀 버렸다. 백호는 이내 월하린과 함께 객잔 안으로 걸어 들어갔다.

 둘의 등장하기 무섭게 자리에 앉아 있던 두 사내가 자리에서 벌떡 일어났다. 그들은 백호와 월하린을 보고 크게 반겼다.

 "궁주님!"

전우신이 월하린의 모습을 보며 환한 미소를 지었다. 백호의 명대로 이곳으로 내려와 식사를 준비한 두 사람이다.

전우신과 마찬가지로 아운 또한 기쁜 듯이 실실 웃었다. 다시는 보기 힘들 수도 있다 생각했다. 그런데 이토록 빠르게 다시 만나게 되니 그 반가움이 오죽하랴.

그리고 그건 월하린 또한 마찬가지였다.

두 사람이 이곳에 있다는 이야기를 듣지 못했던 그녀로서는 뜻밖의 만남에 반가움을 감추기 힘들었다. 월하린이 둘을 향해 혹시나 하고 물었다.

"설마 두 분 제가 잡혀간 이후에 계속 여기 계셨던 건가요?"

"그렇습니다."

"제가 언제 풀려날 줄 알고……."

"그래도 혼자 두고 떠나는 게 마음이 편치 않아서 말입니다."

전우신이 들뜬 감정을 애써 억누르며 말했다.

세 사람의 반가운 조우를 바라만 보던 백호는 음식이 차려진 식탁으로 다가가 자리했다. 그제야 아운이 걱정하고 있었던 부분에 대해 이야기를 꺼냈다.

"너무 늦으셔서 걱정했는데 이렇게 오셔서 다행이네요. 사실 조금만 더 늦으셨으면 올라가야 되나 고민하고 있었거든요."

"쓸데없는 걱정은."

백호는 대수롭지 않다는 듯 식탁에 있는 고기로 허기진 배를 채웠다. 그런 백호의 행동에 다른 셋 또한 식탁에 자리했다.

제법 많은 부상을 입은 듯했지만 그래도 멀쩡히 행동하는 백호를 보며 전우신이 다행이라는 듯이 말했다.

"그래도 다행입니다. 저희의 예상대로 나한당이 비어 있었던……."

"아, 그랬으면 좋았을 텐데 말이야. 내가 움직일 걸 그놈들도 벌써 알아차렸더라고. 덕분에 백팔나한진을 경험해 봤지 뭐야."

고기를 씹으며 아무렇지 않게 말하는 백호의 모습에 전우신과 아운이 당황한 듯 그를 바라봤다. 지금 아무렇지 않게 말한 백호의 말에 너무 놀라서다.

백팔나한진을 경험했다면서 이곳에 있는 백호.

그 말이 무엇인가?

바로 백팔나한진을 뚫고 월하린을 구해 냈다는 말이 아닌가.

그것은 무림 역사상 전무후무한 일이다.

놀란 둘의 모습엔 아랑곳하지 않고 백호가 월하린의 앞

에 음식을 마구 밀어 놓았다. 사실 이렇게 여유 있게 식사를 하고 있을 상황은 아니다.

소림사를 건드렸으니 그들이 움직일 것이다. 또한 월하린의 탈출 소식이 무림맹에 들어간다면 그들 또한 추격해 올지도 모른다.

그럼에도 불구하고 백호가 먼저 음식을 먹기 시작한 건 전부 월하린 때문이다. 한동안 음식을 먹지 못했을 그녀를 위해 이런 상황에서라도 제대로 된 식사 한 끼를 먹이기 위함이다.

백호가 턱을 괸 채로 월하린을 바라보며 히죽 웃었다.

"배고프지?"

"조금요."

"그럴 줄 알고 미리 음식도 준비시켜 놨지."

말을 하면서 백호는 연신 웃었다. 그런 백호를 마주 보며 웃던 월하린은 어서 먹으라는 백호의 손짓에 이내 식사를 시작했다.

그런 그녀를 가만히 바라보는 백호의 표정이 한결 부드럽게 변했다.

이런 기분 다시 느끼지 못할 줄 알았다.

보고만 있어도 행복했고, 뭔가를 해 줄 수 있다는 게 즐겁다. 사랑스러운 시선으로 월하린을 바라보는 백호의 모습에 전우신과 아운 또한 저절로 미소를 머금었다.

아운이 별것도 아닌 상황에도 괜히 찡했는지 코를 손등으로 쓱쓱 문질렀다. 이 두 명이 마주 앉은 모습을 정말로 다시 보고 싶었다.

월하린의 옆에는 백호가, 백호의 옆에는 월하린이 있어야 했다.

식사가 점점 끝나가자 전우신이 조심스럽게 백호에게 물었다.

"앞으로는 어쩌실 생각입니까?"

백호는 무림공적이다. 거기다가 이제 소림사까지 건드렸으니 그 죄가 더욱 커졌을 것이다. 상황이 이러니 무림의 손이 닿지 않는 먼 타국으로까지 도망가는 걸 생각하는 게 어떨까 해서 물은 것이다.

그런데 백호의 입에서 나온 말은 모두의 예상을 벗어났다.

"무림맹으로 가려고."

"예?"

놀란 전우신이 되물었고, 그건 아운도 마찬가지였다. 심지어 밥을 먹던 월하린조차 놀라 손을 멈춘 채 백호를 물끄러미 바라봤다.

무림맹으로 간다는 말에 그들은 모두 자신의 귀를 의심

했다. 지금 상황에서 무림맹으로 가겠다는 건 곧 호랑이 굴에 스스로 들어가겠다는 것과 다를 게 없었으니까.

당황한 그들을 향해 백호가 품 안에 넣어 두었던 서찰 하나를 꺼냈다. 그건 다름 아닌 나비의 문양이 박혀 있는 것이었다.

일전에 월하린의 일에 요괴들이 관련되어 있다는 것이 적혀 있던 서찰. 그렇지만 내용은 그것뿐만이 아니었다. 서찰에는 주작에게도 말하지 않은 내용들이 있었다.

백호가 서찰을 꺼낸 채로 짧게 말했다.

"매화, 네놈 문파의 대장을 만날 일이 좀 생겨서 말이야."

화산파의 장문인 주기진을 만나야 한다.

그리고 그와 함께할 일들이 생겼다.

* * *

주기진은 자신의 집무실에 자리하고 있었다.

시간이 늦어 이미 바깥은 어두워진 지 오래다. 그는 집무실에 홀로 앉은 채로 가볍게 손가락으로 탁자만 두드렸다.

시간은 점점 자시로 향하고 있었다.

말없이 앉아 있는 그의 시선은 탁자 위에 있는 하나의 서찰에 향해 있었다. 그 서찰의 정체는 바로 얼마 전 은설란에게 건네받은 것이다.

이 서찰을 주며 은설란은 말했다.

정확하게 보름 후에 확인하라고. 그리고 그녀가 말했던 시간이 다가오고 있었다.

일각도 더 남지 않은 시간.

주기진은 점점 시간이 다가올수록 초조함을 느꼈다. 사실 그녀와의 약속을 굳이 지킬 필요는 없었다. 그렇지만 주기진은 원래 다소 고지식한 면을 지닌 인물이다.

더군다나 당시 이 서찰을 주던 은설란의 표정에서 느껴지던 정체 모를 간절함.

그것이 주기진을 오늘까지 참게 했다.

그렇지만 그것도 이제 얼마 남지 않자 궁금증은 점점 심해졌다. 더군다나 얼마 전부터 은설란은 자취를 감췄다. 그런 이유로 이 서찰의 내용이 더 궁금했지만 주기진은 끝 끝내 참아 냈다.

참기 힘들었는지 주기진은 자리에서 벌떡 일어나 방 안을 서성였다. 그의 시선이 연신 바깥으로 향하며 더디게 흐르는 시간을 체감해야만 했다.

그리고 마침내, 자시가 다 되었다 생각되었을 무렵이다.

주기진이 빠른 걸음으로 탁자 위에 올려 두었던 서찰을 획하니 집어 들었다.

그는 봉인 되어진 서찰을 풀어 헤쳤다.

내심 안의 내용이 궁금했지만 주기진은 대수롭지 않다는 듯 중얼거렸다.

"대체 얼마나 대단한 내용이기에 이 늙은이를 이렇게 애태우는지 원."

듣는 이가 있는 것도 아닌데 괜히 중얼거리며 서찰을 펼치던 주기진의 눈동자가 심하게 흔들렸다. 그가 당황한 듯이 다급히 서찰을 읽어 내렸다.

서찰을 끝까지 읽어 내린 후였다.

주기진은 멍하니 서찰을 바라보고 있었다. 그러고는 이내 서찰을 쥔 손을 천천히 내려트리고는 고개를 치켜들었다.

그가 천장을 올려다보며 깊은 한숨을 내쉬었다.

주기진은 아무런 말도 할 수 없었다. 이 서찰 안에 담긴 엄청난 내용들을 모두 보고 나니 그 어떠한 말도 나오지 않는다.

서찰 안에는 주기진이 모르던 수많은 비밀이 담겨 있었다. 정말 많은 내용들이 적혀 있었지만 그건 너무 많아 일일이 나열하기 힘들 정도다.

그렇지만 개중에 몇 개는 지금의 무림을 뒤흔들 정도로 엄청난 것이다.

수많은 충격적인 비밀들.

그리고 그 마지막을 장식하는 건 다름 아닌 전 무림맹주 율무천에 관한 것이었다.

'맹주님께서 살아 계시다고?'

엄청난 정보다.

죽은 줄 알았던 그가 살아 있단다.

물론 전부 믿을 수 있는 건 아니다. 그렇지만 다른 이도 아닌 은설란이, 율무천의 반대 세력이었던 그림자회의 은설란이 보낸 정보다.

만약 이 서찰의 모든 내용이 사실이라면······.

전신에 소름이 돋는다.

이 엄청난 일들, 그리고 그 엄청난 사건들을 모두 대비해 둔 한 여인의 치밀한 계획이.

'정말······ 이 모든 걸 홀로 해냈단 말인가?'

무림을 뒤흔들 수많은 계획들에 대한 완벽한 방비책에 주기진은 손가락 끝이 떨려 옴을 느꼈다.

항상 생각했다.

적이지만 대단한 여인이라고.

그렇지만 이 서찰을 보면서 깨달았다. 그간 느껴 왔던

것이 빙산의 일각에 불과하다는 것을. 주기진 그가 생각했던 것보다 은설란이라는 여인은 훨씬 더 대단한 인물이었다.

생각이 거기까지 미치자 주기진은 입술을 깨물었다.

왜 이 서찰을 자신에게 준 것일까?

그건 굳이 고민하지 않아도 알 수 있는 일이었다.

그녀는 알았던 것이다.

곧 자신이 죽을 거라는 것을.

그리고 은설란이 사라진 지금, 이미 그녀는 이 세상 사람이 아닐 것이다.

주기진이 말없이 눈을 감았다.

항상 적이라 생각했던 여인, 그녀에 대해 이제야 모든 걸 알았거늘 웃는 얼굴로 마주할 수도 없는 인생이 참으로 기구하다.

'자네를 오해했군.'

무림을 시끄럽게 하고 자신의 사리사욕을 채우려 하는 여인이라 생각했다. 그렇지만 진짜 그녀는 그런 모욕을 감내하면서까지 무림을 지켜 온 여협이었다.

주기진이 슬픈 눈동자로 서찰을 바라보다 이내 조심스럽게 포권을 취했다.

그가 은설란의 마지막 유지가 적힌 서찰에 예를 갖추며

짧게 입을 열었다.
"비각주, 편히 쉬게."

　　　　　　*　　*　　*

무림맹의 한 장소에 두 명의 사내가 마주하고 있었다. 그 둘의 정체는 다름 아닌 월천후와 청룡이었다.
청룡은 가만히 월천후를 바라봤다.
아무런 말없이 차를 마시는 월천후를 바라보던 청룡이 이윽고 입을 열었다.
"몸은 좀 어떠냐."
"괜찮소."
"그래?"
청룡이 고개를 갸웃했다.
얼마 전까지만 해도 월천후의 상태는 점점 나빠지고 있었다. 대법과 약물로 그의 신체와 정신을 점령해 버렸고 그를 조종해 왔던 청룡이다.
점점 발작의 주기가 짧아졌기에 내심 거사가 시작되기 전에 망가질까 걱정했었다. 그런데 요즘 들어 월천후의 발작 주기가 점점 길어지고 있다.
뭔가 이상하긴 했지만 청룡으로선 나쁠 게 없었다.

거사를 위해 준비해 두었던 강시와 다를 것 없는 놈이다. 그때까지 버텨만 준다면 다른 건 아무런 상관도 없다.

청룡은 월천후의 상태를 한번 확인하고는 이내 별 이상이 없다 생각했는지 관심을 끊었다. 그렇게 막 청룡이 자리를 뜨려고 할 때였다.

누군가가 청룡의 거처로 뛰어들어 왔다.

다급한 발걸음의 주인공은 바로 정보를 전달해 주는 수하였다. 청룡을 발견한 그가 급히 가지고 온 서찰을 건넸다.

청룡은 자리를 뜨려다 서찰을 건네받고는 다시금 자리에 앉았다. 서찰을 준 수하는 곧바로 사라졌고, 청룡은 늦은 밤 급히 날아온 연락을 확인하기 위해 종이를 펼쳤다.

서찰을 확인하던 청룡의 두 손이 부들부들 떨렸다.

"백호, 이놈이……."

콰앙!

청룡이 참지 못하고 주먹으로 잔을 내리쳤다. 값비싼 찻잔은 단숨에 가루가 되어 주변으로 흩어졌다.

그토록 막으려 했거늘 백호가 월하린을 구해 소림사에서 빠져나갔다는 전갈이다. 백호보다 먼저 월하린을 만나 그녀를 죽이라고 보냈던 유강 또한 이미 그의 손에 죽었다고 한다.

유강에 대한 내용을 읽자 청룡은 다시금 화가 솟구쳤다.

"머저리 같은 새끼. 내가 얼마나 신경을 써 줬는데 겨우 이딴 일 하나를 못 하고 죽는단 말이냐."

오랜 시간 함께해 온 유강이 죽었다지만 청룡에겐 별반 대수롭지 않은 일이었다. 어차피 백호를 괴롭히기 위한 패였으니까.

다만 그 패가 백호를 괴롭히지도 못했다는 게 화가 날 뿐이다.

청룡이 맘에 안 든다는 듯이 재차 말했다.

"이래서 하찮은 인간 놈을 믿고 쓰는 게 아니었는데 말이야."

청룡의 계속되는 말에도 월천후는 침묵했다.

애초부터 청룡의 말이 그에게 향하는 게 아니었으니 아무런 대답도 하지 않는 것이다. 애초에 그렇게 만들어진 존재니 그러는 건 당연했다.

"월하린을 어떻게든 죽여야 했는데……."

청룡의 중얼거림에 가만히 있던 월천후의 시선이 잠시 그에게로 향했다. 그렇지만 그런 그의 변화를 눈치채지 못하고 청룡은 계속해서 말했다.

"백호, 네놈이 끝까지 날 방해하는구나."

월하린을 죽이지 못한 것에 화는 났지만, 어차피 그녀를

제4장. 진실 - 이 일을 홀로 해냈단 말인가 171

죽이라는 명을 내릴 때부터 백호와의 일전은 각오한 상태였다.

청룡이 하늘에 뜬 달을 올려다보며 나지막이 중얼거렸다.

"뭐, 이제 상관없다. 놈이 소림사로 움직인 덕분에 이곳에 못 왔으니 그것만 해도 나로선 목적을 달성한 셈이지."

청룡이 가장 두려워한 것은 바로 천년지약의 시간이었다. 천년지약의 시간 안에 자신은 백호의 명을 따라야만 했다.

만약 백호가 사전에 이 일을 알고 멈추게 했다면 청룡으로서는 그 명을 따를 수밖에 없었으니까.

하지만…… 이제는 아니다.

청룡은 점점 기울어 가는 달을 바라보며 씨익 웃었다.

"오늘 밤으로써 드디어 끝이다."

천년지약의 마지막 날. 그것이 바로 오늘 밤이었다. 그리고 이제 그 시간이 흘러가고 있었다. 이 달이 떨어지고 해가 뜨는 그 순간부터 청룡은 백호의 명을 따를 필요가 없었다.

다시금 천년지약을 건 싸움이 시작되는 것이다.

여태까지는 매번 피해 왔지만 이번엔 다르다.

이번만큼은 백호를 누르고 자신이 요괴들의 우두머리가

되고야 말 것이다.

청룡이 입을 열었다.

"역시 네놈과 난 둘 중 하나가 굽혀야만 살아갈 수 있겠군. 여태까지는 내가 그랬으니 이번엔…… 네놈 차례다, 백호."

이번 천년지약의 승자는 자신이 될 것이다.

그리고 여태까지 느껴 왔던 그 모든 수모도 되갚아 주고야 말 게다. 그렇게 하늘을 올려다보며 웃고 있는 청룡을 월천후는 말없이 바라보고 있었다.

멍했던 그의 눈에 조금씩 생기가 돌기 시작했다는 사실을 청룡은 알지 못했다.

*   *   *

추적추적 비가 내렸다.

늦은 밤, 내린 비로 인해 바닥은 온통 흙탕물이다. 그런 흙탕물 위로 사내의 커다란 발이 떨어졌다.

야음을 틈타 어딘가로 움직이고 있는 사내는 현무였다. 그는 떨어지는 빗물을 맞으며 어딘가로 걷고 있었다. 무림맹과 제법 거리가 떨어진 이곳은 왠지 모르게 음산한 기운이 흘렀다.

입구를 지키고 있던 자들도 현무가 모습을 드러내자 고개를 숙인 채로 길을 터 줬다. 현무가 그곳에 난 입구를 통해 지하로 연결된 긴 계단을 걷기 시작했다.

지하로 향할수록 코를 찌르는 피비린내와, 음습한 느낌이 밀려왔다. 계단은 곧 끝이 났고, 길을 따라 걷던 현무가 이내 멈추어 선 곳에는 쇠줄로 묶여 있는 한 여인이 자리하고 있었다.

은설란이다.

그녀는 쇠줄에 묶인 채로 축 늘어져 있었다.

얼굴부터 발목까지 전신이 피로 물들어 있는 그녀는 혼절해 있는 상태였다. 현무가 오자 방금 전까지 은설란을 고문하고 있던 기괴하게 생긴 사내가 다급히 옆에 있던 물통에서 물을 꺼내 은설란에게 뿌렸다.

촤악!

구정물이 얼굴에 쏟아지자 잠시 정신을 잃었던 은설란이 거친 기침과 함께 정신을 차렸다.

"콜록콜록."

고문을 담당하는 자는 무척이나 괴이한 외모였다.

키는 어린아이만 했고, 얼굴은 피부병에 걸린 것처럼 얼굴은 흉터투성이다. 그는 날카로운 비도 하나를 꺼내 은설란의 팔에 가져다 댔다.

그때였다.

"그만."

현무의 나지막한 목소리에 사내가 움직이던 팔을 멈추고 그를 올려다봤다. 현무가 그를 향해 말했다.

"나가 있어라."

"예?"

"할 말이 있으니 나가 있으라 했다."

현무가 목소리에 힘을 주어 말하자 그자는 알겠다는 듯 굽실거리다 이내 긴 계단을 밟고 모습을 감췄다. 그 와중에 현무는 축 처져 있는 은설란의 모습을 내려다보고 있었다.

안쓰러웠다.

드러난 부분에 난 수백 개의 상처들, 살이 뜯겨져 나갔고 뼈들도 으스러졌다. 화려해 보이던 그녀의 얼굴이 이렇게 초라해 보이는 건 생전 처음이다.

잠시 정신을 차리지 못하고 있던 은설란은 이내 자신을 향한 현무의 시선을 느끼고는 힘겹게 고개를 치켜 올렸다.

탄탄한 신체를 볼 때부터 상대가 누구인지 알아차렸다. 그리고 예상대로 그녀의 앞에는 현무가 자리하고 있었다.

은설란이 현무를 보며 웃었다.

"어머, 이런 누추한 곳까지는 어쩐 일이에요."

평소와 같은 그녀의 말투에 현무는 지그시 입술을 깨물었다.

솔직히 말해서 이해가 가지 않았다.

도대체 왜 이 여인이 자신들을 배신한단 말인가?

모든 걸 가졌고, 또 더 많은 걸 주겠다고 약속했었다.

그런데 배신을 했다.

다른 이라면 모를까 은설란 그녀였다면 자신들을 배신한 자의 최후가 어떠했는지 몰랐을 리가 없다.

한데 결국 은설란은 지금 이 꼴이 되어 버렸다.

고문으로 망가진 몸, 모든 걸 잃어버린 지금. 이런 비참한 상황이 올 걸 알면서도, 그녀는 대체 무엇을 위해 자신들을 배신하는 멍청한 짓을 벌인 것일까?

현무가 물었다.

"배신하고 들키지 않을 거라 생각했는가?"

"그럴 리가요. 당신의 능력을 얼마나 잘 아는데요. 애초에 들킬 줄 알았어요."

말을 하던 은설란의 입가로 피가 주르륵 흘러내렸다. 내상을 입은 탓에 말을 하는 것도 쉽지 않다. 그럼에도 불구하고 은설란은 눈에 힘을 부릅 준 채로 똑바로 말을 하고 있었다.

그런 그녀의 강단 있는 모습에 현무가 아쉽다는 듯이 말했다.

"네 능력을 아꼈다."

청룡이 계획하는 무림 말살 계획.

모든 무림인들을 죽인다 했지만 현무는 이 여인은 살려 주고 싶었다. 자신들의 편에 서서가 아니다. 오랜 시간 함께하며 보아 온 은설란이라는 여인의 능력이, 그 과감함에 매료된 탓이다.

인간의 능력에 별다른 감흥을 받지 못했던 현무에게, 인간의 무한함을 느끼게 해 준 여인.

그렇게 죽이기엔 너무 아깝다 생각했기에 그녀에게만은 면죄부를 주고자 했다. 물론 그 모든 기회를 은설란 그녀 스스로가 발로 걷어차 버렸지만 말이다.

청룡은 은설란을 죽이지 않았다.

그녀의 배후에 누군가 있을지 모른다 생각했고, 고문을 통해 뭔가를 알아내려 하고 있다. 그렇지만 오랜 시간 은설란과 함께한 현무는 잘 알고 있었다.

그 어떠한 고통을 준다 해도 이 여인의 의지를 꺾을 수 없다는 것 정도는.

계속해서 씁쓸한 표정을 짓고 있는 현무를 올려다보던 은설란이 웃으며 입을 열었다.

"전 괜찮아요. 그러니 그렇게 미안해하지 말아요."

"미안해한다고? 내가?"

현무가 말도 안 된다는 듯 말했다. 그런 그를 향해 은설란이 이런 와중에도 장난스럽게 받아쳤다.

"얼굴에 쓰여 있는데요? 나한테 엄청 미안하다고."

"이런 상황에도 농담이라니 정말 대단하군."

"호호. 원래 그런 여자잖아요. 그리고 완전 농담은 아닌걸요."

"……."

은설란의 말에 현무는 일순 말을 하지 못했다.

그녀의 말을 전부 반박할 수 없기 때문이다.

뭘까? 이 알 수 없는 찜찜한 기분은. 배신자를 잡아들였고, 명에 따라 처벌하고 있을 뿐이거늘. 기분이 썩 유쾌하지 않다.

현무는 흔들리는 마음을 애써 다잡았다.

"들킬 걸 알았다면서 대체 왜 이런 짓을 벌인 거지? 굳이 이렇게까지 하면서 네가 얻을 게 있나?"

"어머, 설마 당신도 날 심문하는 건가요?"

"아니. 궁금해서 묻는 거다."

"심문이라고 하면 대답하지 않으려 했는데 궁금하다고 하니 특별히 말해 줄까요?"

쇠사슬에 묶여 온갖 고문을 당해 놓고도, 오히려 지금

같은 상황에 여유가 넘치는 건 은설란이었다. 그런 그녀에게 내심 감탄을 하고 있을 때 은설란이 말을 이었다.

"제 출신이 어디인지 아시나요?"

"네 출신?"

은설란의 질문에 현무가 되물었다.

그녀가 유명해진 이유 중 하나가 아무런 배경 없이 그저 실력만으로 비각주의 자리에 오른 탓이기도 했다. 현무가 모르겠다는 표정으로 그녀를 바라볼 때였다.

"당연히 모르시겠죠. 가전무공이라곤 별 볼 일 없는, 그저 그런 가문인 북천은가라는 곳이니 아시긴 힘들 거예요. 그런 힘없는 가문이다 보니 사파의 먹잇감이 되기 충분했죠. 제가 열두어 살 정도 되었을 때일 거예요. 사파의 무리가 저희 집안을 뒤집어엎었죠."

그 날을 생각하는지 은설란이 잠시 입을 닫았다.

기억하고 싶지 않은 끔찍한 날이었다.

아버지도, 오라버니와 동생마저도 죽었다.

운 좋게 살아남은 건 자신과 어머니 단둘뿐.

은설란이 다시금 말했다.

"그들은 저희 집안을 약탈하고 가족과 식솔들을 모두 죽였죠. 그리고 그 더러운 놈들이 제 어머니마저 죽이려는 그 순간…… 세상엔 신이 없다 울부짖던 제 외침에 그분이 나타나셨거든요."

"그분?"

"월천후 대협이셨죠."

은설란은 담담하니 말했지만 현무는 그 말에 놀라 버렸다. 오래전 대법을 시행하기 직전부터 포획한 월천후를 몇 번이고 보여 줬다.

하지만 은설란은 전혀 동요하는 기색을 보이지 않았다. 헌데…… 그때부터 이 같은 계획을 짜고 있었다는 말이 아니던가.

은설란이 가만히 서 있는 현무를 향해 말을 이었다.

"이제 좀 알겠어요? 그분은 제 어머니와 절 살려 주신 생명의 은인이었거든요. 그랬기에 제 목숨을 바칠 유일한 사람이기도 했죠. 월천후 대협에게 손을 대는 그 순간 전 이미 당신들을 배신했어요. 그리고 그때부터 지금까지 뒤에서 많은 일들을 했죠."

"이 모든 배신이 월천후 때문이었다, 이건가?"

"맞아요. 당신들은…… 그분을 건드리면 안 됐어요."

힘주어 말하는 은설란을 향한 현무의 마음이 복잡했다. 사실 지금 이렇게 당당하게 말하는 은설란의 모습과, 뭔가 마음이 불편한 자신의 상황이 참으로 우습다.

포로가 된 건 은설란인데, 오히려 자신이 갇혀 있는 기분이 든다.

선뜻 이해도 되지 않았다.

그런 이유 하나로 자신의 목숨을 걸었다는 은설란의 행동이. 그랬기에 현무가 물었다.

"그런 순간의 감정 때문에 목숨을 걸다니 이해가 안 되는군."

고개를 저으며 중얼거리는 현무를 바라보며 은설란이 흔들리지 않는 시선을 한 채로 입을 열었다.

"인간은 원래 그래요. 종종 그 말도 안 되는 순간의 감정이 인생의 전부를 거는 이유가 되기도 하죠. 그래서…… 인간이 재미있지 않나요?"

웃으며 말하는 그녀의 얼굴은 창백하기 그지없다.

그럼에도 불구하고 행복해 보이는 미소를 머금은 은설란을 보고 있자니 현무는 혼란스러웠다.

살이 찢기고 뼈가 부서지는 고통 속에서, 자신을 위해서도 아닌 피 한 방울 섞이지 않은 남을 위해 이 같은 인생을 살아갈 수 있다니…… 이런 고통을 감내할 수 있다니.

오랜 시간 인간들과 얽혀 살며 많은 자들을 만났다.

그들은 하나같이 추했고, 이기적이었다.

자신의 욕심을 위해 모든 할 수 있는 천박한 종족. 그렇지만…… 이 여인을 보고도 과연 인간이라는 종족을 그렇게 욕할 수 있을까?

아니, 이젠 욕하지 못하겠다.

인간에게 처음으로 존경에 가까운 경외감을 느꼈으니까.

은설란을 바라보던 현무가 슬쩍 입술을 깨물었다.

'넌 정말 아까운 사람이다.'

아쉬움은 남지만 현무로서도 어떻게 할 수 없는 상황.

은설란이 어디까지 자신들의 계획을 알아차렸고, 또 무슨 일을 벌였는지는 모른다. 청룡은 그런 것들에 대해 알고 싶어 안달이 난 모양이지만 현무는 아무것도 묻지 않았다.

가만히 서 있던 현무가 이내 힘겹게 입을 열었다.

"늦었군. 이만 가 봐야겠어."

"그래요. 짧지만 당신을 다시 만나 즐거웠어요."

유쾌한 은설란의 말투에 현무는 다시금 마음이 불편해졌다. 현무는 묶여 있는 그녀를 향해 작은 한숨을 내쉬고는 입을 열었다.

"난 너에게 면죄부를 주려고 했다. 하지만 이렇게 된 이상…… 그건 힘들 것 같군. 그저 편안하게 갈 수 있도록 최대한 힘써 보지."

"면죄부라…… 재밌네요."

피식 웃으며 중얼거리는 은설란을 향해 현무가 의아한 표정으로 물었다.

"뭐가 재미있단 말이지?"

"사실 저도 그 면죄부라는 거 당신에게 줬거든요."

"나에게 면죄부를 주다니?"

"그건 나중에 가면 아실 거예요. 사실 당신 친구들 하나같이 다 밥맛이었지만 그래도…… 그중에서 당신은 제법 멋있었어요. 사내답고요. 그러니 제가 죽어도 미안해하지 말아요. 당신과 나, 그저 서로의 목표가 달랐을 뿐이라고 생각하니까요. 그러니 이만 가세요. 좀 쉬고 싶어서요. 물론 아까 그 괴물 같은 자가 절 쉬게 둘 리는 없겠지만요."

거기까지였다.

은설란이 얼굴에서 미소를 거둔 채로 피곤한 표정을 지어 보였다. 그러고는 힘겹게 고개를 축 늘어트렸는데 그 순간 입안에 머금고 있던 핏물이 침과 뒤섞여 줄줄 흘러내렸다.

남은 힘을 다해 대화를 끝내고는 곧바로 혼절한 모양이다.

그 모습이 너무나 안쓰러워 자신도 모르게 쇠사슬을 풀어 주고 싶은 마음도 일었지만 현무는 애써 그런 감정을 참아 냈다.

그가 힘겹게 몸을 돌려 계단을 걸어 올라왔다.

끼이익.

문이 열리는 순간 앞에서 대기하고 있던 사내가 고개를 넙죽 숙였다. 그자는 다름 아닌 은설란에게 고문을 하고 있던 자였다. 그런 그를 잠시 바라보던 현무가 이내 품속으로 손을 가져다 댔다.

현무가 전낭 주머니를 꺼내어 그에게 던졌다.

날아드는 전낭을 받아 든 흉측한 외모의 사내가 물었다.

"이건 뭡니까?"

"지하에서 이런 궂은일을 하느라 고생이 많군. 이 돈으로 가서 탁주라도 한 사발 하고 오너라."

"어이쿠, 이렇게나 많이요?"

"많으면 많이 마시면 되는 거 아니냐. 왜? 술을 싫어하느냐?"

"헤헤. 그럴 리가 있습니까요."

입을 벌려 실실 웃는 그자의 모습은 흉측하기 그지없었다. 그런 그를 바라보던 현무가 고개를 돌리며 말했다.

"술 한 사발 쭉 하고…… 한숨 푹 자고 다시 네 일을 시작해라."

"알겠습니다요."

고개를 조아리는 그에게 향했던 시선이 다시금 은설란이

갇힌 지하 감옥 아래로 향했다.

이자가 술을 마시고 잠을 자고 돌아오는 시간.

그것이 현무가 은설란에게 줄 수 있는 배려였다.

'다섯 시진도 안 되는 짧은 시간, 이게 내가 줄 수 있는 마지막 선물이다…….'

고개를 돌리고 걸어 나가는 현무의 표정이 이상할 정도로 어두웠다.

*　　*　　*

소림사가 무너졌다.

그것도 고작 한 명의 인물로 인해 그들이 자랑하는 나한당이 뚫렸고, 백팔나한진은 와해됐다. 소림사는 그 사실에 대해 쉬쉬하려 했지만 너무나 큰 사건이다 보니 소문은 조금씩 새어 나갔고, 제아무리 소림사라 해도 그 많은 입들을 막는 건 불가능했다.

더군다나 월하린이 빠져나갔으니 감추는 건 어쩌면 애초부터 불가능했던 것일지도 모른다.

소림의 명예를 지키기 위해 어느 정도 입을 닫아 준 덕분에 그나마 무인이 아닌 보통 사람들에게까지 알려지지는 않았으나, 그것도 시간문제였다.

백호를 쫓던 별동대들의 숫자가 늘어났지만 정작 도망치고 있는 당사자들은 그런 느낌을 받지 못했다. 그건 바로 백호 일행이 향하는 곳이 별동대가 예상하는 것과는 정반대 방향으로 향하고 있던 탓이다.

별동대들은 알지 못했다.

설마 백호가 무림맹으로 향하고 있을 것이라는 걸.

변방으로 빠질 거라는 생각과는 달리 백호는 오히려 안으로 파고들고 있었다. 그 덕분에 백호 일행은 아무런 방해 없이 목적지로 이동할 수 있었다.

그들은 관도를 따라 쭉 남하하여 호북성 무한으로 들어섰다.

호북성 무한으로 들어선 백호 일행은 왠지 모르게 잔뜩 들뜬 분위기를 느꼈다. 평상시에도 많은 이들이 오고 가는 이곳 무한이지만 오늘은 그 정도 수준이 아니었다.

원래 무림맹이 있는 곳이다 보니 각파의 무인들이 모여들긴 했지만 오늘은 그 숫자가 너무나 많았다. 한눈에 봐도 가득할 정도로 호북 무한이 무림인들로 득실거렸다.

전우신이나 아운과는 달리 죽립으로 얼굴을 감춘 백호와 월하린이 슬며시 주변을 살폈다. 아무래도 상황이 상황이니 만큼 다른 이들의 시선이 부담스러울 수밖에 없었다.

눈에 띌 수밖에 없는 외모를 지닌 둘이었기에 움직임은

그만큼 조심스러웠다.

전우신이 앞장서서 걸으며 말했다.

"제가 아는 객잔이 하나 있습니다. 그곳으로 가시죠."

백호에게서 주기진을 만나야 한다는 이야기를 들었다. 그렇지만 자신과 아운이면 모를까, 백호와 월하린이 무림맹 내부로까지 들어가는 건 위험했다.

지금 이곳 무한에 모습을 드러낸 것만 해도 위험천만한 일이거늘, 직접 안으로 들어갔다가는 얼마 가지 않아 들킬 확률이 컸다.

그랬기에 전우신은 백호와 월하린을 우선 객잔으로 안내하고 자신이 직접 주기진에게 그러한 사실을 전하는 쪽으로 마음먹었다.

전우신은 다른 이들의 눈을 최대한 피할 만한 길을 이용해 말해 뒀던 객잔에 도착했다. 그는 객잔에 도착하기 무섭게 방 한 개를 잡았고, 이내 그 방으로 나머지 일행과 함께 들어섰다.

방에 들어서자 백호가 기다렸다는 듯 죽립을 벗어 던졌다.

"어후. 갑갑해 죽는 줄 알았네."

말을 마치기 무섭게 백호는 손을 뻗어 월하린의 얼굴에 씌어져 있는 죽립도 손수 벗겨 주기 시작했다. 그런 백호의 손길에 월하린이 자신도 모르게 붉어진 얼굴로 웃음을 흘렸다.

웃고 있는 월하린을 본 백호가 죽립을 풀어 주던 손길을 멈추고는 입을 열었다.

"왜 그렇게 웃어?"

"아직도 당신하고 함께 있는 게 꿈만 같아서요."

말을 마친 월하린이, 뻗은 백호의 커다란 손을 자신의 조그마한 두 손으로 덥석 감싸 안았다. 그런 그녀의 행동에 백호 또한 기분 좋은 미소를 머금은 채로 반대편 손으로 월하린의 얼굴을 쓰다듬었다.

하루가 즐겁다.

눈을 뜨는 순간부터 감을 때까지.

좋은 음식도, 편한 잠자리도 없다. 그렇지만 그저 이 여인 하나가 있다는 것만으로 백호의 인생에는 다시금 살아갈 이유가 생겼다.

이 여인과 함께 행복하게 살아가고 싶다.

그것이 지금의 백호의 하나뿐인 소원이었다.

물론 그러기 위해 백호는 해야 할 일이 있었다.

백호와 월하린의 그런 모습을 바라보던 아운이 닭살이 돋는다는 듯 몸을 가볍게 부르르 떨면서 전우신을 툭툭 쳤다.

"야, 같이 가자. 아무래도 여기 있다가는 큰일 나겠다."
"……그러시든지."
전우신 또한 아운의 말에 고개를 끄덕였다.
그렇지만 전우신은 내심 걸리는 게 있었는지 조심스럽게 백호에게 말을 걸었다.
"백호님."
"왜?"
"정말 시키신 대로 장문인께 가서 백호님이 오신 걸 말씀드려도 되겠습니까?"
주기진의 인품을 잘 아는 전우신이었지만 그래도 그는 걱정이 일었다. 백호와 월하린을 아끼는 주기진이라지만 소림사를 뒤집어엎어 버렸다. 그런 둘의 등장을 과연 웃으며 반길까?
그런 전우신의 질문에 백호가 걱정할 것 없다는 듯이 말했다.
"응, 아마 그쪽이 오히려 날 기다리고 있었을걸."
"장문인께서…… 백호님을요?"
"그렇다니까. 그러니까 걱정 말고 어서 튀어 갔다 와."
대체 뭘 믿고 저렇게 자신만만한지 모르겠다.
그렇지만 백호라는 사내가 아무런 것도 없이 저렇게 나올 리가 없다는 걸 전우신은 잘 알았다. 그렇기에 그는 알겠다는 듯 고개를 끄덕였다.

백호는 방을 나가려는 둘에게 퍼뜩 생각났다는 듯이 말했다.

"아 참, 그리고 혹시 모르니 청룡이나 현무와 마주치지 않게 조심하고. 너희 둘이 나와 함께하고 있을 거라고는 생각하지 못하겠지만 괜히 눈에 띄어서는 좋을 거 없으니까. 알겠지?"

백호의 말에 전우신과 아운은 알겠다는 듯 고개를 끄덕이고는 서둘러 객잔 방을 빠져나갔다.

두 사람이 사라지자 월하린이 궁금하다는 듯 물었다.

"장문인께서 백호 당신을 기다릴 이유가 있나요?"

"내가 어마어마한 패를 지니고 있거든. 그쪽도 나와 마찬가지로 나비 문양을 쓰는 자에게 서찰을 받았다면 계속해서 내 연락을 기다리고 있었을걸."

"그게 뭔데요?"

"전(前) 무림맹주가 있는 장소."

"에에? 율무천 맹주님 말씀하시는 거예요?"

"응. 맞아, 그 영감."

월하린이 놀라 두 눈을 크게 치켜뜨며 물었다.

"율무천 맹주님이 살아 계셨단 건가요?"

"이 서찰 내용이 사실이라면 아마도 그렇겠지?"

백호가 품 안에 있는 서찰 한 장을 꺼내 살살 흔들며 말했다. 그렇게 말을 내뱉던 백호가 이내 서찰을 월하린에게 건네주며 사뭇 이상하다는 듯 말했다.

"그런데 하나 이상한 게 있더라."

"이상한 거라뇨?"

서찰의 내용을 살피던 월하린이 물을 때였다.

백호가 침상에 걸터앉은 채로 이해가 안 간다는 듯이 말했다.

"그 서찰을 보낸 자가 하나 요구를 해 왔어."

"무슨 요구인데요?"

"서찰을 끝까지 한번 봐 봐."

백호의 말에 서찰의 내용을 살피던 월하린이 이내 의아한 표정을 지어 보였다. 서찰 끝에는 하나의 조건이 달려 있었다.

그건 다름 아닌 면죄부에 관련된 것이었다.

월하린이 서찰 끝자락에 담긴 마지막 문장을 소리 내어 읽었다.

"이 모든 일을 원하는 대로 끝내게 된다면 현무만큼은 지켜 달라……."

"그 목석 같은 놈을 지켜 달라는 놈이 대체 누군지 모르겠단 말이야."

아직 나비 문양의 주인이 은설란이라는 걸 모르는 백호가 의아하다는 듯이 중얼거렸다.

현무는 지극히 말수가 적었다.

딱딱하고, 누군가에게 마음을 터놓는 걸 본 적도 없다. 그랬기에 그는 요괴들 사이에서조차 겉도는 느낌이 들기도 했다.

그런 그를 지켜 주려고 하는 자가 있다는 사실에 백호는 내심 신기한 모양이었다.

서찰을 다 본 월하린이 그것을 다시금 백호에게 건네며 물었다.

"그래서 부탁은 들어줄 생각이에요?"

월하린의 질문에 백호가 피식 웃더니, 품 안에 다시금 서찰을 갈무리했다. 그러고는 고민할 게 뭐 있냐는 듯한 표정으로 말했다.

"처음부터 내 목표는 청룡, 그놈 하나뿐이야."

월하린을 죽이려 한 그놈만큼은 절대 용서할 수 없었으니까.

제5장. 대담
— 놈의 목표는 바로 나야

 백호의 말대로였다.

 무림맹으로 돌아간 전우신은 곧바로 주기진을 찾았고, 그는 백호의 이야기를 듣기가 무섭게 자리를 박차고 움직였다. 마치 기다렸다는 듯이 주기진은 아무런 것도 묻지 않고 무림맹을 빠져나왔다.

 그러고는 혹여나 모를 다른 이들의 눈을 피하기 위해 역용술까지 펼치는 치밀함을 보였다.

 주기진은 그렇게 전우신, 아운과 함께 백호와 월하린이 기다리는 객잔에 모습을 드러냈다. 그는 잠시의 머뭇거림도 없이 단번에 둘이 있는 방으로 걸어 들어왔다.

방에 나란히 앉아서 웃고 있던 백호와 월하린의 시선이 저절로 입구로 향했다. 젊은 사내의 얼굴을 하고 있던 주기진의 외향이 원래의 모습으로 빠르게 돌아갔다.

백호와 월하린을 향한 주기진의 시선에서 격한 반김이 느껴졌다.

"이 사람들…… 정말 무사했군그래."

반가운 나머지 그는 둘에게 다가가 손을 맞잡았다. 그런 주기진의 행동에 백호가 왜 이러냐는 듯이 손을 빼며 말했다.

"뭐하는 거야, 영감."

"반가워서 그러네. 반가워서. 멀쩡히 돌아다니는 둘의 모습을 이 눈으로 다시 보게 될 줄이야."

말을 내뱉는 주기진의 목소리에는 짙은 반가움이 묻어 나왔다. 그만큼 이 둘을 다시 만난 것에 대한 기쁨이 크다는 걸 의미했다.

백호도, 월하린도 다시 보기 힘들지 모른다 생각했다. 그런 둘을 이렇게 함께 보는 날이 생각보다 빨리 오니 어찌 기쁘지 않을 수 있겠는가.

잠시 반가움에 들떴던 주기진은 이내 침착하게 감정을 정리하고는 의자에 가서 앉았다.

"그나저나 소림사에서 화려하게 한 건 했다더군."

"어쩌다 보니 그렇게 됐네."

"소림의 자랑인 백팔나한진을 단신으로 깼다는 이야기도 있던데…… 사실인가?"

내심 궁금했는지 주기진이 슬쩍 물었다.

그렇지만 막상 당사자인 백호는 대수롭지 않게 고개를 끄덕였다.

"주변에서 겁을 많이 준 것치고는 별거 아니던데?"

당시엔 백팔나한진을 부수느라 곤혹스러웠지만, 이미 넘어선 산이 된 지금 백호의 기억에서 그건 별 의미 없는 일이 되어 버렸다.

백호의 대수롭지 않은 말에 주기진이 혀를 차며 중얼거렸다.

"허허. 소림의 방장께서 이 말을 듣는다면 뒷목을 잡으실 터인데."

"그런 이야기는 됐고. 슬슬 본론으로 들어가자고. 영감도 서찰 받았지?"

백호의 그 한마디에 주기진의 눈동자가 빛났다.

화살을 통해 받은 백호와는 달리 주기진은 당사자인 은설란에게 직접 건네받았다. 백호에게 보낸 서찰에는 월하린의 상황과 백호 주변에서 벌어진 일들, 그리고 율무천이 있는 장소가 적혀 있었다.

그에 반해 주기진이 받은 서찰에는 여태까지 은설란이 해 온 일과, 또 앞으로 벌어질 일들에 관해 적혀 있었다.

둘의 서찰의 내용은 달랐고, 주기진은 아직 율무천이 살아 있는 것만 알 뿐이지 그가 어디에 있는지는 알지 못했다.

주기진이 말했다.

"자네도 비각주를 만났는가?"

"비각주? 아, 그 인간 여자 말하는 거야?"

백호가 잠시 고개를 갸웃하다 이내 생각해 내고는 되물었다. 그런 백호의 모습에 주기진이 이상하다는 듯이 말했다.

"서찰을 받았다지 않았는가? 율무천 맹주님께서 살아 있는 장소를 자네가 알 거라고 그녀가 서찰에 적어 뒀던데?"

"엥?"

백호가 당황스러운 얼굴로 옆에 서 있는 월하린을 바라봤다. 나비 문양의 서찰에 대해 알고 있는 전우신과 아운 또한 마찬가지였다. 오랫동안 서찰을 보내며 도와 왔던 인물이 은설란이라니.

월하린이 설마 하는 얼굴로 중얼거렸다.

"그럼 이 나비 문양의 주인이 비각주셨단 말인가요?"

"그녀가 건넨 서찰에 따르면 여태까지 계속해서 자네들을 뒤에서 도왔다고 하더군."

적이라 생각했던 여인이다. 그런 여인이 여태까지 자신

들을 도운 나비 문양의 주인이라고는 생각도 하지 못했다.

월하린이 당황한 목소리로 말했다.

"제가 알기로 그분은 반맹주파의 핵심 인물로 알고 있었는데 그런 분이 왜 저희를 도운 거죠?"

"우리가 모두 속은 거지."

"설마…… 이 같은 정보를 빼내기 위해 일부러 그들의 편인 척 행세했다는 건가요? 그 오랜 시간 동안요?"

"아마도."

무덤덤하니 말하고는 있었지만 주기진 또한 무척이나 놀랐던 사실이다. 그 모든 사실을 알았을 당시 감정을 말하고 있을 상황이 아니었기에 주기진은 빠르게 화제를 돌렸다.

"어쨌든 그 서찰에 맹주님이 살아 계신 위치가 적혀 있던가?"

"응. 그러는 그쪽이 가진 정보는 뭐지? 내 서찰에는 영감을 만나면 깜짝 놀랄 것들을 알게 될 거라던데."

"흐음. 어디서부터 이야기를 시작해야 할지 모르겠군."

주기진은 잠시 서찰에 적혀 있던 내용을 상기했다.

은설란이 행한 일이 하도 많았기에 그 모든 걸 일일이 말할 필요는 없다는 생각이 들었다. 개중에서 백호 일행과 관련된 것들을 주기진은 생각해 냈다.

"자네들에게 가장 중요한 이야기는 역시 이거겠지? 다

름 아닌 월천후 대협에 관한 이야길세."

월천후의 이름이 언급되자 월하린의 얼굴이 딱딱하게 변했다.

너무나 사랑했고 보고 싶었던 아버지.

그렇지만 오랜 시간이 지나 다시 만난 그는 예전 월하린이 존경했던 그가 아니었다. 월천후를 위해 자신의 목숨까지 걸었던 월하린에게 그의 변화된 모습은 낯설고, 상처로 다가왔다.

그런 아버지에 대한 이야기라는 말에 그녀는 어떤 대화가 오고 갈지 몰라 표정을 굳힌 것이다.

주기진이 입을 열었다.

"전에도 한 번 물었던 것 같은데 다시 만난 그분이 어떻던가?"

월하린 또한 그때를 기억했다. 주기진의 조심스러운 질문에, 쌀쌀맞긴 했지만 대화를 나누다 보니 예전 아버지의 모습을 봤다 말했었다.

분명 그땐 그랬다. 허나 이후에 보여 준 월천후의 모습에서는 월하린이 알던 그의 모습이 전혀 보이지 않았다.

"……변하셨죠. 아주 많이요. 그런데 이건 왜 물어보시는 건가요?"

사실 아버지에 관해서는 이야기를 나누고 싶지 않은 월

하린이다. 그에 대한 이야기를 하면 가슴이 아프고 크나큰 상실감이 든다.

변해 버린 월하린의 표정에서 그녀의 아픈 마음을 눈치챈 백호가 나섰다.

"영감, 그 이야기는 그만하지?"

백호가 두 눈을 부라렸다.

세상 그 무엇보다 월하린이 상처 받는 게 싫다. 더군다나 아버지의 일로 인해 그녀가 겪었던 고충을 옆에서 지켜봐 온 백호다.

백호의 저지에 주기진이 걱정 말라는 듯이 손을 들어 올렸다. 그러고는 둘을 바라보며 입을 열었다.

"놀라지 말고 듣게. 월천후 대협은 지금 조종당하는 상태라고 하는군."

"그게 무슨……."

"비각주의 말에 따르면 그들의 패거리 중 누군가에 의해 사술과 약으로 정신을 지배당하고 있다 들었네. 한마디로 지금 월천후 대협은 본인의 의지가 아닌 누군가가 조종하는 대로 움직이고 있다 이 말일세."

이야기를 듣고 있던 백호가 이내 자그마한 목소리로 중얼거렸다.

"청룡, 그놈 짓이군."

백호의 입에서 청룡의 이름이 거론되자 월하린의 낯빛이 흐려졌다. 그녀가 황급히 물었다.

"그래서요?"

"사실 무척이나 위험한 상태였다고 하더군. 심신이 거의 무너지는 상태까지 다다랐었다고 하니. 그래도 너무 걱정 말게. 비각주가 뭔가 손을 써 놨으니, 시간은 조금 걸리겠지만 상태가 호전될 거라고 하더군."

이야기를 끝까지 들은 월하린이 안도의 한숨을 내쉬었다.

생각지도 못했던 사실을 알게 되자 그녀는 머리가 복잡했다. 그렇지만 이제야 이해가 갔다. 그토록 다정했던 아버지의 돌변한 모습에서 낯선 이질감을 느꼈었다.

그리고 그 이유를 알게 되자 이제야 지금까지의 그 모든 것들이 납득이 간 것이다.

안도와 함께 밀려든 것은 커다란 분노였다.

평생을 함께했던 소중한 아버지였다. 그런 그를 이용해 뭔가를 꾸몄다는 사실에 월하린은 주먹을 꽉 움켜쥐었다. 화는 났지만 그녀는 침착하니 주기진의 다음 말을 기다렸다.

주기진이 월하린의 표정에서 다시금 감정을 느끼고는 걱정 말라는 듯이 다독였다.

"그 일은 그렇게 처리됐다고 하니 우선은 마음 놓아도 될 게야. 적어도 비각주에게서 건네받은 서찰을 보고 있자면 그녀의 일 처리가 얼마나 꼼꼼한지는 다 알 수 있었거든. 비각주의 말대로라면 월천후 대협의 일은 시간이 해결해 줄 것이고, 다만 더 큰 문제라면 이번에 정체불명의 놈들이 뭔가 일을 꾸미고 있다는 건데……."

"아, 그건 내가 알아, 영감."

백호가 몰랐던 사실을 주기진이 알았던 것처럼, 이번에는 그 반대의 상황이다. 백호가 자신이 아는 걸 털어놨다.

"이 모든 일의 원흉은 청룡이라는 놈이야. 나와 똑같은 요괴지. 놈은 이미 무림맹과 사파를 자기 손에 휘어잡은 상태라더군."

백호의 말에 주기진은 고개를 끄덕였다.

정사가 청룡이라는 자의 손에 들어갔다는 사실은 충격적인 일이긴 했지만 비각주가 전해 준 서찰을 통해 어느 정도 감을 잡고 있던 사실이었다. 그저 백호와 같은 존재가 이 일에 개입되어 있다는 게 놀라울 따름이다.

백호가 방 안에 있는 네 명을 하나씩 바라보며 입을 열었다.

"놈의 목표는 바로 무림인을 모두 죽이는 거야."

"그게 가능해요? 아무리 청룡이 강해도 그건 힘들지 않을까요?"

월하린이 말도 안 된다는 듯 눈을 동그랗게 뜨고 물었

다. 그런 그녀를 잠시 웃는 얼굴로 바라보던 백호가 고개를 끄덕였다.

"응. 말도 안 되는 일이긴 하지만 이미 놈은 그걸 가능하게 만들어 버렸어. 청룡은 정사를 한자리에 모을 생각이라더군. 그리고 그 자리에서 놈은 수뇌부들을 모조리 죽일 생각이야. 머리를 잃은 정사는 흔들릴 테고, 그때부터 청룡은 모든 무림인들을 학살할 거야. 그게 놈의 계획이지."

"정사가 모이는 자리라 했는가?"

백호의 말이 끝나기 무섭게 주기진이 두 눈을 크게 치켜떴다.

백호는 그런 주기진을 바라보며 말했다.

"응. 뭐 짚히는 거라도 있어, 영감?"

"이번에…… 정사 회합이라는 명목 아래 정사가 모이는 자리가 준비되어 있네."

백호가 문득 생각났다는 듯이 말했다.

"오늘 여기 와 보니 예전하고는 비교도 안 되게 무림인들이 득실거리던데 그 때문이었나 보군. 영감, 움직이기로 예정된 날이 언제야?"

"이틀 후네."

"치잇."

백호가 짧게 혀를 찼다.

금방 계획을 진행시킬 거라고는 생각했지만 예상보다 청룡의 움직임이 더욱 빠르다.
 이틀 후에 무림맹에 모인 각파의 수뇌부들은 함께 목적지로 향할 것이다. 시간이 맞았던 문파들은 이곳 무림맹으로 와서 함께 움직이고, 거리가 떨어져 있는 자들은 가는 도중 길목에서 합류하기로 약조되어 있었다.
 백호가 물었다.
 "목적지가 어딘데?"
 "기련산이네."
 "기련산이라면……."
 "감숙성에 위치한 곳이에요. 이곳 무림맹과는 거리가 제법 먼 곳에 있어요. 빠르게 움직인다면 이십오 일에서 한 달 정도?"
 정확한 위치는 모르겠지만 백호는 이곳과 떨어진 거리, 그리고 감숙성에 위치했다는 말에 어느 정도 기련산이라는 곳이 있는 장소를 유추해 냈다.
 백호가 기련산에 대해 생각하는 동안 주기진은 깊은 고민에 빠져 있었다.
 백호에게서 전해 들은 이번 이야기는 생각보다 커도 너무 큰일이었다. 무림을 뒤흔들 만한 일을 준비하고 있다는 것 정도는 알았다.

그렇지만 그게 설마 무림 자체를 없애려는 말도 안 되는 계획일 줄이야…….

자신이 아는 정보와 백호의 것이 합쳐지며 그 모든 배후와 사건의 전말이 드러났다. 그들의 모든 걸 알았지만 오히려 쉽사리 입을 떼기가 어렵다.

상상조차 하지 못한 거대한 계획.

하지만 결론은 하나다.

'막아야 한다.'

수십만 명이 넘는 목숨이 달린 일이다.

주기진이 긴장으로 인해 힘겹게 마른침을 한 번 꿀꺽 삼켰다. 오랜 세월 무림을 살아오며 많은 일들을 겪었다.

수많은 결정을 내려왔고, 또 그로 인해 후회를 한 적도 있다. 하지만 지금 이 일은 여태까지 겪어 왔던 것들과는 차원이 다른 종류의 것이다.

지금 자신의 결정으로 무림이, 또 수많은 이들의 목숨이 사라진다. 후회나 반성조차도 용납 안 될 결단의 순간이 지금 목전에 다가온 것이다.

이 모든 일들의 전말을 알았거늘 바뀌는 건 없다.

이미 무림맹도, 사파 쪽도 청룡의 손아귀에 있다. 그런 지금 자신들이 나서서 이 같은 일을 밝힌다?

우스운 짓이다.

정파 쪽에서 일 할가량만 설득해도 기적이다.

만약 거기다 이 일에 대해 말해 준 게 백호라는 게 알려진다면 그 확률은 더더욱 줄어든다. 더군다나 백호는 이미 무림공적의 신세가 된 자다.

그런 그가 한 말을 누가 믿는단 말인가.

자신들의 주장을 뒷받침할 아무런 증거가 없는 이상, 모든 진실을 알았다 해도 그 어떠한 것도 바꿀 수 없는 건 매한가지였다. 오히려 이 같은 말을 내뱉었다가 막대한 힘을 손에 쥔 그들로 인해 자신이 제거당할 공산이 컸다.

주기진이 떨리는 손을 억지로 꽉 쥐며 백호에게 물었다.

"우리가 나선다 한들 동조하는 자는 적을 게야. 오히려 이쪽이 역풍을 맞을 수도 있지. 혹시나 해서 하는 말인데 그 청룡이라는 자를 멈추게 할 방도가 있겠는가?"

백호와 마찬가지로 요괴인 자라고 하니 혹시나 하는 마음에 물었다. 그렇지만 그런 주기진의 바람은 거품처럼 사라졌다.

"그놈은 절대 멈추지 않을 거야. 스스로가 깨지기 전까지는. 청룡은 그런 놈이거든."

백호의 말에 객잔 방 안 분위기는 더욱 낮게 가라앉았다. 이 끔찍한 일에 아무런 방비도 할 수 없다는 현실이 사뭇 피부로 와 닿았다.

모두의 얼굴에 깔려 있는 그늘진 표정을 본 백호가 왜 그러냐는 듯이 말했다.

"아니, 다들 왜 이렇게 죽상이야?"

"그거야 당연하지 않습니까. 그들의 계책을 알고서도 할 수 있는 방책이 없는데 답답할 수밖에요."

전우신이 대답할 때였다.

백호가 무슨 소리냐는 듯이 반문했다.

"방법이 왜 없어? 내가 말했잖아?"

"자네가 방법을 말했다고?"

주기진이 언제 그랬냐고 되물을 때였다. 백호가 고개를 끄덕이며 모두를 향해 말했다.

"스스로 깨지기 전에는 멈추지 않을 거라 했잖아."

"그 말은……?"

"깨지기 전에 멈추지 않는다면, 이쪽에서 깨 주면 되는 거 아냐?"

뭘 그리 어렵게 생각하냐는 듯이 백호는 말했다.

그렇지만 그 말을 듣고 있는 이들에게는 그렇게 단순히 들렸을 리가 없다. 정사를 모두 손에 쥔 그와 어찌 싸울 수 있단 말인가.

자신을 향한 그들의 시선에서 그런 생각을 읽어서일까?

백호가 짧게 말했다.

"그놈의 평생소원이 뭔지 알아?"

"뭔데요?"

월하린이 묻자 백호가 손가락으로 자신을 가리켰다. 그리고 자신만만한 목소리로 말을 이어 나갔다.

"날 이기는 거야. 그리고 놈의 승부욕은 보통을 넘어서지. 다른 자는 불가능해도 나는 놈과 싸울 수 있어. 그놈이 날 이 일에서 빠지게 하려 했던 것도 아마도 그 때문이겠지. 이 일을 유일하게 망칠 수 있는 게 나라는 걸 그놈도 알았으니까."

"그렇다면 자네가 그를 이길 수 있다는 것인가?"

주기진의 질문.

백호는 잠시 입을 닫았다.

많은 생각이 오고 간다. 그리고 이내 냉정하게 결론을 내릴 수 있었다.

"일전에 만났을 때 나에게 보여 준 능력이 전부라면 승산은 육 대 사."

"자네가 육인가?"

"사가 나야, 영감."

"……."

"그것도 많이 쳐줘서고. 만약 당시에 보여 준 게 전부가 아니라면 열 번을 붙어도 내가 열 번 다 질 거야."

백호의 말에 월하린과 전우신, 아운 셋이 침묵했다.

항상 자신감 넘치는 그다. 그런 백호가 이런 말을 했다면 그건 정말 사실일 것이다. 그리고 아마도 당시 청룡이 보여 준 힘은 그것이 전부가 아닐 공산이 크다.

그 말은 곧 청룡과의 싸움은 백호의 패배로 이어질 거라는 말이기도 했다.

월하린은 걱정되는 얼굴로 백호를 바라봤다.

너무나 적은 확률, 그것에 걸기에 백호는 그녀에겐 대단히 소중했다.

월하린은 탁자 아래로 손을 뻗어 백호의 손을 감싸 안았다. 따뜻한 손길에 백호가 시선을 돌려 그녀를 응시했다.

자신을 걱정해 주는 월하린의 마음을 어찌 모를까.

이 사랑스러운 여인이 살지 않았다면, 무림을 위해 백호가 나서는 일 또한 없었을 게다.

백호가 갑자기 히죽 웃더니 손을 뻗어 월하린의 머리를 쓰다듬었다. 갑작스러운 백호의 애정 행각에 다른 이들이 일순 당황한 듯 둘을 번갈아 바라볼 때였다.

백호가 다른 이들을 향해 걱정 말라는 듯이 말했다.

"아직 한 달 가까이 남았잖아? 나한테 한 달이 얼마나 긴 시간인지는 다들 알 텐데."

그의 믿을 수 없는 발전 속도야 이곳에 있는 모두가 알고 있다. 다만 상대가 백호와 같은 요괴라는 것이 문제였다.

백호가 강해지는 것처럼 그 또한 강해지지 않을까 하는 걱정이 인다.

어느 정도 이야기가 끝났다고 생각했는지 백호가 손바닥을 마주쳤다.

짝짝.

모두의 시선이 집중되자 백호가 품에 지니고 있던 서찰을 꺼내 주기진에게 내밀었다. 그 서찰은 은설란에게 받았던 것으로, 전 맹주인 율무천의 위치가 적혀져 있는 것이기도 했다.

주기진은 그 서찰을 받아 안의 내용을 살피고는 이내 품으로 갈무리했다.

"고맙네. 자네들이 있어서 그래도 다행이야."

처음에는 왜 굳이 정보를 두 개로 쪼개서 준 걸까 의문을 가졌었다. 하지만 백호를 만나게 되면서 그간 가져왔던 의문이 풀렸다.

은설란은 백호와 주기진이 힘을 합치기를 바랐던 게 분명했다.

그리고 혹여나 한쪽에게 무슨 일이 생겼을 때 치명적인 정보가 새어 나가게 하지 않게 하기 위해 일부러 중요 내용들을 갈라서 전달했다. 그 말은 곧 둘이 한자리에 모이지 않는다면, 그녀가 준 정보를 완벽하게 알 수 없었다는 걸 의미했다.

끝까지 치밀했던 여인 은설란.

자리에서 일어난 주기진이 입을 열었다.

"다행히도 맹주님이 계신 곳이 이곳에서 멀지 않군. 등잔 밑이 어둡다더니 그 말을 이럴 때 쓰는 모양일세."

서찰에 적혀 있던 내용을 본 주기진은 내심 놀랐었다. 율무천이 다름 아닌 이곳 무한에 있을 거라고는 생각도 하지 못했기 때문이다.

어느 정도 먼 곳에 숨겨 뒀을 거라는 그의 생각은 완전히 빗나갔다.

"난 우선 맹주님의 안위를 살펴보도록 하겠네. 그 후에 다시금 연락하지."

"조심해서 움직이세요."

"그럴 테니 걱정 말게. 어쨌든 월 궁주도 몸조심하고. 나머지도 조심들 하고."

걱정스레 챙겨 주는 월하린을 향해 가벼운 미소를 보였던 주기진이 다른 이들에게도 인사를 건네고는 먼저 바깥으로 걸어 나갔다. 맹주 율무천을 찾아가 상태를 확인하고 생존 여부를 확실하게 파악하는 게 우선이었다.

주기진이 그렇게 나가자 백호가 길게 기지개를 한 번 켜고는 심심한 입을 달랠 것처럼 당과 하나를 꺼내어 물었다.

당과를 문 백호가 검지로 옆머리를 긁적였다.

백호의 머릿속에는 많이 생각이 오고 갔다.

'야비한 놈. 일부러 시간을 끌었군.'

천년지약의 약속된 시간이 끝났다는 걸 백호는 알고 있었다. 만약 그 기간이 끝나지 않았다면 백호는 당장이라도 청룡에게 달려가 이 모든 죄를 추궁했을 것이다.

하지만 절묘한 순간에 천년지약의 시간이 끝났다.

이게 우연일까?

아니, 이건 계산이다. 청룡은 애초부터 그 모든 계획들을 천년지약이 끝나는 시기와 맞물려 움직이게끔 했다. 백호의 명령 하나만으로 모든 걸 멈추지 않게 하기 위해서.

내심 조금만 더 빨랐다면 하는 아쉬움이 있었지만 이미 엎어진 물이다.

일이 이렇게 된 이상 새로운 대비책을 찾아야 했다.

상념에 잠겨 있던 백호는 자신을 향한 세 사람의 시선에 히죽 웃으며 말했다.

"자자, 다들 이야기 들었으니 알 거야. 이 한 달 동안 난 무지하게 강해져야 할 것 같네."

"백호님의 능력은 알지만 그래도 한 달로 될까요?"

"그럼 청룡 그놈한테 기다려 달라고 할까?"

아운의 말에 백호가 짧게 받아쳤다.

시간이 더 있다면 좋겠지만 청룡도 바보가 아닌 이상 이번 일을 속전속결로 처리하려고 할 것이다. 지금 상황에서 될까, 안 될까로 고민하며 시간을 보내는 건 바보 같은 짓이다.

청룡을 이기기 위해서는 하루, 한 시진이 아까운 상황이다.

백호가 월하린을 향해 시선을 돌렸다. 그러고는 월하린을 향해 나지막한 목소리로 말했다.

"월하린, 부탁 하나 좀 해도 될까?"

"뭐든지요."

월하린이 당연하다는 듯이 말했을 때다. 백호의 부탁이라면 뭐라도 내어 줄 수 있었으니까.

백호가 그런 그녀를 향해 입을 열었다.

"진마멸천신공이 필요해."

제6장. 진마멸천신공
— 날아가 볼까

무한의 밤거리.

늦은 밤임에도 불구하고 사람들은 북적였고, 시끄러운 목소리와 휘황찬란한 불빛들이 사방을 노닌다. 그런 화려한 밤거리 사이를 역용술을 펼친 채로 주기진이 걷고 있었다.

무한에는 뱃놀이를 하기 좋은 폭이 좁고 물살이 천천히 흐르는 수로가 있다. 주기진이 향한 곳은 바로 그 수로였다. 수로에 도착한 그는 주변을 두리번거리다가 이내 검은 삿갓을 노 끝에 걸어 둔 조그마한 나룻배 하나를 발견했다.

주기진은 나룻배로 다가가 천천히 그 배로 올라탔다. 그러고는 자신을 힐끔 쳐다보는 늙은 뱃사공을 향해 말했다.

"날이 어두우니 야광주를 따라 빛이 노니는 곳으로 갑시다."

뜻 모를 한마디를 던지자 뱃사공이 검은 삿갓을 머리에 쓰고는 노를 젓기 시작했다. 지금 주기진이 던진 건 다름 아닌 은설란을 통해 전해 받은 암어였다.

그리고 이 암어를 전해 들은 뱃사공이 주기진을 목적지까지 안내해 줄 것이다.

물길을 타고 배는 빠르게 쭉쭉 나아갔다.

무한의 물길을 따라 나아가며 주기진은 슬며시 턱을 어루만졌다. 애써 태연한 척하고는 있지만 마음이 복잡한 건 어쩔 수 없었다.

다름 아닌 죽었다고 생각했던 전 맹주 율무천의 안위를 확인하러 가는 길인 탓이다.

여태까지 모습을 드러내지 않은 것을 보면 큰 부상을 입었을 거라는 예상은 하고 있지만 과연 그게 어느 정도일지 모르겠다.

'지금 같을 때 맹주님만 계셨다면 큰 도움이 되었을 터인데…….'

아쉽지만 그가 살아 있는 것만 해도 어디인가.

주기진이 잠시 율무천에 대해 생각하고 있는 동안 움직이던 배는 이내 목적지에 도달했다. 배를 멈춘 뱃사공이 자신의 삿갓을 벗더니 주기진에게 건네며 짧게 말했다.

"이 길로 쭉 가시오. 그럼 그 삿갓 문양이 있는 장원이 한 채 있을 거요."

"고맙소이다."

주기진이 감사의 뜻을 표하는 사이에 뱃사공은 다시금 노를 저어 멀어져 가고 있었다. 그런 나룻배를 잠시 바라보던 주기진은 이내 그가 말해 줬던 방향을 따라 움직였다.

얼마 가지 않아 골목길이 하나 나왔고, 그 길을 쭉 따라가다 보니 검은 삿갓 문양의 명패가 박혀 있는 장원이 모습을 드러냈다.

입구 근처에는 주정뱅이 같은 자가 취한 듯이 자리하고 있었고, 또 인근에 사는 걸로 보이는 농사꾼 같은 자가 빗자루질도 하고 있었다.

그렇지만 주기진은 알 수 있었다.

'무인들이다.'

아주 짧지만 느껴졌던 그들의 시선.

아마도 이곳을 지키는 이들일 게다. 그렇지만 그들은 주기진이 장원으로 들어서는 걸 막지 않았다. 이유는 간단했다. 그가 검은 삿갓을 쓰고 있었으니까.

검은 삿갓은 바로 이 장원을 드나들 수 있는 통행증 같은 것이었다.

장원 안은 한적했고, 사람의 인기척도 느껴지지 않았다. 그런 장원 내부를 주기진이 조심스럽게 걸었다.

무한에 이런 장원이 있다는 사실은 주기진은 오늘 처음 알았다. 그만큼 은설란이 은밀하게 준비해 둔 탓이리라.

장원 내부를 걷던 주기진이 이내 가장 안쪽에 있는 조그마한 건물로 향했다. 다른 곳과는 달리 이곳에서만큼은 사람의 흔적이 느껴진 탓이다.

문 앞에 선 주기진이 천천히 손을 내밀어 문고리를 쥐었다.

드르륵.

문을 열며 안으로 들어서던 주기진의 눈동자가 크게 변했다. 그도 그럴 것이 방 가운데에 있는 침상에 너무나 익숙한 한 사람이 자리하고 있었다.

율무천, 그가 이곳에 있었다.

"······맹주님."

율무천은 예전에 자신이 알던 것과는 무척이나 다른 모습이었다. 오랜 시간 제대로 된 식사를 하지 못해서인지 피골이 상접했고, 피부도 무척이나 푸석푸석해 보였다.

주기진의 목소리를 들어서일까?

굳게 눈을 닫고 있던 율무천의 눈꺼풀이 파르르 떨렸다. 그런 그의 변화를 눈치챈 주기진이 서둘러 옆으로 다가갔다.

주기진이 옆에 도착하자 율무천이 굳게 닫고 있던 눈을

힘겹게 치켜떴다. 가늘게 눈을 뜬 그의 시선이 주기진에게 와서 박혔다. 그 모습을 본 주기진은 감정이 격해졌는지 와락 눈물을 쏟았다.

"대체 이게 무슨 일이란 말입니까. 어찌하여 맹주님께서……."

그때였다.

율무천이 힘겹게 연 입안에서 자그마한 목소리가 흘러나왔다.

"자, 잘 지냈는가……."

"맹주님!"

오랜만에 듣는 율무천의 목소리에 주기진이 감격할 때였다. 율무천이 힘겹게 말을 이어 나갔다. 정말 집중하지 않으면 듣기 어려울 정도로 작은 목소리였다.

"지금…… 어찌 흘러가고…… 있는가?"

율무천의 질문에 주기진은 자신이 알고 있는 모든 이야기를 꺼냈다.

율무천의 실종 이후 월천후가 나타난 것에서부터, 백호가 누명을 쓰고 도망 다니는 것까지. 그리고 적이라 생각했던 은설란이 이 모든 일을 도맡아 해결하고 있었다는 것과, 지금 청룡이라는 자가 무림을 말살시키려 한다는 것도 말이다.

제법 긴 이야기를 단번에 쏟아낸 주기진이 율무천의 얼

굴을 살폈다.

 정신을 차린 지는 다소 지났지만 아직 거동이 불편하고 말하는 것이 버겁다. 그랬기에 직접 나서지는 못했지만 은설란을 통해 얼추 상황에 대해서는 그 또한 전해 들었다.

 율무천 또한 은설란이 여태까지 자신들의 편이었다는 걸 알고 있었다.

 당연하다.

 죽을 뻔한 그 순간 자신을 구해 준 것이 은설란이었으니까. 월천후의 연락으로 인해 목적지로 향했던 그는 갑작스러운 습격을 당하고야 말았다.

 그렇게 죽음이 코앞까지 다가온 순간 은설란이 나타났다. 그녀는 직접 자신의 숨통을 끊겠다며 검을 휘둘렀고, 그 검은 율무천의 심장을 찔렀다.

 아니, 찌르는 것처럼 보이게 했다.

 검으로 찌르며 은설란은 율무천에게 빠르게 전음을 날렸다. 죽은 척하라고.

 물론 반항할 기운조차 남아 있지 않았지만, 그는 단번에 상황을 눈치챘다. 그렇게 죽은 척을 했고, 반쯤 죽었던 자신을 살린 건 은설란이었다. 그리고 그녀를 통해 어느 정도 이야기는 전해 들었다.

 다만 상태가 너무 좋지 않아 궁금한 걸 묻지는 못했지만,

은설란은 자신이 아는 것에 대해서는 율무천이 들을 수 있게끔 계속해서 이야기했다.

그녀에게 들었던 대부분의 이야기. 하지만 주기진이 한청룡에 관해서는 전혀 모르는 부분이었다.

무림을 말살하려 한다는 그의 계책을 듣자 율무천은 지그시 눈을 감았다.

'이렇게 누워 있을 때가 아니거늘.'

마음은 그렇지만 몸이 따라주질 않는다. 움직이기는커녕 아직 말하기도 힘들 정도인데 자신이 나서서 무엇을 한단 말인가.

율무천이 감았던 눈을 뜨고는 슬며시 손을 들어 주기진에게 가까이 오라는 듯이 손짓했다. 그런 그를 향해 주기진이 다가왔을 때였다.

율무천이 남은 힘을 쥐어짜며 그에게 말했다.

"워, 월 궁주에게 가서…… 내가 부탁한 물건…… 을 받아, 자네가…… 처리하게."

말을 내뱉는 것조차 힘겨웠는지 율무천이 거칠게 숨을 몰아쉬었다. 너무나 큰 내상을 입었던 탓에 이렇게 말을 하는 것도 쉽지 않다.

그나마 이제는 정신은 멀쩡해져서 생각할 수 있는 시간은 많아졌지만, 아직까지 뭔가 하기엔 몸 상태가 좋지 않았다.

율무천의 말을 전해 들은 주기진이 반문했다.

"월 궁주에게 가서 뭔가를 받으라는 겁니까?"

주기진을 향해 율무천이 고개를 끄덕였다. 그러고는 힘겹게 말했다.

"그녀에게…… 말하면 알 걸세."

그 말을 마지막으로 율무천은 거칠게 숨을 몰아쉬었다. 할 말은 다 전했다는 듯한 율무천의 모습에 주기진이 크게 고개를 끄덕이며 말했다.

"시키신 대로 바로 월 궁주를 만나러 가겠습니다. 곧 다시 찾아올 테니 푹 쉬고 계십시오."

그 말을 마친 주기진은 곧바로 방을 박차고 나갔다. 월하린과 방금 전에 헤어졌던 그 객잔을 향해서.

* * *

방 안에는 일순 적막이 감돌았다.

진마멸천신공을 달라는 백호의 제안에 월하린은 잠시 가만히 그를 바라봤다. 사실 백호와 인연을 맺게 된 것이 바로 이 진마멸천신공 덕분이다.

오랜 시간 백호는 진마멸천신공을 얻기 위해 월하린의 옆에 붙어 있었다. 물론 그런 건 모두 옛날이야기가 되어 버렸지만 말이다.

월하린을 좋아하게 되면서 백호는 단 한 번도 진마멸천신공에 대해 이야기하지 않았다. 그녀의 옆에 붙어 있게 된 이유가 그런 무공 때문이 아니라 사랑이 되어 버렸기 때문이다.

예전엔 그저 강해지고 싶어서 진마멸천신공이 가지고 싶었다. 허나 이제는 아니다.

월하린을 지키기 위해서.

그녀를 위해 진마멸천신공을 배우고 싶었다.

그런 백호를 바라보던 월하린이 입을 열었다.

"……그러지 못할 것 같아요."

"네가 그 무공을 어떻게 생각하는지 알아. 하지만 지금 상황이……."

"백호."

월하린이 갑자기 백호의 이름을 불렀다.

말을 이어 나가던 백호가 잠시 머뭇거리며 그녀를 볼 때였다. 월하린이 백호의 눈을 응시한 채로 입을 열었다.

"날 위해 당신이 못 할 게 있어요?"

"없지. 널 위해서라면 난 무엇이든지 할 거야."

"저도 같아요. 그 어떠한 거라도 당신을 위해서라면 포기할 수 있고, 줄 수 있어요."

"그런데 왜 진마멸천신공은 안 된다는 거야? 네 아버지 상황도 들었잖아?"

"안 주는 게 아니라 못 주는 거예요."

"못 준다니?"

백호의 질문에 월하린이 짧게 대답했다.

"처음부터 진마멸천신공을 몰랐으니까요."

"뭐?"

월하린의 그 한마디에 놀란 건 백호뿐만이 아니었다. 전우신과 아운 또한 당황한 듯 월하린을 바라봤다. 그도 그럴 것이 월하린이 목숨을 걸고 도망쳤던 이유가 무엇인가?

그건 다름 아닌 진마멸천신공 때문이다.

그 무공을 안다는 이유 하나로 계속해서 쫓겼고, 정파와 사파 양측의 감시를 받아야만 했다. 그런데 그런 당사자가 사실은 진마멸천신공을 알지 못했다니?

이게 말이나 되는 소리인가.

모두가 놀란 듯 자신을 바라보고 있자 월하린이 당시의 이야기를 하기 시작했다.

"진마멸천신공은 몰라요. 하지만 그 무공이 있는 곳의 위치는 알죠."

"그게 어디인데?"

"천산이에요."

"천산이라면…… 네가 살던 곳 아냐?"

"맞아요. 그곳에 있는 어떤 장소에 진마멸천신공이 새겨져 있다고 아버지께 들었어요."

월하린은 진마멸천신공이 있는 위치를 알았다.

문제는 수많은 이들이 진마멸천신공을 노리고 천산으로 찾아온다는 것에 있었다. 물론 찾기 힘든 위치에 교묘하게 감추어져 있었다고는 하나 만약이라는 게 있었다.

계속해서 이렇게 많은 자들이 천산을 드나들다 뭔가 단서라도 발견하게 된다면?

그랬기에 월하린은 일부러 천산에서 관심이 사라지게 하기 위해 직접 움직였던 것이다.

자연스럽게 천산으로 향하던 발걸음은 월하린을 쫓기 시작했고, 그렇게 그녀는 월천후의 천하제일무공이라 알려진 진마멸천신공을 지켜 냈다.

월하린이 자리에서 일어나 백호를 향해 고개를 숙였다.

"여태까지 말하지 않아서 미안해요. 그래도 백호 당신과 함께 도망쳐서 천산에 도착하게 되면 그때 모든 걸 이야기하고, 당신이 원한다면 진마멸천신공도 기꺼이 주려고 했었어요. 그래서 애초에 목적지를 천산 쪽으로 잡았던 거기도 했고요."

월하린은 진심을 담아 미안한 마음을 건넸다.

진마멸천신공이 있는 장소는 알았지만, 직접 아는 것과는 조금 다르다.

어느 순간부터일까?

아마 백호가 진마멸천신공을 달라는 말을 그만두었을 때부터일지도 모르겠다. 우습게도 그가 무공이 아닌 월하린 때문에 옆에 붙어 있게 되는 그 무렵부터 그녀 또한 백호에게 진마멸천신공을 주고자 하는 마음이 생겼었다.

다만 천산이 워낙 멀어 그 기회가 없었을 뿐이다.

그렇게 백호는 자신에게 미안한 표정을 짓는 월하린에게 괜찮다는 듯 손사래를 쳤다. 예전이라면 모를까 지금의 백호에게 그런 건 중요치 않았으니까.

"미안할 거 없어. 다만…… 좀 골치가 아프네."

청룡과의 일전에서 진마멸천신공은 큰 도움이 될 거라 생각했다. 하지만 상황이 이렇게 되자 백호의 머리가 다소 복잡해졌다.

'기련산과 천산이라.'

다행이라면 다행일까?

천산이 있는 신강과 기련산이 있는 감숙성은 인접해 있는 지역이다. 물론 그 거리가 짧지는 않지만 그래도 가능성이 아예 없지는 않다.

백호가 막 거리에 대해 고민하고 있을 때였다.

누군가의 발걸음 소리에 모두의 신경이 예민하게 돌변했다. 그리고 그 발소리의 주인공이 이내 모습을 드러냈다.

그건 다름 아닌 주기진이었다.

곧 찾아올 거라고는 생각했지만 이렇게 떠난 지 한 시진도 채 되기 전에 다시 돌아온 그를 보며 모두가 무슨 일이냐는 듯 바라봤다.

주기진은 다소 상기된 표정으로 월하린을 향해 다가갔다.

"월 궁주, 맹주님께서 자네에게 뭔가 부탁했다고 하던데 가지고 있는가?"

"제게 부탁한 물건이요?"

갑작스러운 질문에 월하린이 잠시 머뭇거렸다.

그러고는 이내 일전에 율무천이 자신에게 했던 부탁을 기억해 냈다.

"아, 기억났어요. 맹주님께서 실종되시기 전에 저한테 뭔가를 부탁했었어요."

"지금 가지고 있는가?"

"어디에 있는지만 들었지 아직 찾아보지는 않았어요. 그런데 그건 갑자기 왜 찾으시는 거죠?"

"맹주님께서 그 물건을 자네에게서 받아 나보고 처리하라고 하더군. 혹시 그게 뭔지 알고 있는가?"

"아뇨. 아, 일전에 제가 혜선 대사님을 봬야 한다 했던 것 기억하시나요?"

"물론이지."

"원래 맹주님께서 그 물건을 찾아 혜선 대사님께 전해 달라고 하셨거든요. 그러던 중에 그분께 일이 생겼고, 그러다 보니 섣불리 손을 대지 못하고 있었어요."

손을 대선 안 될 거라는 생각에 아직 찾지는 않았지만 월하린은 당시 율무천에게 들었던 말을 똑똑히 기억하고 있었다.

월하린이 말을 이었다.

"정확한 장소를 들은 건 아니고 보름달이 뜨는 은행나무에 걸린 사람. 그 오른쪽 절름발이 사람에게 내가 남긴 물건이 있다고 저에게 말씀해 주셨어요. 대충 어딘가를 가리키는 암호 같은데……."

"보름달과 은행나무, 그리고 오른쪽 절름발이 사람이라."

그것들이 말하는 장소는 과연 어디인가?

고민하는 주기진을 향해 월하린이 말했다.

"찾는 게 어렵지 않을 거라 말씀하신 것과, 당시 맹주님이 맹 바깥으로 거의 나가지 않으신 걸 보아 하면…… 제가 봤을 때 이 물건은 무림맹 내부에 있을 확률이 크다 생각돼요."

"일리가 있군."

가만히 생각하던 주기진이 이내 뭔가를 생각해 냈는지 황급히 손바닥을 마주치며 말했다.

"맹주님 거처 인근에 홀로 동떨어진 커다란 은행나무 한 그루가 있네. 이 은행나무가 워낙 커서 종종 달을 가릴 정도라고 맹주님께서 말씀하셨던 게 기억나는군. 분명 보름달이 뜨는 은행나무는 그걸 말하는 걸게야."

보름달이 뜨는 은행나무가 뭔지는 알아차렸다.

문제는 추상적으로 느껴지는 오른쪽 절름발이 사람이라는 것인데…… 이건 그냥 머리를 굴린다고 해결될 문제는 아니었다.

정말 절름발이 사람을 말하는 것인지, 아니면 뭔가를 빗대어 말하는 건지는 가서 찾아보기 전에는 알기 힘들 것 같았다.

"아무래도 그곳에 가서 직접 찾아봐야겠군."

주기진이 말을 마치고 일어날 때였다.

침묵을 유지한 채로 앉아 있던 백호가 입을 열었다.

"그 일은 영감이 맡아서 해 줘."

"아, 자네들은 무림맹에 들어가기 곤란하겠군그래. 알겠네. 나 혼자서 찾아보도록 하겠네."

"그것도 그건데…… 다른 할 일이 좀 생겨서 말이야."

"다른 할 일?"

주기진이 그게 뭐냐는 듯이 되물었을 때다. 백호가 아무렇지 않게 말을 꺼냈다.

"천산으로 갈 거야."

"천산? 이 시기에 말인가?"

이틀 후면 무림맹에 모인 인원들이 기련산으로 출발한다.

그런데 지금 와서 천산이라니?

이해가 안 간다는 듯한 주기진의 질문에 백호가 히죽 웃으며 대답했다.

"그곳에 날 기다리는 아주 매력적인 녀석이 있어서 말이야."

이미 마음은 정해졌다.

진마멸천신공이 있는 천산으로 간다.

* * *

무림맹으로 돌아온 주기진이 태연하게 옛 맹주의 거처로 향했다. 율무천은 이곳에 없지만 아직까지도 그곳을 지키고 있는 무인들이 주기진의 등장에 예를 갖췄다.

"수고들 하는군그래."

다가온 주기진이 고생한다는 듯 그들의 어깨를 두드렸다. 그런 그에게 이곳을 지키고 있던 무인 중 하나가 물었다.

"그런데 이곳에 어쩐 일이십니까?"

"아, 일전에 맹주님께 맡겼던 게 하나 있는데 그게 지금 필요해서 말일세. 들어가 봐도 되겠는가?"

"물론입니다."

아무나 드나들 수 없는 곳이라 아직까지도 이렇게 보초가 있는 것이긴 했지만, 주기진은 그 아무나에 포함되지 않았다.

지키고 서 있던 무인이 비켜서자 주기진은 웃는 얼굴로 안으로 들어갔다. 율무천이 실종되고 몇 번이고 홀로 찾았던 곳이다.

허망하니 맹주의 흔적을 쫓던 그때. 하지만 그때와 지금은 달랐다. 이제는 율무천의 생존을 두 눈으로 확인했고, 그가 남긴 유지를 찾기 위해 이곳에 들어왔다.

평온해 보였던 주기진의 두 눈동자에서 안광이 흘러나왔다.

주변의 기척을 확인하며 걷던 주기진은 곧 자신을 향한 감시의 시선이 없다는 것을 확인하고는 목적지를 향해 방향을 틀었다.

맹주의 집무실과는 다른 방향으로 그가 걷고 있었다. 그리고 얼마 되지 않아 주기진은 목적지였던 은행나무에 도착할 수 있었다.

커다란 은행나무가 주기진을 반겼다.

주기진은 은행나무의 두꺼운 몸을 어루만지며 상념에 잠겼다.

'보름달이 뜨는 은행나무는 이곳에 있으니……'

이곳의 지리가 익숙한 주기진이다. 그렇지만 지금의 그는 조그만 것이라도 놓치지 않기 위해 마치 처음 온 사람처럼 주변을 두리번거렸다.

가장 먼저 은행나무를 만져 보고 뭔가 남겨진 단서가 없나 찾아봤지만 딱히 의심스러운 건 보이지 않았다.

그랬기에 주기진은 은행나무를 기점으로 걸음을 옮겼다. 뭔가를 찾기 위해 바닥까지 살피며 걷는 주기진의 발걸음은 무척이나 느렸다.

꼼꼼하게 인근을 살피던 주기진이 목이 아픈지 잠시 고개를 치켜들었다.

"하아."

이곳에 오면서부터 쉽지 않을 거라고는 예상했던 일이다. 그래도 혹시나 은행나무 근처로 가서 찾다 보면 뭔가 떠오르지 않을까 해서 직접 온 것인데 딱히 의심스러운 건 보이지 않았다.

'대체 은행나무에 걸린 사람은 무엇이고, 절름발이 사내는 뭘 뜻하는 것인가.'

상념에 잠긴 채로 걷던 주기진이 잠시 발걸음을 멈췄다. 어느덧 정원으로 이어지는 양 갈림길에 도달한 탓이다.

어느 쪽을 가야 하나 하고 앞을 바라보던 주기진의 표정이 일순 굳었다.

'은행나무에 걸린 사람!'

사람을 뜻하는 인(人). 그건 다름없는 갈림길의 모양이었다. 두 갈래로 갈라진 길은 바로 월하린에게 들었던 인의 아랫부분을 의미했다.

길은 두 방향이었지만 주기진은 고민할 필요도 없었다. 오른쪽 절름발이라 했으니 이미 가야 할 길은 정해져 있었다.

주기진은 곧바로 인(人)의 오른쪽을 의미하는 길을 따라 걸어 들어갔다. 그 길은 그리 길지 않았다. 아직 채 꾸며지지 않은 정원은 다소 어수선한 느낌이었다.

이곳까지 찾아온 주기진은 떨리는 눈동자로 주변을 두리번거렸다. 이곳에 율무천이 남긴 뭔가가 있다. 그것이 무엇인지는 모른다. 하지만 그토록 큰 부상을 입은 상태에서도 자신에게 그것을 찾으라 말했다.

그만큼 그 뭔가가 아주 중요한 물건이라는 걸 의미했다.

수십 그루의 나무들이 자리하고 있는 이곳.

그리고 그 사이사이를 살피던 주기진의 시선이 박힌 것은 무척이나 앙상한 나무였다. 그 나무는 혼자서 버티기 힘든지 덧대는 나뭇조각에 의지한 채로 힘겹게 버티고 서 있었다.

그 모습이 흡사 지팡이에 의지하고 서 있는 사람 같아 보였다.

나무를 보는 순간 주기진의 눈동자가 빛났다.

그는 망설이지 않고 그 나무로 다가왔다. 그러고는 손을 뻗어 바닥을 파헤치기 시작했다. 빠르게 흙을 치워 내던 주기진의 손가락 끝에 뭔가가 걸렸다.

타악.

주기진은 손끝에서 느껴지는 감각에 황급히 손바닥으로 근처의 흙을 털어 냈다. 그러자 그 안에서는 붉은색의 상자가 모습을 드러냈다.

상자를 발견한 주기진은 더욱 빨라진 손놀림으로 인근의 흙을 모두 밀쳐 냈다. 그러고는 흙 속에 감추어져 있던 붉은 상자를 꺼내어 들었다.

촤르륵.

상자를 뽑아 들자 아직까지 위에 남아 있던 흙들이 사방으로 떨어져 내렸다. 주기진은 곧바로 그 상자를 봉인하고 있는 고리를 손으로 잡아 뜯었다.

쇠로 만들어진 고리였지만 주기진 같은 무인에게 그건 종이를 찢는 것만큼 간단한 일이었다. 단숨에 상자를 연 주기진의 눈에 들어온 것은 정갈하게 비단에 쌓여 있는 무엇인가였다.

주기진은 손을 뻗어 비단에 쌓여 있는 것을 빼내고는 상자를 바닥에 내려놨다.

겹겹이 감싸고 있는 비단을 풀어헤치자 그 안에는 서찰

이 자리하고 있었다. 주기진은 그 서찰의 내용을 확인하기 위해 펼쳤다.

주기진의 눈에 들어온 것은 서찰에 적혀 있는 수많은 이름들이었다. 주기진은 새빨간 글씨로 적힌 서찰들을 하나씩 확인했다.

그것이 뭔지 주기진이 모를 리 없었다.

그 안에는 자신의 이름도 있었으니까.

그건 다름 아닌 혈서였다. 수많은 혈서들은 다름 아닌 맹주 율무천에 대한 충성의 맹세였다. 이 혈서를 적은 이들은 모두 율무천의 사람이라는 걸 의미했다.

그런데 대체 왜 이런 혈서를 거두라고 한 것일까?

주기진의 의문은 그리 오래가지 않았다. 혈서들의 끝에 율무천이 남긴 전언이 있었으니까.

내용은 이러했다.

혹여나 이들의 힘을 합쳐서도 해결할 수 없을 정도의 일이 생겼을 경우에는, 그 모든 걸 포기하고 같은 뜻을 품은 이들끼리 목숨을 부지하라.

그리고 훗날을 도모하라.

주기진은 멍한 얼굴로 서찰을 바라봤다.

율무천은 어떤 상황에서도 무림의 멸망만은 막아 보려 했던 것이다. 혹여나 그런 일이 벌어진다면 혈서에 이름을 남긴 이들만이라도 규합하여 위기에서 빠져나오라는 것이다.

그리고 모습을 감춘 채로 무림을 다시금 일으키라는 것인데…….

모두가 맹주인 율무천에게 충성의 혈서를 남긴 자들이고, 그들은 아마도 이 서찰을 본다면 주기진의 말대로 움직일 게다.

주기진의 낯빛이 흐려진 건 바로 이 명을 수행한다면 백호가 위험해질 수도 있기 때문이다.

청룡이 원하는 장소까지 간다면 이미 탈출은 불가능하다. 한 마디로 기련산의 약속된 장소까지 도착하기 전에 이들을 데리고 도망쳐야 한다는 말이다.

그렇지만 자신들이 모두 도망친다면?

백호의 편이 되어 줄 수 있는 이들은 단 하나도 남지 않을 것이다. 그렇게 되면 백호는 뭔가를 해 보기도 전에 공적으로 몰려 죽을 수도 있다는 말이다.

허나 그렇다 해서 승산 없는 백호의 싸움에 희망을 걸고, 이들과 함께 호랑이 굴에 들어갔다가 모든 계획이 실패한다면…… 율무천의 마지막 유지조차 지켜 낼 수 없을 것이다. 그리고 무림은 정말 멸망하게 되어 버린다.

주기진은 고민에 휩싸였다.

백호를 믿고 도박을 하는 게 옳은 선택일까?

아니면 맹주의 마지막 유지를 받들어 뜻을 모을 수 있는 이들이라도 살리는 게 맞는 것일까.

주기진이 괴롭다는 듯이 손으로 이마를 감싸 쥐었다.

괴롭다.

하지만…… 그는 선택을 해야만 한다.

주기진이 율무천이 남긴 전언을 찾아내고 있는 그때. 무한의 객잔에서는 머나먼 천산으로 떠나려는 백호와 월하린이 움직이고 있었다.

필요한 물건들을 대신해서 사 온 전우신과 아운은 짐을 챙기는 둘을 걱정스레 바라봤다.

천산이라면 무척이나 멀다.

물론 먼 곳까지 가는 게 걱정이 아니다.

백호가 청룡을 상대하려 한다는 사실에 내심 걱정이 드는 것이다. 그리고 청룡을 상대하기 위해 백호는 진마멸천신공을 익히러 간다.

아운이 걱정스럽게 말했다.

"시간이 많이 촉박한데 천산까지 가서 진마멸천신공을 익히시는 게 가능할까요?"

"나 모르냐?"

백호가 자신을 가리키며 자신만만한 미소를 지어 보였다. 그 모습에 아운도 피식 웃긴 했지만 걱정이 되지 않을 리 없다.

죽립을 쓴 채로 짐을 진 백호는 마지막으로 전우신이 사 온 당과를 건네받았다. 어른 주먹 몇 개는 합친 것만큼 많은 양의 당과를 건네며 전우신이 말했다.

"있는 걸 싹 긁어 왔습니다."

"잘했다, 매화."

많은 양이 마음에 들었는지 백호가 몇 차례 툭툭 허공에 던졌다 받기를 반복하다 이내 짐 안에 쑤셔 박았다.

모든 준비를 끝낸 백호가 월하린과 함께 나란히 섰다. 그런 둘을 배웅하려는 듯이 전우신과 아운도 나란히 자리했다.

마음 같아서는 함께하고 싶었다.

그렇지만 지금 자신들이 함께하는 건 오히려 짐이었다. 백호 혼자라면 천산까지 가는 데 그리 긴 시간이 걸리지 않을 게다. 월하린 정도야 백호가 안고 가면 그만이지만 자신 둘까지 동행한다면 두 배 이상의 시간이 걸리리라.

그걸 알기에 전우신과 아운은 신경은 쓰였지만 둘이 떠나는 걸 받아들일 수밖에 없었다.

전우신이 이곳을 떠나려는 둘을 바라보며 중얼거렸다.

"다시 만난 지 얼마 되지도 않았는데 또 이별이군요."

이별이 무척이나 섭섭하다는 듯한 목소리.

그런 그를 향해 월하린이 웃으며 말했다.

"이번엔 다르잖아요. 그때는 기약 없는 이별이었다면, 지금은 다시 만나기 위해 헤어지는 거니까요. 그러니 다들 기운 내요. 곧 다시 만날 테니까."

말을 마친 월하린이 두 명을 번갈아 바라봤다.

전우신, 그리고 아운.

이 둘이 있었기에 이곳까지 올 수 있었을지도 모른다. 그만큼 그녀의 인생에 소중한 사람들…….

그리고 두 사람에게 그런 감정을 가지고 있는 건 월하린뿐만이 아니었다. 둘을 향해 백호가 괜히 큰 목소리로 소리쳤다.

"어이, 계속 그렇게 얼빠진 표정들 하고 있을 거냐? 아직 싸움은 끝나지 않았다고."

백호의 그 말에 전우신과 아운은 결연한 표정을 지은 채로 고개를 끄덕였다. 지금 백호와 월하린이 어떠한 이유로 천산행을 정한지 잘 아는 두 사람이다.

눈앞에 있는 이 백호라는 요괴에게 무림의 운명이 걸렸다.

그 모든 걸 짊어지는 것만으로도 충분히 부담스러울 거라 생각하거늘 백호는 언제나처럼 여유가 넘쳤다. 그리고 그 모습을 보고 있노라면 왠지 모를 믿음이 생겨난다.

이 사내라면 할 수 있을 거라는 이유를 알 수 없는 그런 믿음이.

전우신이 백호를 향해 먼저 포권을 취했다.

"백호님, 정파를 대표해서 무림을 부탁하겠습니다."

"앗, 전 그럼 사파를 대표해서!"

뒤이어 아운 또한 장난스럽게 웃으며 포권을 취해 보였다. 둘의 얼굴에 가득 피어 있는 웃음기, 하지만 꺼낸 말까지 장난은 아니었다.

그런 두 사람을 바라보던 백호가 이를 드러낼 정도로 크게 웃으며 말했다.

"별일도 아닌데 쑥스럽게 부탁은. 한 달 동안 무공을 익혀 와서 청룡 놈을 무찌른다. 이거잖아?"

백호의 말에 고개를 전우신은 고개를 끄덕였다.

말은 쉽다. 하지만…….

'지금 그 별일도 아닌 걸 해낼 수 있는 건 중원 모든 곳을 뒤져도 백호님 하나뿐일 겁니다.'

유일한 희망. 그게 바로 백호였다.

백호가 시선을 돌려 자신의 옆에 서 있는 여인을 바라봤다. 죽립을 눌러 쓴 월하린과 눈을 맞춘 백호가 자신만만한 목소리로 말했다.

"인사 끝났으면 이만 강해지러 가 볼까?"

백호의 장난기 어린 목소리에 월하린도 웃으며 받아쳤다.

"그럴까요?"

"한참 나한테 안겨서 달려야 할 텐데 마음의 준비는 끝났어?"

"아까부터요."

"좋았어."

백호가 곧바로 월하린을 양손으로 들어 올렸다. 자신의 품 안에 안아 든 월하린과 백호의 눈이 다시금 마주했다.

둘의 얼굴엔 누가 먼저인지 모를 미소가 걸렸다.

백호가 그런 그녀를 향해 말했다.

"이번엔 정말로 전속력으로 갈 거야. 떨어지지 않게 조심해."

"걱정하지 말아요."

말을 마친 월하린이 백호의 목에 두른 손을 더욱 강하게 끌어당겼다. 자연스럽게 백호의 가슴팍에 안겨 든 월하린이 행복한 얼굴로 말했다.

"절대 놓치지 않게 꽉 잡고 있을 거니까."

그런 그녀를 안은 채로 백호가 입을 열었다.

"자, 그럼 이제 날아 볼까!"

백호의 몸이 창틀을 밟으며 순식간에 도약했다. 그리고

그가 내뱉은 마지막 말처럼 하늘을 나는 새가 되어 허공으로 날아올랐다.

* * *

둥둥둥!

커다란 일전을 목전에 두고, 시끄러운 북소리가 사방에 울렸다. 무림맹 내부를 가득 울리는 시끄러운 소리들은 다름 아닌 이번 회동의 성공을 바라는 행사였다.

오늘 무림맹에 있는 이들은 목적지인 기련산으로 움직인다. 한 달 정도는 걸릴 긴 예정. 하지만 이번 일의 중요성을 아는 많은 이들의 얼굴은 용기가 가득했다.

정사의 화합을 통해 무림은 발전하게 될 것이다.

모두가 그런 희망에 들떠 있을 때였다.

높은 곳에서 그런 그들을 바라보는 청룡의 입가에는 비웃음이 가득했다.

'큭큭. 멍청한 인간들. 자기들이 죽을 곳을 찾으러 가면서도 저리 즐거워하는 꼬락서니 하고는.'

무림의 미래를 위한 약속의 장소라 생각하는 그곳이 자신들의 무덤이 될 거라는 걸 안다면 과연 저들은 어떠한 표정을 지을까?

당장에라도 그 사실을 알았을 때의 얼굴이 보고 싶었지만 청룡은 애써 참으며 월천후의 거처를 향해 몸을 돌렸다.

가장 먼저 앞에 나서 이번 출정식에 대해 소리 높여 외치던 월천후는 이미 자신의 거처로 돌아간 상태였다.

월천후와 함께 움직일 예정인 청룡이었기에 그와 합류하기 위해 빠른 걸음으로 움직였다. 그리고 이내 목적지인 월천후의 거처 안으로 막 들어섰을 때였다.

"우웨엑!"

안으로 들어서기 무섭게 청룡의 표정이 일그러졌다. 여태까지 잘 버텨 왔던 월천후가 입으로 피를 쏟아 내며 바닥을 나뒹굴었다.

입에서 뿐만이 아니다. 눈과 코와 귓구멍에서도 피가 쏟아져 나왔다. 월천후는 숨을 거칠게 몰아쉬며 바닥에서 부들부들 떨고 있었다.

그런 월천후의 모습을 본 청룡이 황급히 다가와서 손을 뻗었다. 월천후의 코에 손을 가져다 댄 청룡이 미간을 구겼다.

'이런…….'

숨이 약해지다 못해 이제 느끼기 어려울 지경이다. 다급히 월천후의 상세를 살피기 위해 몸을 위쪽으로 보게 돌려 눕혔을 때다.

투욱.

볼을 타고 피가 흘러내리는 것과 동시에 월천후의 머리가 힘없이 무너졌다. 그 모습을 본 청룡이 심장 부분에 귀를 가져다 댔다.

심장 소리가…… 들리지 않았다.

심장이 멈춘 걸 확인한 청룡이 천천히 고개를 뗐다. 그는 무표정한 얼굴로 월천후를 내려다봤다. 이상하게 상태가 좋다 생각했는데 갑자기 숨을 거둬 버렸다.

청룡은 죽은 월천후를 바라보며 중얼거렸다.

"한 달만 더 버텼으면 됐는데 말이야."

월천후의 죽음은 분명 큰 사건이다. 하지만 청룡은 이런 상황에도 전혀 당황하지 않았다. 그건 바로 이 같은 일이 벌어질지도 모른다는 걸 이미 알았기 때문이다.

억지로 월천후의 몸과 정신을 지배했다.

보통 상대가 아니었던 만큼 그 저항이 거셌고, 그로 인해 상태가 좋지 못했다. 잘못하면 점점 망가지다가 결국 쓰지 못할 폐품이 될 거라는 건 알고 있었다.

물론 생각보다 일찍 망가지긴 했지만…… 차라리 이게 나을지도 모르겠다.

기련산으로 가던 도중 모두의 눈앞에서 이렇게 죽어 버렸다면 더 귀찮았을 테니까.

월천후를 바라보던 청룡에게서 놀라운 변화가 일어나기

시작했다. 새파랗던 머리카락부터 해서 얼굴까지…… 피를 토한 채 죽어 버린 월천후와 똑같이 변한 것이다.

방 안에는 순식간에 두 명의 월천후가 존재했다.

월천후의 얼굴로 역용술을 마친 청룡이 쓰러져 있는 그를 발로 툭툭 쳤다.

이건 애초부터 청룡이 계획한 범주 안에 있는 일이었다. 만약 거사가 끝나기 전에 죽게 되는 때가 오면 월천후의 모습으로 변해 그의 뒤를 이으려 했다.

처음부터 이런 수법을 쓰지 않고 월천후를 힘겹게 조종하면서까지 무림맹에 잠입시킨 건, 원래의 그를 아는 이들 때문이다. 그들을 속이기 위해선 청룡이 역용술을 펼친 것만으론 부족하다.

허나 이젠 아니다.

이미 무림맹의 모든 이들이 월천후를 믿는다. 특별히 이상한 행동만 하지 않는다면 이제 와서 월천후가 가짜인지 의심할 이유가 없다는 것이다.

청룡이 변한 자신의 얼굴을 손으로 만지작거리다가 이내 시선을 돌렸다.

바닥에 피를 뿌리고 죽어 있는 월천후를 바라보던 청룡이 입을 열었다.

"네놈 얼굴 유용하게 잘 쓰도록 하지."

말을 마친 청룡은 마지막으로 옷까지 완벽하게 갈아입었다. 이제 목적지인 기련산에 도착할 때까지 청룡은 월천후의 얼굴로 살아가야만 했다.

그리고 그 순간 바깥에서 수하들의 목소리가 들려왔다.

"맹주님, 이제 움직이셔야 합니다."

"……알겠습니다. 곧 나가지요."

목청을 잠시 다듬은 청룡이 월천후의 목소리를 뱉어 냈다.

모든 준비가 끝났다.

청룡은 완벽하게 월천후가 되었다. 남은 건 이제 단 하나. 방 안에 남아 있는 이 시신 한 구뿐이다.

허공을 향한 그의 손짓에 몸을 감추고 있던 수하 하나가 모습을 드러냈다. 청룡이 가볍게 시신을 향해 고갯짓하고는 말했다.

"처리해."

"알겠습니다."

말을 마친 수하는 곧바로 월천후의 시신을 데리고 벽 쪽에 몸을 감췄다. 그리고 그런 그를 확인하고서야 청룡은 문을 열고 바깥으로 걸어 나갔다.

그곳에서 기다리고 있는 수많은 무림맹의 노고수들.

그런 그들을 향해 청룡이 웃어 보이며 말했다.

"자, 그럼 슬슬 가 볼까요?"

무림의 마지막 역사가 쓰여질 장소인 기련산으로 간다.

청룡이 모두의 앞으로 걸어 나가며 주먹을 움켜쥐었다. 자신의 뒤를 따르는 수많은 고수들의 움직임이 느껴진다. 이내 그런 청룡의 뒤로 수천 명이 훌쩍 넘는 각파의 고수들이 도열했다.

무림맹에 소속된 문파들의 핵심 인물들.

그리고 가는 도중에 합류할 많은 무인들도.

청룡이 그런 그들의 선두에서 하늘을 올려다봤다.

참으로 햇살 좋은 날이다.

'이제 그 누구도…… 나를 막지 못한다.'

* * *

청룡이 사라진 이후 일각가량이 지났을 때였다. 월천후의 거처에 몸을 감추고 있던 청룡의 수하가 움직였다. 그는 월천후의 시신을 둘러업고는 창문을 통해 빠져나갔다.

무림맹 고수들은 모두 기련산으로 향했지만 그래도 조심해서 나쁠 건 없었으니까.

무림맹을 벗어나 인적이 드문 장소까지 간 그자는 월천후의 시신을 바닥에 팽개쳤다. 절대 들켜선 안 될 일이다.

그는 우선 땅을 팠다.

그렇지만 이것만으로는 모자라다. 그럴 확률은 무척이나 적지만 혹시라도 월천후의 시신이 발각된다면 귀찮은 일이 생길지도 모른다.

 혹시 모를 일에 대비해 청룡의 수하는 자신이 판 구덩이 안에 나뭇가지를 집어 던졌다. 증거를 남기지 않기 위해 월천후의 시신을 아예 태워 버릴 생각인 것이다.

 시신을 태우고, 그대로 흙을 덮어 버린다.

 만약 뼈가 발견된다 해도 누구의 것인지 어찌 알겠는가. 그렇게 구덩이 속에 인근에 있는 나뭇가지를 던져 넣던 그가 입을 열어 중얼거렸다.

 "천하제일인도 죽으면 똑같군그래."

 중얼거림과 함께 몸을 돌리는 그 순간이었다.

 터억!

 몸을 트는 그 순간 누군가의 손이 날아들어 그의 목을 움켜잡았다. 그러고는 채 말도 꺼내기도 전에 그를 허공으로 들어 올렸다.

 놀란 청룡의 수하가 자신을 들어 올린 상대를 바라봤다. 그곳에 서 있는 건 다름 아닌 자신이 이곳까지 데리고 온 월천후였다.

 놀란 그가 허공에 들린 채로 더듬거렸다.

 "다, 당신이 어떻게 사, 살아……."

"네가 말했잖아?"
월천후가 웃어 보였다. 그러고는 이내 짧게 말을 이었다.
"천하제일인이니까."
그 한마디면 충분하다.
월천후가 돌아왔다.

제7장. 결전 전야
— 이제 시작하자고

　월천후의 얼굴을 한 청룡이 이끄는 무림맹의 무인들은 목적지인 기련산을 향해 거침없이 나아갔다. 수천의 무리를 이끌고 출발했던 무리들은 날이 갈수록 그 크기를 더해 갔다.
　호북 무한에서 시작된 행렬은 섬서에 들어섰고, 그 와중에 인근에서 대기하던 문파들이 합류했다. 호북 무당산의 무당파, 섬서에서는 화산과 종남이 대열에 들어섰다. 그리고 하북의 진주언가와 사천의 아미, 청성, 당문도 모습을 드러냈다.
　그들을 제하고도 여타의 중소문파의 모든 핵심 인물들은 각 문파의 고수들을 이끌고 나타났다.
　단 며칠 사이에 거의 두 배 가까이 커진 무리를 이끄는 청룡의 얼굴에는 미소만이 감돌았다. 숫자가 많아지면 많아질수록, 목적지인 기련산에 가까워지면 질수록 기쁨은 커져만 갔다.

일주일가량의 시간이 지났지만 아직 일행은 목적지와는 거리가 먼 섬서에 위치하고 있었다. 청룡 혼자서 달렸다면 이미 목적지에 도달했을 무렵이겠지만, 지금 그는 이 많은 이들을 이끌고 움직여야 했다.

적당히 쉬고, 적당히 움직인다.

한시라도 빨리 거사를 끝마치고 싶었지만 이럴 때일수록 침착해야 한다. 남은 건 시간뿐, 그 무엇도 자신을 막을 수 없다는 걸 청룡은 알고 있었다.

섬서성에 있는 미현(眉縣)이라는 마을 인근을 벗어나 감숙성을 향해 가던 일행들은 야영을 하기 위해 멈추어 섰다.

순식간에 야영지가 만들어졌고, 곳곳에서는 음식을 하는 냄새가 풍겨져 나왔다. 그런 야영지 한가운데 위치한 청룡의 거처.

그곳에 한 사내가 걸어 들어왔다.

월천후의 외모를 한 채 진지한 표정으로 앉아 있던 청룡의 얼굴이 한결 풀렸다. 상대는 현무였다. 현무는 월천후의 얼굴을 하고 있는 자가 청룡이라는 걸 눈치챘다.

"언제 온 거냐?"

"방금. 그나저나…… 네가 그 얼굴을 하고 있다는 건 역시나인가?"

"그렇게 됐다. 멍청한 인간 놈. 조금만 더 버텼으면 내가 굳이 이렇게 갑갑한 가면을 쓸 일도 없었을 거 아냐."

불만스레 말한 청룡이 현무에게 앉으라는 듯 반대편 자리에 손짓했다. 그곳으로 다가간 현무가 자리에 앉았을 때였다.

웃는 얼굴로 청룡이 물었다.

"갔던 일은 어떻게 됐어?"

"네 말대로 마무리 지었다. 헌데…… 이걸로 되겠나?"

현무가 직접 말한 것은 아니지만 표정만 봐도 그가 뭔가를 걸려 하고 있다는 걸 알 수 있었다. 자신이 세운 이 계획에 대해 내심 자부심이 가득한 청룡이었기에 그런 현무의 표정은 불쾌할 수밖에 없었다.

청룡이 자신 있게 말했다.

"내 계획에 뭐 문제점이라도 있어?"

"아니, 그런 건 아니고. 다만 하나 걸리는 게 좀 있어서."

"걸리는 거라니?"

"……백호."

"난 또 뭐라고. 백호가 갑자기 왜?"

"그 녀석 소식 들은 거 있나?"

현무는 백호에 대해 잘 알았다.

지금 청룡의 계획은 일사천리로 잘 이루어지고 있다. 그랬기에 더 의아했다. 백호라면 결코 이대로 있어선 안 됐다. 차라리 모습을 드러냈다면 이렇게 불안하지는 않으리라.

오히려 이렇게 쥐 죽은 듯이 있는 지금이 더 위험하다는 걸 현무는 직감적으로 알고 있었다.

걱정스러운 현무의 말에 청룡이 피식 웃었다.

그런 청룡의 태도에 현무는 의미심장한 표정을 지어 보였다. 백호에게 가장 적의를 드러내는 청룡, 하지만 요괴들 중에서 백호를 가장 무서워하는 것 또한 청룡이다.

청룡은 백호를 무서워한다. 그런 그가 저렇게 웃는다는 건 곧 뭔가 알고 있는 게 있다는 소리다.

묘한 표정 변화에서 뭔가를 알아차린 현무가 물었다.

"뭔가 아는 게 있는 건가?"

"당연하지. 그것뿐인지 알아? 놈이 무슨 생각을 하는지도 다 알고 있어."

말을 하는 청룡의 표정은 흡사 칭찬을 바라는 어린아이와도 같아 보였다. 그만큼 그는 지금 자신이 백호를 이기고 있다 생각하며 기쁨에 젖어 있다는 걸 뜻했다.

그렇지만 현무는 그런 청룡의 모습에는 아랑곳하지 않고 말을 이었다.

"무슨 말이야?"

"지금 백호 놈은 천산으로 가고 있어."

"천산? 지금 상황에 왜 천산으로……."

"이유는 하나지. 진마멸천신공. 그 무공을 익혀서 날 막으려는 거겠지."

놀랍게도 청룡은 지금 백호가 생각한 모든 것을 알고 있었다. 청룡은 백호를 찾기 위해 모든 정보망을 동원했다.

물론 백호를 찾는 건 쉽지 않았다. 하지만 얼마 전에 청해성 인근에서 백호와 닮은 자를 봤다는 정보를 받았다.

청해성과 천산이 있는 신강은 바로 붙어 있는 가까운 위치에 있다.

물론 처음엔 청해에 백호가 모습을 드러냈다는 사실에 왜일까 고민했다. 하지만 백호의 움직임을 어느 정도 파악해 내자 목적지는 쉽사리 알 수 있었다.

천산, 그리고 지금 같은 상황에 월하린을 대동하고 천산으로 향한다는 건 단 하나의 이유밖에 없었다.

청룡이 태평한 목소리로 말했다.

"그 진마멸천신공이라는 거 사실 천산에 있거든."

"그걸 네가 어떻게……?"

"잊었어? 얼마 전까지 월천후 그 인간 놈을 수족으로 부렸다는걸."

진마멸천신공에 욕심을 가졌던 건 백호뿐만이 아니다.

강해지기를 강렬히 원하던 청룡 또한 그 무공을 노렸었다.

청룡의 옆에는 진마멸천신공을 익힌 월천후가 자리했다. 그런데 놀랍게도 그는 진마멸천신공에 대해서만큼은 입을 열지 않았다.

아마도 섭혼술에 완전히 정신을 빼앗기기 전에 스스로에게 금제를 건 모양이다. 그 탓에 진마멸천신공에 대해서는 직접 말해 주지 않았지만, 청룡은 그 무공이 월천후가 지내던 천산에 남겨져 있다는 걸 전해 들었다.

그리고······.

현무가 청룡에게 물었다.

"그걸 알고도 이렇게 있을 생각이냐? 만약 백호가 진마멸천신공을 손에 넣으면······."

"그럴 일은 없을 거야."

"어떻게 자신하지?"

현무의 질문에 청룡은 천천히 다리를 꼬았다. 그러고는 맞은편에 있는 현무를 응시하며 자신만만한 목소리로 대답했다.

"진마멸천신공은 이미 세상에 없으니까."

* * *

천산(天山).

월하린이 어릴 때부터 지내 왔던 곳이자, 변방에 위치한 산이다. 일 년 내내 눈이 뒤덮여 있는 이곳은 거친 산세로도 유명했다.

커다란 산들이 이어져 산맥을 이루고 있는 이곳.

그 천산에 마침내 백호와 월하린이 들어서고 있었다. 지독한 추위로 가득한 천산에 들어선 백호는 인상을 찡그렸다.

반면 오랜만에 고향으로 돌아온 월하린의 표정은 한결 밝아 보였다. 월하린이 감회에 젖은 눈으로 주변을 두리번거리며 중얼거렸다.

"일 년 정도밖에 안 된 것 같은데 엄청 오랜만에 온 것 같아요."

"여기서 평생 살았다고 했나?"

"네. 제 고향이라고 보시면 돼요."

"이런 데서 대체 어떻게 살지?"

백호가 추위에 가볍게 한 번 떨고는 고개를 절레절레 저었다. 말은 그렇게 하고 있었지만 백호의 눈동자는 빛나고 있었다. 청룡을 이기기 위해 이곳에 왔다.

진마멸천신공이라는 최고의 무공을 곧 익힐 수 있다 생각하니 왠지 모르게 두근거렸다.

강해진다는 건 무척이나 매력적이다.

그것도 백호 같은 사내에겐 더더욱.

백호는 서둘러 진마멸천신공이라는 걸 구경하고 싶었는지 월하린에게 재촉하듯 말했다.

"진마멸천신공은 이 근처에 있는 거냐?"

"네. 그렇게 멀지 않은 곳이에요. 다만 찾기가 힘든 곳이죠."

월하린이 말을 내뱉으며 앞장서서 걸어갔다.

들뜬 백호의 목소리에서 진마멸천신공을 배우고 싶어 하는 마음이 잔뜩 묻어났다.

월하린의 발걸음이 점점 빨라졌다.

오랜 시간 살아왔던 만큼 이곳의 지리에는 익숙하지만, 지금 향하는 곳은 그런 월하린도 몇 번 가 보지 않은 장소다.

천려굴. 천산 높은 곳에 위치한 곳이다.

조그마한 통로는 흡사 동물들이 머무는 동굴 같은 모양새다. 하지만 그 통로를 쭉 지나가면 이내 하얀 눈과 커다란 얼음으로 가득한 아름다운 대지가 모습을 드러낸다.

진마멸천신공은 바로 그 천려굴을 지나면 있는 그곳에 있었다.

천려굴을 허리를 굽힌 채 함께 이동하던 백호가 물었다.

"여기 책이라도 숨겨져 있는 거야?"

"아뇨, 쭉 지나가면 넓은 장소가 나와요. 그리고 서책이 아니라 조금 특이한 곳에 진마멸천신공이 숨겨져 있어요."

"특이한 곳?"

"네. 만약을 대비해서 무공을 남기시긴 했지만 서책으로 남기기엔 너무 위험하잖아요. 그래서 이곳에 들어온다 해도 쉽게 눈치채기 힘들게 얼음 기둥에 새겨두셨어요."

"얼음 기둥에?"

백호가 당황한 얼굴로 되물었다.

실제로 일 년 내내 눈으로 뒤덮이는 천산이 아니라면 상상도 할 수 없는 일이다. 조금이라도 날이 더우면 녹아 버리는 게 얼음이니까 말이다.

얼음 기둥에 얇게 새겨 둔 글자들은 햇빛의 위치에 따라서도 모습을 감췄다 드러났다를 반복한다. 얼음 기둥에 진마멸천신공이 새겨져 있다는 걸 알지 못하고 온다면 설령 본다 해도 그냥 스쳐 지나갈 정도의 작은 흔적으로 보일 정도다.

실제로 월하린도 듣기만 했지 이곳으로 직접 와서 진마멸천신공을 본 적은 없다.

앞장서서 걸어 나가던 월하린이 뒤편에 있는 백호에게 말했다.

"시간도 중요해서 때를 맞추지 못하면 글자를 못 보거든요. 다행히 지금은 아직 그 글자가 모습을 드러내는 시간이겠네요."

말을 내뱉으며 걸어 나가던 월하린은 점점 공기가 맑아짐을 느꼈다. 긴 동굴을 지나 마침내 넓게 펼쳐진 공터가 모습을 드러내려고 하는 것이다.

빛이 쏟아지는 곳을 보며 월하린이 조금 더 발걸음을 빠르게 움직였다. 그리고 이내 월하린은 긴 어둠을 벗어나 빛에 감싸인 곳으로 내려섰다.

차가운 공기가 정면으로 밀어닥치는 이곳.

월하린의 옆에 내려선 백호가 주변을 두리번거리며 중얼거렸다.

"이곳인가?"

월하린이 목숨을 걸고 지키려 했던, 수많은 무림인들이 어떻게든 얻고 싶어 하던 최강의 무공인 진마멸천신공이 있는 곳에 마침내 백호가 들어선 것이다.

백호가 당과 하나를 꺼내어 물며 코를 문질렀다.

"여기까지 오니 갑자기 옛날 생각나네."

"옛날 생각이요?"

"응. 내가 너한테 진마멸천신공 달라고 달달 볶아 대던 거. 기억 나냐?"

"풋. 그럼 그걸 잊겠어요? 알지도 못하는 걸 달라고 하는 통에 얼마나 곤란했다고요."

"너 그렇게 안 보이는데 은근 속이는 데 재능이 있다니까?"

"칭찬이에요?"

"설마 이게 칭찬이겠냐?"

히죽 웃으며 말하는 백호가 이내 월하린의 손을 잡았다. 차가운 날씨에도 그녀의 온기가 손바닥을 통해 스며들어 온다. 둘이 잠시 눈을 맞췄고, 이내 백호와 월하린은 누가 먼저랄 것도 없이 미소 지었다.

"가 볼까?"

그 한마디와 함께 백호는 월하린과 손을 꼬옥 잡은 채로 천려굴을 지나온 장소를 걷기 시작했다. 진마멸천신공이 있는 장소를 향해서.

처음 만났을 때는 상상도 하지 못했다.

요괴인 백호와 진마멸천신공을 찾으려 함께 올 거라고는. 그것도 이렇게 두 손을 쥔 채로 말이다. 이런 상황이 재미있으면서도 한편으로는 무척이나 우스웠다.

손을 마주 잡은 채로 걷던 백호가 월하린을 몰래 곁눈질하다 조심스럽게 입을 열었다.

"월하린."

"네?"

"내가 많이 생각해 봤는데…… 청룡과의 싸움이 끝나고 모든 일이 다 마무리 지어지면 말이야……."

백호는 쉽사리 말을 잇지 못했고, 옆에서 걷던 월하린이 그런 그를 올려다볼 때였다. 이내 결심했는지 백호가 목소리에 힘을 주어 말했다.

"너, 나랑 같이 살자."

"지금도 그러고 있잖아요."

월하린이 눈을 동그랗게 뜨며 되물었고 백호가 고개를 저으며 말을 이었다.

"아니, 그런 뜻이 아니라."

백호는 크게 호흡을 들이켰다 내뱉으며 말을 이었다.

"나 지금 청혼하는 거야."

"……."

월하린이 놀란 얼굴로 멈추어 섰다.

설마 백호가 자신에게 청혼을 할 거라고는 생각도 하지 못했던 탓이다. 그리고 요괴인 백호가 인간들이 정한 규율인 혼인 같은 것을 신경 쓸 줄은 몰랐다.

아마도 자신 때문이리라.

월하린은 백호와 함께하면서도 그가 떠날까 봐 항상 불안해했다. 그런 그녀를 위해 백호는 익숙하지도 않은 인간들의 규율을 따르면서까지 말하려 하는 것이다. 평생 곁을 떠나지 않겠다고. 그러니 이제 불안해하지 말라고.

그런 백호가 고마웠고, 갑작스러운 청혼에 얼굴이 붉어

졌다.

너무나 기뻤다.

그래서 쉬이 대답하지 못하고 있었거늘 그런 월하린의 모습에 백호는 혹시나 하는 표정으로 물었다.

"왜? 싫어?"

월하린은 목이 메는지 고개를 도리질 치는 것으로 대답을 대신했다. 어찌 싫을 수 있겠는가. 백호와 평생을 함께하는 건 월하린의 꿈이었는데 말이다.

거절하면 어쩌나 하는 표정으로 월하린을 바라보던 백호는 그런 그녀의 모습을 보며 그제야 안도의 한숨을 내쉬었다.

모든 것에 자신만만하고 뻔뻔한 그였지만 유독 월하린과 관련된 일에는 조심스러워지는 자신을 발견하곤 한다. 처음엔 그 모습이 싫었지만 이제는 아니다.

그것이 사랑이라는 감정 때문이라는 걸 잘 알았으니까. 지금은 오히려 이런 자신의 모습이 썩 나쁘지만은 않다 생각할 정도다.

간신히 감정을 추스른 월하린이 백호를 향해 말했다.

"당신과 함께하는 건 내 평생의 소원인걸요."

"좋았어! 너 지금 대답했으니 무르기 없기다?"

어린아이처럼 해맑은 표정으로 웃고 있는 백호를 바라보는 월하린의 표정에도 미소가 감돌았다. 그녀가 괜히 짓궂은 농담을 던졌다.

"그런데 어떻게 먹고 살 생각인데요?"

"음, 글쎄. 하나 생각해 둔 게 있긴 한데."

백호는 기대하라는 듯한 표정을 지어 보이더니 이내 자신만만하니 말했다.

"너랑 내가 당과 가게를 여는 거야. 그래서 당과를 산처럼 이렇게 쌓아 놓고 원 없이 먹으면서 남는 건 팔고 하는 거지! 먹을 만큼 먹고, 돈도 벌고. 어때? 일석이조지?"

"……."

"……별로야?"

"그 가게 오래 못 갈 것 같은데요. 당과 남는 게 있긴 하겠어요?"

월하린이 참지 못하고 크게 웃음을 터트리며 말했다. 그런 그녀의 말에 백호는 뒷머리를 긁적거리며 얼굴을 붉혔다.

자기의 오랜 꿈이 실현 불가능이라는 사실을 알았지만, 그래도 좋다.

웃고 있는 그녀와 마주하고 있다는 것이.

이렇게 작은 게 행복이 될 수 있다는 건 아마도 월하린과 헤어지지 않았었다면 평생을 몰랐을지도 모른다.

웃고 있는 월하린의 머리를 커다란 손으로 스윽 쓰다듬던 백호가 문득 걱정이라는 듯이 말했다.

"아, 내 계획이 별로였다니. 그럼 앞으로 뭐하고 먹고 살지?"

사실 걱정할 거리도 없었다.

백호에겐 많은 재물이 있었고, 또 백하궁도 아직 남아 있었으니까. 백호 또한 그 사실을 알면서도 이렇게 장난스럽게 말하고 있는 것뿐이다.

그런 그를 향해 월하린 또한 걱정 말라는 듯이 말을 받아쳤다.

"에이, 걱정할 게 뭐 있어요. 우리의 계획대로 당신이 무림을 구하게 된다면 녹봉이라도 주겠죠!"

"그래? 이거 갑자기 무림을 구하고 싶은 마음이 막 샘솟는데."

히죽 웃으며 백호는 괜스레 어깨를 움직이며 몸을 풀었다. 그러고는 옆에 있는 월하린의 손을 다시 꽉 움켜잡으며 말을 이었다.

"가자."

월하린은 웃는 얼굴로 묵묵히 고개를 끄덕였다.

둘의 행복한 미래를 위해서라도 앞으로 나아가야만 했다. 무림공적의 누명을 벗어던지고 모두의 앞에서 떳떳하게 살아가기 위해서는.

그렇게 웃는 얼굴로 둘이 걸어 나가던 중이었다.

진마멸천신공이 새겨진 얼음 기둥들이 있는 곳 인근에 도착한 월하린의 표정이 갑자기 이상하게 변했다. 그녀는 뭔가가 이상하다는 걸 느꼈는지 주변을 두리번거렸다.

그런 월하린의 모습에서 뭔가 심상치 않음을 느꼈는지 백호가 물었다.

"왜 그래?"

"이상해요. 이쯤 오면 원래 얼음 기둥들이 보여야 하는데……."

진마멸천신공이 새겨진 얼음 기둥들을 감싸고 있어야 할, 다른 얼음들이 모습이 보이지 않는다. 놀란 그녀가 황급히 백호와 함께 달려 나갔고 이내 목적지에 도착했다.

힘겹게 도착한 그곳에는 원래 있어야 할 얼음 기둥들이 보이지 않았다. 그곳은 허허벌판이었다.

"뭐야? 어떻게 된 거야?"

"없어요."

"없다니?"

"여기 얼음 기둥들이 있어야 하는데 아무것도 없잖아요."

"날씨가 더워져서 녹기라도 한 거야?"

백호의 질문에 월하린은 고개를 저었다.

만년빙이라고 불리며 수천 년이 넘게 녹지 않은 천산의 얼음이다. 그런 얼음이 그냥 녹았을 리가 없었다. 인위적인 힘이 개입된 게 분명하다.

월하린이 침통한 표정으로 중얼거렸다.

"천산의 얼음은 결코 자연적으론 녹지 않아요. 아무래도…… 누가 왔던 것 같아요."

"누가 왔었다고?"

"네. 그리고 이곳의 얼음 기둥을 녹였다는 건 곧 진마멸천신공이 이곳에 있는 걸 알았다는 거고, 또…… 그 무공을 익혔을지도 모른다는 소리겠죠."

힘겹게 온 이곳 천산. 하지만 이곳에는 이미 진마멸천신공은 존재하지 않았다.

상황은 최악으로 돌변했다.

*　　　*　　　*

따뜻한 햇살이 기련산에 들어선 무림맹 무인들의 위를 환하게 비췄다. 이틀 전쯤 이미 기련산 인근에 도착했었지만, 약속한 날짜를 맞추기 위해 무림맹의 무인들은 며칠 시간을 기다렸다.

그리고 그건 사파 측도 마찬가지였다.

마교도, 사파를 대표하는 세 개의 방파인 흑천련, 신무련, 북황련도. 다소 거리가 떨어진 마을에서 진을 친 채로

제7장. 결전 전야 – 이제 시작하자고 271

그들은 약속된 날짜만을 기다렸다.

그리고 마침내 회합의 날이 되자 양측 세력들은 약속이라도 한 것처럼 기련산으로 들어서고 있었다.

수많은 이들을 이끌고 선두에서 나아가는 청룡의 얼굴엔 애써 감추고 있던 웃음기가 감돌았다. 최대한 무표정함을 유지하려 하고 있었지만 그게 생각보다 쉽지 않았다.

기련산으로 통하는 긴 입구를 만여 명에 달하는 무림맹의 무인들이 들어서고 있었다. 좁은 길목을 꽉 채운 채로 움직이는 그 모습은 실로 장관이라 할 수 있었다.

발걸음 소리와, 흩날리는 흙먼지가 사방을 뒤덮었다.

선두에서 말을 탄 채로 이동하고 있는 청룡의 옆에 선 많은 이들이 기쁨에 찬 목소리로 말했다.

"실로 어마어마한 일이 아닐 수 없습니다, 맹주님. 이렇게 많은 각파의 고수들이 모여 무림의 미래를 논하는 자리를 만드신 맹주님의 능력에 감복할 뿐이옵니다."

구파일방과 오대세가를 비롯한 정파의 고수들.

각 문파마다 고수란 고수들은 모두 이곳에 끌려왔다 해도 과언이 아니다. 실제로 지금 각 문파들에 남아 있는 이들은 실력이 빼어나지 않은 이들이 전부 다.

오늘 같은 자리에서 마교와 사파에겐 밀려선 안 된다며 고수들은 모두 차출한 청룡이다.

물론 그 모든 것이 정파를 지탱할 만한 인물들을 모두 죽이려 한 청룡의 계책이었지만, 그러한 사실을 알지 못하는 이들은 그런 제안을 어렵지 않게 따랐다.

실제로 살면서 이같이 큰일이 얼마나 될까?

이 기회는 마교나 사파뿐만이 아니라, 정파 내에서도 자신들의 힘을 보여 줄 수 있는 기회기도 했다. 그랬기에 그들은 어느 정도 실력이 되는 이들이라면 모두 데리고 대열에 합류하는 판단을 내렸다.

물론 그것은 청룡이 바라는 것이었고, 실제로 예상보다 더 많은 인원들이 이곳에 몰려들었다. 그러한 사실이 청룡을 흡족하게 만들었고, 그의 계획을 완벽하게 완성시켰다.

청룡은 옆에서 계속해서 오늘의 회합에 대해 이야기하고 떠들어 대는 이들을 보며 비웃음을 흘렸다.

'죽을 줄 모르고 불에 뛰어드는 불나방 같은 자들. 너희 인간 놈들이나, 나방이나 어리석은 건 매한가지로구나.'

어찌 우습지 않은가.

곧 죽을지도 모르고 신이 나서 떠들어 대는 모습이라니. 그리고 자신 스스로가 먼저 죽겠다는 듯이 앞다투어 나아가고 있다.

어리석게 떠들어 대는 자들을 내려다보며 청룡이 앞으로 나아갈 때였다. 그런 선두 무리에서 떨어져 이동하는 이가 있었으니 그건 다름 아닌 주기진이었다.

주기진은 며칠은 제대로 잠을 자지 못했는지 무척이나 푸석한 얼굴이었다.

화산파 장문인이라는 위치상 가장 선두에 있어도 이상할 것 없는 그가 오히려 후미에서 움직이고 있다. 표면적으로는 뒤를 지키겠다 했지만 실상은 다른 이유에서였다.

그는 기련산의 목적지를 향해 나아가는 이 무리 중에서 청룡의 진정한 정체를 아는 몇 안 되는 사람이기 때문이다. 그렇기에 신이 나서 앞다투어 나아가는 저들을 막아서고 싶었다.

지금 무림맹 무인들은 지옥 불로 뛰어들고 있다.

알지만 막을 수가 없다.

주기진조차 막을 수 없을 정도로 이미 무림맹 자체가 청룡의 손아귀에 넘어갔다.

실상 지금 주기진이 취할 수 있는 방법은 하나뿐이었다.

바로 맹주가 남긴 혈맹부에 적힌 이들을 규합하는 것. 그들만이라도 살려서 훗날을 도모하는 것이 지금 주기진이 할 수 있는 최선이라는 건 처음부터 잘 알고 있었다.

그럼에도 불구하고 주기진은 기다렸다.

청룡을 이기겠다 말하고 떠난 백호 탓이다.

그가 혹시나 돌아와 뭔가를 해 줬으면 하는 바람으로 주기진은 계속해서 시간을 보냈다. 하지만 천산으로 떠난 백호에게서는 아직까지 아무런 소식도 없었다.

그렇게 시간이 지나 마침내 오늘, 바로 결전의 날이 오고야 만 것이다.

'지금이라도 늦지 않았다. 그들을 규합하여 이곳을 빠져나가야 해.'

혈맹부에 이름이 있는 이들이라 해도 이곳에 모인 수많은 무림맹 무인 중에서는 정말 극히 일부분일 뿐이다.

그런 그들을 규합한다 한들 과연 미래는 있을까?

그들을 살린다 해서 과연 훗날 청룡에게 대적할 힘을 만드는 게 가능한 것인가?

더군다나 상대는 인간이 아니다.

인간이라면, 그래서 그가 죽기라도 한다면 뭔가 바뀔지도 모른다. 하지만 청룡은 요괴, 그는 죽지 않고 살아가는 불로불사의 존재다.

결국 그는 영원할 것이고, 그런 청룡이라는 존재를 이겨내는 건 불가능에 가깝다.

그건 알지만 그렇다고 해서 이렇게 무리에 섞여 청룡이 파 놓은 덫에 들어가는 건 지금 당장 죽겠다는 것과 뭐가 다르단 말인가.

차라리 아주 조금의 희망일지라도 미래를 위해 거는 것

이 이곳에서 모두 죽는 것보다 나은 건 당연하다.

알지만…… 너무나 잘 알지만 주기진은 쉽사리 선택할 수 없었다.

'왜 오지 않는 겐가, 백호.'

주기진이 기댈 수 있는 마지막 희망이었다.

무림을 구할 수 있는 마지막 빛이었다.

그런 그의 모습이 아직까지도 보이지 않았고, 그러한 사실이 주기진을 점점 힘겹게 몰아붙였다.

여유는 없다.

곧 청룡이 계획하는 장소에 정사 무림인 모두가 모일 것이고, 그때는 이런 고민을 할 기회조차 없을 게다. 선택을 해야 한다면 바로 지금이다.

주기진은 눈을 질끈 감았다.

수만 명이 넘는 정사의 무림인들이 죽을 것이다. 그의 머릿속에서 불이 피어올랐고, 불길에 휩싸인 채로 지독한 비명을 질러 대는 아비규환의 장면들이 떠올랐다.

그 끔찍한 일을 막을 수 없다는 사실이 주기진은 괴로웠다. 알면서도 막을 수 없는 무기력함. 같은 길을 걸어온 수많은 무림의 후학들이 죽음의 길로 나아가는 모습을 보며 이렇게 손을 놓고 있을 수밖에 없었다.

다른 이들을 죽게 하면서 도망을 가느냐.

아니면 아주 조금의 확률이지만 백호에게 희망을 걸고, 그를 돕는 힘이 되어 줄 것인가.

깊은 고민에 빠져 있던 주기진의 옆에는 전우신이 함께하고 있었다.

아운은 어젯밤 자신이 속한 흑천련의 무인들에게 우선 돌아갔으니, 이곳에서 이 모든 걸 아는 이는 아마도 주기진과 전우신 뿐이리라.

그런데 놀랍게도 괴로워하는 그와 달리 전우신의 표정은 편안해 보였다.

곧 벌어질 지옥도를 알면서도 어찌 이토록 평온할 수 있는 걸까?

복잡한 머리를 도저히 정리하지 못하고 있던 주기진의 시선이 이내 멀리에서부터 모습을 드러낸 협곡의 입구로 향했다.

볼록하게 튀어나온 입구는 여전히 폭이 좁았지만 그대로 쭉 들어가면 이내 이토록 많은 인원들이 도열할 만한 장소가 나온다.

그리고 바로 이곳이 청룡이 만들어 둔 지옥이 펼쳐질 곳이었다.

주기진은 입술을 깨물었다.

이젠 선택해야만 한다.

누가 봐도 살릴 사람은 살리는 게 옳은 선택. 그걸 알면서도 주기진은 다시금 머뭇거렸다. 머리는 그렇게 말하고 있는데 가슴이 자꾸만 그걸 거부한다.

이 뛰는 가슴에 걸어야 하는 것일까 아니면 냉정하게 판단하는 게 옳을까.

주기진의 시선이 여전히 별다른 변화 없는 전우신에게로 향했다. 모든 것을 아는 전우신의 생각이 궁금했다. 주기진이 천천히 입을 열었다.

"목적지에 다 와 가는군."

"그렇군요."

"이곳까지 오는 내내 그 무엇도 묻지 않는구나."

기련산까지 오는 동안 계속해서 궁금했다.

모든 걸 알면서도 전우신은 왜 아무런 것도 묻지 않았을까?

그런 주기진의 질문에 전우신은 한 치의 흔들림 없는 목소리로 대답했다.

"답은 이미 정해져 있으니까요."

"답이…… 정해져 있다고?"

"예. 답이 정해져 있는 데 궁금할 것도, 고민할 것도 없는 건 당연하다 생각합니다."

전우신의 말에 주기진은 그를 잠시 바라봤다.

대체 이 사내가 내렸다는 그 정답이 무엇일까 하는 의문이 들었다. 그리고 그사이에 협곡의 입구는 더 가까이 다가오고 있었다.

주기진이 물었다.

"……이 협곡을 들어서는 순간 우리는 돌아올 수 없다. 알고 있느냐?"

"물론입니다."

"지금 이 결정에 따라 어쩌면 무림의 마지막 불씨가 꺼져버릴 수도 있다. 그것도 아느냐?"

"압니다."

"그럼 물으마. 어찌하는 게 옳다 생각하느냐?"

"저라면 물러나지 않을 겁니다."

"어째서 그리 자신할 수 있느냐?"

"그건……."

어떻게 자신할 수 있냐는 말에 전우신은 잠시 입을 닫았다. 하지만 주기진의 질문에 대한 답은 이미 정해져 있었다.

전우신이 입을 열었다.

"백호님을 믿으니까요. 그분은 반드시 오실 겁니다. 그리고…… 불의를 보고 도망치고 싶지 않으니까요."

전우신의 말에 주기진은 큰 충격을 받은 것처럼 그를 바라봤다. 백호에 대한 엄청난 믿음, 그리고 불의에 대한 흔들리지 않는 강인한 마음.

전우신은 놀란 듯이 자신을 바라보는 주기진의 눈동자를 눈치채지 못했는지 말을 이어 나갔다.

"저만이 아닙니다. 아운 그 녀석 또한 백호님을 믿고 저곳으로 오고 있습니다. 그런데 제가 어찌 저곳에 가지 않을 수 있겠습니까? 겁이 나서 도망친다면 죽어서라도 아운 그 녀석을 어찌 마주할 수 있단 말입니까. 전 적어도 그 바보 같은 놈에게 부끄러운 친구로 기억되고 싶지 않습니다."

"허허."

주기진은 웃음을 터트렸다.

분명 무림의 미래는 중요했다.

하지만 그 무림이란 무엇인가? 무림은 곧 사람이다. 그리고 그 사람들이 바로 이곳에 있다. 어찌 이들을 버리고 가면서 무림을 지키려 한다 말할 수 있단 말인가.

주기진은 옆에 나란히 서 있는 전우신을 바라봤다.

그 울기만 하던 갓난아이가 언제 이리 컸을까?

빗속에 버려져 있던 그 아이가 이제는 이렇게 사내대장부가 되어 있었다.

이제는 자신보다 훌쩍 커 버린 전우신을 바라보는 주기진의 눈동자에 따뜻한 온기가 서렸다.

'훌륭하게 자랐구나.'

만약 이런 장소만 아니었다면 대견하다 여기고 한번 쓰다듬어라도 주고 싶은 심정이다. 주기진은 애써 그런 감정을 추스르며 고개를 끄덕였다.

흔들리던 마음이 전우신과의 대화로 인해 깨끗하게 정리가 됐다.

주기진이 편안해진 목소리로 말했다.

"좋다, 나도 네가 믿는 쪽에 걸어 보지. 난 너를 믿으니까."

전우신의 어깨를 툭툭 치며 주기진은 인자한 미소를 지어 보였다.

이제는 도망치지 않는다.

주기진은 빠르게 수하들에게 손짓했다.

스무 명 가까운 수하들을 부른 그가 그들 개개인들에게 몇 개의 서찰들을 건넸다. 그리고 서찰을 건네 받은 화산파의 무인들은 곧바로 앞으로 뛰어나갔다.

모든 준비를 마친 주기진이 함께 걷고 있던 전우신을 힐끔 바라봤다. 궁금한 표정을 짓고 있는 전우신을 향해 주기진이 서찰의 정체를 밝혔다.

"맹주님이 남긴 혈맹부에 이름이 적힌 자들에게 보낸 서찰이다."

"뭐라 적으셨습니까?"

전우신의 질문에 주기진이 가볍게 어깨를 으쓱하며 말했

다.

"쪽팔리게 살지 말고, 멋지게 죽자고."

둥둥둥둥!

사방에서 커다란 북소리가 울렸다.

선두에 선 월천후의 얼굴을 한 청룡이 들어서면서부터 시작된 북소리는 곧 기련산을 뒤흔들었다. 그런 청룡의 뒤로 무림맹의 무인들이 도열한 채로 회합의 장소인 협곡 안으로 들어서고 있었다.

그리고 그 반대편에는 마찬가지로 마교와 사파의 무리가 다가왔다.

선두에는 마교 교주와 세 개의 방파의 련주들이 함께 모습을 드러냈다.

천하를 뒤흔드는 패자들의 모임.

그저 모습을 드러낸 것만으로도 이미 주변의 공기가 휘몰아쳤다. 이름만 들어오던 정사 최고의 고수들이 이곳에 모두 자리했다.

좋은 의미로 만난 자리였음에도 불구하고 정사의 만남은 왠지 모를 긴장감을 밀려들게 했다. 그런 긴장감을 부순 것은 다름 아닌 마교 교주였다.

"천하제일인이자 무림맹주인 월천후 대협을 뵙소."

마교 교주 혁우린(赫于燐).

마흔 초반의 나이로 교주가 되고 그 이후 마교를 이끌어 온 인물. 나이는 벌써 육십에 다가가고 있었지만 겉으로 보기엔 아직까지도 서른 중후반으로 보일 정도로 정정해 보였다.

도전을 즐기고 싸움을 좋아하는 전형적인 싸움꾼 같은 사내. 그리고 그런 혁우린의 뒤편으로 각 련의 련주들이 자리하고 있었다.

청룡의 편에 서서 백호를 위기에 빠트린 인물인 북황련주 도악풍. 아운의 스승이자 흑천련을 이끌고 있는 구강룡. 그리고 마지막으로 백호에게 처음으로 패배라는 뼈아픈 경험을 하게 해 준 신무련주 엽무강까지.

마교 교주를 비롯한 사파의 인물들이 먼저 월천후로 역용술을 펼친 청룡에게 예를 보였다. 무림맹주와 마교 교주 사이였다면 이렇게 먼저 인사를 하는 일은 없었을 것이다.

이런 자그마한 것 하나하나가 서로의 자존심과 연결됐으니까.

하지만 지금 이들은 무림맹주가 아닌 천하제일인인 월천후에게 예를 갖춘 것이다. 그랬기에 인사를 할 때도 무림맹주라는 위치보다는 천하제일인이라는 말을 먼저 꺼낸 것이기도 했다.

그것으로 사파 측은 자신들의 면을 살렸다.

그리고 마찬가지로 무림맹 또한 그런 그들에게 먼저 인사를 받으며 자연스럽게 화기애애한 인사를 이어갈 수 있었다.

얼굴을 바꾼 청룡이 그들을 향해 포권을 취하며 입을 열었다.

"사파의 여러 선배, 후배님들을 뵈어 영광입니다."

청룡의 인사를 받으며 엽무강은 다소 불편한 표정을 지어 보였다.

그도 그럴 것이 월천후가 죽은 줄 알고 월하린을 노렸던 적이 있는 탓이다. 만약 월천후가 그 일을 물고 늘어진다면 신무련의 위상이 바닥으로 떨어질 게다. 허나 다행스럽게도 월천후는 그런 것을 따지고 들지 않았다.

'자리가 자리이니 만큼 별말을 하지 않으려는 것인가? 아니면 백호라는 놈을 처단하며 여식에게도 엄한 벌을 내렸다는데 그 탓일지도 모르겠군.'

뭐가 됐든 간에 이 많은 이들이 모인 자리에서 자신이 진마멸천신공을 노리고 여인을 공격한 사실이 밝혀지지만 않는다면 상관없다.

애써 인사만을 마친 채로 엽무강은 시선을 돌렸다.

그리고 그런 그들을 향해 청룡이 입을 열었다.

"다들 먼 걸음 하셨는데 우선 단상에 오르시지요."

협곡의 정중앙에는 커다란 단상 하나가 놓여 있었고, 그 위에는 다섯 개의 의자가 있었다. 무림맹주와 마교 교주, 그리고 세 명의 련주들의 자리였다.

다섯 명은 곧바로 단상에 올랐고, 그런 그들의 등장에 때맞추어 양측에서는 커다란 북소리를 울려 댔다. 그리고 때마침 불어온 바람이 네 명의 옷자락을 크게 펄럭거렸다.

그 모습을 바라보고 있던 양측의 무인들은 크게 고함을 내질렀다.

"오오오!"

뜨거운 환호와 함께 쏟아진 우레와도 같은 갈채들이 그들을 반겼다. 그런 그들의 환호에 다섯 명의 인물들은 손을 들어 그 인사에 대답함과 동시에 진정시키는 듯한 손짓을 보였다.

이내 그 시끄럽던 협곡이 바람 소리마저 들릴 정도로 조용하게 돌변했다.

차가운 인상의 마교 교주 혁우린이 청룡에게 손짓했다.

"한마디 하십시오."

"제가 해도 되겠습니까?"

청룡이 혁우린의 뒤편에 있는 세 명의 련주에게 시선을 돌렸고 그들은 하나같이 고개를 끄덕였다.

모든 이들의 떠밀림에 앞으로 나아가는 청룡은 내심 귀찮았다.

'번거롭게 뭔 말을 하라고.'

하지만 속내는 어떻든 간에 월천후로 이곳에 서 있는 이상 청룡은 웃어야 했다. 준비가 완료되었다는 신호가 올 때까진 속내를 감춰야만 했으니까.

청룡이 내공을 담은 목소리로 가볍게 입을 열었다.

"정사 무림의 동도 분들에게 무림맹주 월천후가 인사드립니다."

단 한마디였지만 수만 명이 집결하고도 모자람이 없는 이 넓은 협곡을 쩌렁쩌렁 울리는 목소리는 그의 내공이 얼마나 깊은지를 말해 주는 듯했다.

마치 바로 옆에서 말하는 것처럼 똑똑하게 들려오는 청룡의 목소리에 모두가 감탄 어린 표정을 지어 보일 때였다.

청룡은 힐끔 협곡의 높은 위쪽을 바라봤다.

그러고는 이내 천천히 말을 이어 나갔다.

형식적인 말을 내뱉으면서 청룡의 시선은 계속해서 협곡 위쪽을 힐끔거렸다. 그런 청룡의 모습을 보고 있는 대다수의 인원들은 별생각이 없었지만 주기진과 전우신, 아운은 달랐다.

그들은 청룡의 시선이 힐끔거리는 방향에 뭔가가 있을 거라는 걸 직감했다.

셋 모두 아직은 월천후가 청룡이라는 사실은 알지 못하는 상황이었지만 그의 행동이 곧 있을 뭔가를 기다린다는 것 정도는 쉽게 알 수 있었다.

아운은 땀이 나는 손바닥을 연신 닦아 대며 주변을 두리번거렸다.

'백호님, 이제 시간이 얼마 없다고요.'

백호를 믿는다.

그랬기에 청룡이 짜놓은 덫에도 아무렇지 않게 목을 들이민 아운이다. 그렇지만 아직까지도 모습을 보이지 않는 백호의 모습에 아운은 발을 동동 굴렀다.

셋 모두가 백호의 등장을 기다리는 사이에 청룡의 연설이 끝났다. 그가 말을 마치고 자리에 돌아가자 마교 교주가 대표로 해서 다시금 축사를 시작했다.

혁우린의 이야기가 이어지고 있는 동안에도 의자에 편히 기대어 앉은 청룡의 시선은 협곡 위쪽으로 향하고 있었다.

계속해서 위편으로 시선을 주고 있던 청룡의 시선에 붉은 깃발이 들어왔다.

그리고 그 사실을 청룡이 바라보는 곳을 함께 주시하고 있던 세 사람 모두 동시에 알아차렸다.

주기진은 허리춤에 찬 검에 손을 가져다 댔다.

'움직이겠군.'

백호는 오지 않았다.

하지만 이미 서찰을 돌려 자신의 뜻을 전한 바가 있다.

주기진이 명령을 내리면 그들은 목숨을 걸고 이번 일에 대적할 것이다.

물론 그렇다고 해서 그 결과가 바뀔 확률은 없을지도 모르겠지만 말이다.

붉은 깃발을 확인한 청룡이 자리에서 일어났다.

자리에서 일어난 그가 갑자기 허공을 향해 손을 치켜드는 순간이었다.

드드드.

높은 협곡의 양쪽 위에서 뭔가 알 수 없는 소리가 울려 퍼졌다. 그 소리에 혁우린의 말에 귀를 기울이던 무인들의 시선이 저절로 협곡의 위로 향했다.

깎은 듯이 높은 협곡의 벽 위에 그림자가 하나둘 모습을 드러내기 시작했다. 그들의 숫자는 한둘이 아니었다.

하나둘씩 모습을 드러내던 이들의 숫자가 순식간에 백 명이, 그리고 천 명을 넘어섰다. 많은 숫자의 사람들이 협곡 위를 가득 채웠다.

"뭐야, 저것들은?"

마교의 무인 중 하나가 위쪽을 바라보며 중얼거렸다. 이런 상황에서 저렇게 모습을 드러낸 자들이 좋아 보일 리는 만무했다.

협곡 위를 점했다는 건 무척이나 유리한 상황.

그럼에도 불구하고 많은 무인들은 무표정했다. 그도 그럴 것이 지금 이곳 협곡에 모여 있는 이들은 하나같이 무림에 이름이 쟁쟁한 고수들이었다.

상대의 숫자가 제법 되긴 했지만 고작 해 봐야 자신들의 절반 정도도 되지 않았다. 지금 모습을 드러낸 놈들이 악의를 품고 있다 한들 저 정도 숫자로 자신들에게 어쩌겠냐는 듯한 생각 때문이다.

허나 그건 착각이었다.

협곡 위를 바라보던 누군가가 당황한 얼굴로 입을 열었다.

"어어? 저 몸에 두른 건……."

모습을 드러낸 수천의 정체불명의 괴한들. 그들은 하나같이 뭔가를 몸에 두르고 있었고 그걸 이상하게 여긴 이들은 주의 깊게 그게 무엇인지 살피기 시작했다.

협곡의 절벽이 워낙 높았지만 이곳에 모인 이들 중 그 정도도 보지 못할 정도로 실력이 떨어지는 무인은 존재하지 않았다.

하나같이 안력을 끌어올려 괴한들의 몸을 살피던 이들의 입가가 떨려 왔다. 그들의 몸에 달려 있는 것이 무엇인지 알아차린 탓이다.

"벼, 벽력탄이다!"

폭탄의 일종으로 그 살상력을 더한 무기다.

제7장. 결전 전야 - 이제 시작하자고

그런 벽력탄을 몸에 매단 채로 수천 명이 괴한들이 이곳 협곡을 점령한 것이다. 다른 곳이라면 모를까 이곳에서 저 수많은 벽력탄이 터진다면……?

피할 곳도 없고, 또 이 협곡 자체가 붕괴될 것이다. 엄청난 크기의 협곡이 무너져 내린다면 제아무리 뛰어난 무인이라 해도 살 수 없다.

그것을 깨달은 모두의 안색이 파리하게 변했다.

딱히 저들이 뭔가 행동을 취한 것은 아니다. 하지만 지금의 상황과, 또 벽력탄을 온몸으로 달아 둔 것만 봐도 저들이 노리는 게 뭔지 아는 건 그리 어렵지 않았다.

대체 저들이 누구이기에 수천 명이 넘는 이들이 저렇게 벽력탄을 몸에 달고 뛰어내리려 한단 말인가.

벽력탄을 달고 뛰어내린다는 건 자살 행위다.

하지만 그런 행동을 앞에 두고도 협곡 위에 있는 이들의 표정은 하나같이 무뚝뚝했다. 그리고 그제야 알았다.

저들은 인간이 아니라는 것을.

협곡 위에 모습을 드러낸 수천 명이 넘는 괴한의 정체는 다름 아닌 강시였다. 그저 명령만을 따르는 인형이라 봐도 좋을 강시들이었기에 지금 이같이 벽력탄을 몸에 달고 협곡으로 뛰어내리는 것도 가능한 것이다.

벽력탄과 강시의 존재에 정사 연합군이 당황한 듯 웅성

거릴 때였다.

청룡이 자리에서 일어났다.

"벽력탄 정도라 생각하면 큰 착각이야. 저 강시들의 몸에 달린 건 다름 아닌 광폭진천뢰(狂暴震天雷)라는 물건이거든. 벽력탄보다 다섯 배 이상의 폭발력을 자랑하지."

"월 대협! 그게 무슨……?"

그게 무슨 말이냐며 되묻던 마교 교주 혁우린의 미간이 일그러졌다. 뭔가 미묘한 변화를 눈치챘는지 그가 재빠르게 말을 이었다.

"네놈, 월 대협이 아니구나."

"알아차리긴 했지만 너무 늦었어! 멍청한 인간 놈들."

그 순간 월천후의 얼굴을 하고 있던 청룡이 본래의 모습으로 돌아갔다. 긴 청색 머리카락이 불어오는 협곡 안의 바람을 맞으며 펄럭였다.

여자라고 해도 이상할 것 없는 아름다운 얼굴의 청룡이 협곡 안에 처음으로 본래의 모습을 드러냈다.

월천후가 갑작스럽게 다른 이로 변하자 단상을 바라보고 있던 정사 연합군은 크게 동요하는 모습을 내비쳤다.

그런 그들을 바라보며 청룡이 하늘을 향해 크게 웃음을 토해 냈다.

"푸하하! 멍청한 놈들, 스스로의 무덤까지 오느라 고생들이 많았다."

"넌…… 누구냐?"

혁우린의 질문에 청룡이 비웃는 얼굴로 고개를 돌리며 말했다.

"나? 너희들을 지옥으로 안내할 자."

"지금 이 모든 게 네놈 짓인가?"

"강시와 광폭진천뢰를 말하는 거라면 맞아. 그리고 멍청한 너희들을 속여 이곳 기련산의 협곡으로 모여들게 한 것도 바로 나고."

"멍청하군."

혁우린이 혀를 차며 청룡을 향해 말을 이어 나갔다.

"지금 이런 짓을 해서 네놈이 뭘 얻을 수 있을 거라 생각했더냐. 이런 짓을 한다 해서 네가 뭔가를 얻을 수 있는 건 아무것도……."

"너희들 뭔가 큰 착각을 하는 모양인데."

"착각?"

청룡은 단상 위와, 아래에 있는 모든 무인들에게 똑똑히 들으라는 듯이 말했다.

"난 너희에게 아무런 것도 얻을 생각이 없어."

"그렇다면 이런 짓은 왜 벌이는 거지?"

"내가 노리는 건 무림에서의 힘도, 또 재물도 아니거든.

내가 원하고 있는 것은 오로지 단 하나."

청룡이 파괴적인 기운을 흘리며 소리쳤다.

"네놈들의 목숨뿐이다!"

그 외침과 함께 쏟아져 나간 청룡의 기운에 단상 위에 있던 다른 네 명의 몸이 밀려 나갔다. 그들은 황급히 내공을 끌어올리며 청룡의 힘에 대적했다.

간신히 단상 아래로 떨어져 내리는 정도로 그친 그 네 명을 내려다보며 청룡이 칭찬 아닌 칭찬을 던졌다.

"역시 인간들 중에서는 제법 한가락 하는 놈들이라 이건가?"

"……우선 이곳을 탈출하라!"

뭔지 모르겠지만 충돌하는 그 순간 직감했다.

이자는 위험하다.

그랬기에 혁우린은 황급히 탈출 명령을 내린 것이다. 적어도 이런 협곡에서 벽력탄보다 다섯 배 이상의 힘을 지닌 폭탄이 터진다면 몰살이라는 걸 혁우린은 잘 알고 있었다.

혁우린이 명을 내리기 무섭게 마교 뿐만이 아니라 사파도, 정파도 황급히 온 길을 거슬러 이 협곡을 빠져나가려 했다. 그렇지만 그건 불가능했다.

협곡의 좁은 통로를 다른 강시들이 막아서며 모습을 드러내고 있었다.

황급히 보고가 날아들었다.

"강시가 너무 많습니다! 길도 좁아 협공이 불가능해서 하나씩 제거하고 가려다가는 한 시진 이상은 족히 걸릴 것입니다!"

당장이라도 광폭진천뢰를 안아 든 강시들이 뛰어내려 협곡을 무너트리려 하고 있는데, 한 시진이라니?

정사 연합군이 모여 있던 회합 장소는 순식간에 아수라장으로 바뀌었다. 수만 명이 모인 곳이 혼란에 휩싸였다.

사방에서 고함 소리가 터져 나왔고, 또 어떻게든 그런 그들을 이끌려는 이들도 있었다.

그리고 그사이에 주기진은 마지막 싸움을 준비하고 있었다.

협곡 위쪽에 있는 강시들.

위치가 위치이니 만큼 분명 협곡을 이용해 뭔가를 할 거라는 건 예측했다. 하지만 설마 그것이 강시를 이용해 자살을 감행하여 모두를 묻어 버리려는 계획일 거라고는 생각을 못 했다.

주기진은 입술을 깨물었다.

'아무래도…… 한 명도 살아 나가긴 힘들겠군.'

이미 이 싸움은 끝났다.

승자는 정해져 있고, 무림의 무인들은 모두 죽을 것이다.

그렇지만 이미 모든 걸 각오하고 온 길이다. 죽더라도 구차하게 죽지는 않으리라.

주기진의 명을 사전에 받았던 이들이 속속들이 그의 주변으로 몰려들었다.

모두가 강시에게 길이 막힌 채로 협곡을 빠져나가지도 못하고 우왕좌왕하고 있을 때였다. 그런 그들을 바라보며 청룡은 비웃음을 흘렸다.

"어떻게든 살려고 아등바등하는 꼬락서니라니. 역시 하찮은 생명체답구나."

상황이 이리되자 이미 도망치는 것을 포기한 혁우린과 사파의 련주들이 청룡과 마주했다. 혁우린이 최대한 담담한 척 말을 이어 나갔다.

"대체 우리 모두를 죽이려 하는 이유가 뭐냐?"

혁우린의 질문에 청룡이 숨기지 않고 대답했다.

"무림 말살이다."

"뭐?"

놀라 대답한 것은 다름 아닌 북황련주 도악풍이었다. 그는 실로 당황한 얼굴로 청룡을 바라보고 있었다. 이게 무슨 소리란 말인가.

청룡과 힘을 합쳐 함께 무림을 뒤흔든 주역이 바로 그다. 그렇지만 이건 말이 다르지 않은가.

청룡은 정사의 핵심 인물들만 제거하고 무림을 자신과 양분하자고 했다. 정파는 청룡이, 마교와 사파는 자신에게 주겠다 약조했었다.

그런데 갑자기 나타난 강시와 광폭진천뢰를 보고 당황함을 채 감추기도 전에, 청룡의 입에서 나온 말은 예상을 벗어나도 크게 벗어났다.

무림 말살이라니?

그런 말은 들어 본 적도 없다.

당황한 도악풍이 소리쳤다.

"청룡! 이건 말이 틀리지……."

"애초부터 하찮은 인간 따위와 한 약속을 내가 지킬 거라 생각했더냐?"

청룡이 비웃으며 도악풍에게 한마디 날렸다.

그러자 도악풍의 얼굴은 일그러질 대로 일그러졌다. 청룡이 시키는 대로 움직였고, 오늘을 기점으로 새로운 지존으로 등극할 거라 생각했던 도악풍이다.

헌데 아니었다.

그는 애초부터 청룡이 쓰고 버릴 장기짝의 하나에 불과했던 것이다.

분노하는 도악풍을 향해 옆에 있던 흑천련주인 구강룡이 이를 갈았다.

"북황련주! 당신도 이 일에 개입되어 있었군."

"저, 저는……."

아니라고 발뺌을 하기에는 당황하여 내뱉은 말이 있다. 그랬기에 어쩌지도 못하고 도악풍은 더듬거릴 수밖에 없었다.

청룡은 그런 그들을 바라보다 더는 기다릴 이유가 없다 생각했는지 협곡의 벽을 박차고 허공으로 날아올랐다.

휘이익!

그는 협곡 꼭대기와 바닥 중간쯤에 이르는 곳에 있는 평평한 돌에 착지했다. 그리고 그곳으로 두 명이 곧바로 모습을 드러냈으니, 그건 다름 아닌 현무와 주작이었다.

청룡은 둘을 보고는 손을 들어 올렸다.

"여어, 고생들 했다. 드디어 우리가 오랫동안 숙원 했던 일이 마무리 지어지겠군."

즐겁다고 말하는 청룡과 달리 둘의 표정은 그리 좋지 못했다. 주작은 백호가 떠나간 이후로 줄곧 이랬고, 현무는 왜인지 모르게 다소 굳은 얼굴이다.

하지만 그런 둘의 모습 따위는 청룡에게 별 관심이 없었다.

어차피 이곳에서 광폭진천뢰를 달고 있는 강시들이 떨어지는 순간 그 모든 것은 끝이었으니까.

청룡이 옆에 있는 현무를 바라보며 입을 열었다.

"슬슬 시작해."

"……그러지."

현무가 고개를 끄덕이고는 손에 들고 있던 뭔가를 입에 물었다. 강시 제조를 담당했던 것이 현무였기에, 강시들은 모두 그의 명령을 따르도록 되어 있었다.

청룡이 허공으로 날아오르는 순간부터 이미 정사 연합군들 사이에서 터져 나오던 시끄러운 목소리는 사라졌다.

강한 무인들이니 만큼 청룡의 움직임을 감지했고, 자연스레 시선은 협곡 중간에 위치한 곳에 자리한 요괴들에게로 향했다.

그들의 모습에서 정사 연합군 모두는 죽음을 직감한 것이다.

시끄럽던 목소리가 사라진 채 협곡 안에는 긴 침묵만이 감돌았다.

청룡이 그런 그들을 내려다보며 입을 열었다.

"걱정들 말거라. 이곳에 없는 네놈들의 가족, 동료들도 곧 뒤따라갈 테니까. 먼저 가는 것뿐이니 너무 억울해들 말라고."

가족과 동료들도 모두 죽이겠다는 청룡의 말에 사방에서 고함이 터져 나왔다. 진한 살기가 협곡 안을 가득 채웠지만 청룡은 코웃음을 쳤다.

제아무리 발버둥 친다 해도 결과는 바뀌지 않는다.

그들이 자신을 죽이기 위해 모두 달려든다 해도 협곡으로 뛰어드는 강시들보다 빠를 순 없을 테니까.

청룡은 자신의 흑련석이 끼워져 있는 반지를 손가락으로 어루만지며 입이 찢어져라 웃었다.

잔인한 미소를 머금은 채로 청룡이 입을 열었다.

"그럼 잘들 가라고. 아무도 너희를 기억하지 못하겠지만 말이야."

말을 마친 청룡이 옆에 있는 현무에게 고개를 끄덕이려는 순간이었다.

옆으로 시선을 돌렸던 청룡은 갑자기 바닥에 그늘이 지는 걸 느꼈다. '뭐지?' 하는 생각으로 청룡이 위쪽으로 고개를 치켜드는 순간이었다.

커다란 손이 그의 얼굴을 움켜잡았다.

쿠콰콰콰콰쾅!

청룡의 얼굴을 움켜쥔 그자는 곧바로 그를 협곡의 울퉁불퉁한 돌벽에 머리를 밀어 넣은 채로, 아래로 쭈욱 떨어져 내렸다.

그리고 이내 청룡의 몸이 땅에 틀어박혔다.

쿠와왕!

흙먼지가 일었다.

그러자 시끄럽게 욕설을 내뱉던 정사 연합군들 모두가

침묵했다. 갑자기 벌어진 이 사태에 당황하여 입을 열지 못한 것이다.

청룡이 떨어져 내린 길을 따라 협곡의 벽이 쩍쩍 갈라져 있었다. 허공에서 떨어져 내리며 계속해서 청룡의 머리와 몸을 협곡에 틀어박아 버린 탓이다.

일었던 흙먼지가 사라지며 그곳엔 피투성이가 된 채로 일어나 있는 청룡이 있었다. 그리고 그런 청룡의 맞은편에 있는 것은…….

새하얀 머리카락.

날카롭게 자란 손톱과 이빨.

얼굴과 몸 곳곳에 자란 갈기를 연상케 하는 문양들까지. 그리고 무엇보다도 이런 상황에서도 웃고 있는 믿기지 않는 여유까지.

갑자기 모습을 드러낸 그자가 입을 열었다.

"주인공도 아직 안 왔는데 뭘 벌써 시작하려고 그래. 안 그래, 청룡?"

청룡이 피투성이가 된 얼굴을 소매로 닦아 내며 으르렁거렸다. 그의 입에서 분노에 찬 목소리가 터져 나왔다.

"……백호!"

백호가 나타났다.

제8장. 전설
— 끝나지 않은 이야기

생각지도 못한 백호의 등장은 정사 연합군을 당황하게 만들었다. 무림공적으로 몰린 백호다. 차라리 그가 상대편에 붙어 있었다면 오히려 그러려니 했을 것이다.

그런데 아니다.

오히려 무림공적으로 불리는 그가 이곳에서 정사 연합군을 죽이려 하는 자를 저 위에서 끌어내렸다. 그것도 압도적인 힘을 자랑하며.

가족과 동료들까지 다 죽이겠다 말하던 청룡이 피투성이가 되어 소리를 지르는 모습에 정사 연합군들은 내심 속이 뻥 뚫리는 기분이었다.

주변의 분위기가 급변하는 걸 청룡이 모를 리 없었다. 그는 피를 흘리면서 주변을 힐끔 둘러봤다. 청룡이 아래로 떨어져 내렸으니 어떻게든 그를 제압하기 위해 기회를 엿보는 이들이 눈에 들어온다.

그렇지만 청룡은 가소롭다는 듯 발을 굴렀다.

쿠웅!

그저 한 발을 내디뎠을 뿐이거늘 협곡이 진동했다.

청룡은 살기등등한 모습으로 주변을 향해 경고의 의사를 내비쳤다.

"움직이지 마라. 누구라도 나에게 다가오려 한다면……그 순간이 끝일 테니까."

청룡의 경고에 섣부르게 움직이려던 자들이 멈칫했다. 그가 이곳으로 떨어져 내리긴 했지만 상황은 변한 게 없다. 여전히 광폭진천뢰를 두른 강시들은 위에 도열한 상태다.

갑작스러운 백호의 등장에 나머지 두 요괴인 현무와 주작이 위편에서 아래를 내려다보고 있을 때였다.

잠시 분노를 토해 내던 청룡이 힘겹게 감정을 추스르며 말했다.

"지금 이 행동은 내 계획을 방해하겠다는 걸로 보이는데?"

"맞아."

백호가 히죽 웃어 보이고는 손에 쥐고 있던 당과를 입에 넣었다. 그런 백호를 바라보던 청룡이 가볍게 입술을 깨물고 있다가 이내 비웃듯이 말했다.

"그런데 어쩌지? 이미 일은 다 끝났는데 말이야. 너무 늦었어, 백호."

"늦고 말고를 언제부터 네가 정했지?"

"바로 지금 이 순간부터. 너도 알고는 있을 텐데? 천년지약의 기간이 끝났고, 이번에는 난 너와 싸울 생각이다. 그러니 그 결과가 나오기 전까지 네 명령을 들을 필요는 없지."

청룡의 대답에 백호가 기다렸다는 듯이 고개를 끄덕이며 말을 받았다.

"그래. 바로 내 말이 그거야."

"무슨 뜻이지?"

"정말 못 알아듣는 거야 아니면 못 들은 척하는 거냐? 왜? 당장에 붙기엔 겁이라도 나나 보네. 허기야 수천 년 동안 내 아래에서 납작 엎드려 살았는데 이렇게 날 보니 얼마나 무섭겠어."

백호의 조롱에 청룡의 얼굴이 매섭게 변했다.

그에게서는 분노가 흘러넘쳤고, 손가락 끝에도 매서운 기운이 감돌았다. 그럼에도 불구하고 청룡은 쉽사리 달려들지 않았다. 그는 애써 심호흡을 하며 감정을 다스렸다.

백호를 꺾을 생각이었다. 허나 지금은 아니다. 지금은 그보다 먼저 해야 할 일이 있었다.

청룡이 짧게 말했다.

"네가 원하는 대로 내가 해 줄 이유는 없지. 우선은 이 일이 먼저. 그리고 그다음이 너다. 그러니 네가 기다려."

말을 마친 청룡이 허공을 올려다봤다. 협곡 중간 부분에 있는 널찍한 공간에 서 있는 현무를 바라보며 청룡이 버럭 소리쳤다.

"뭐 하는 거야! 당장 강시들을 움직여!"

"……."

"현무! 대업이 코앞까지 왔는데 뭘 그렇게 머뭇거리는 거야? 시키는 대로 하란 말이야!"

청룡이 답답하다는 듯이 소리쳤을 때다.

그런 청룡을 내려다보던 현무가 천천히 입을 열었다.

"나는…… 네 부하가 아니다, 청룡."

"뭐?"

청룡이 당황하며 되물을 때였다. 위쪽에 서 있던 현무가 몸을 날렸다. 그의 몸이 허공에서 날렵하게 회전하며 땅에 착지했다.

투웅.

가벼운 소리와 함께 현무가 굽혔던 무릎을 피며 허리를

세웠다. 현무가 청룡을 향해 조금 더 커진 목소리로 말했다.

"명령하지 말라는 거다. 난 내 의지로 널 도왔고, 지금 이 순간에도 내 의지로 그런 마음을 바꿀 수도 있다는 걸 명심해."

"이 자식이 여기까지 와서 갑자기 무슨……."

그때 그런 현무의 뒤편으로 주작이 뛰어내렸다. 주작은 잠시 백호를 바라보다가 이내 시선이 마주하자 입술을 깨물었다.

하고 싶은 말이 많았지만 쉬이 입이 떨어지지 않는다. 다시금 백호를 보고 싶었다. 그런데 막상 얼굴을 보니 그 어떠한 말도 하기가 어려웠다.

하지만 지금 반드시 이 말 만큼은 해야만 했다.

주작이 힘겹게 입을 열었다.

"미안해, 백호. 네가 나에게 했던 말들 처음엔 이해가 안 갔는데…… 아주 조금이지만 이젠 알 것 같아."

월하린을 깊이 사랑하면서도 그녀를 떠나고 온 백호. 그리고 그런 모든 걸 알고도 진실을 감춘 채로 백호를 가지려 했던 자신.

자신이 틀렸다 생각하지 않았다.

그리고 그런 생각은 지금도 변함이 없다.

다만…… 자신의 행동으로 인해 백호가 상처받았다는 건

알게 됐다. 사랑이라는 명목 아래 상대방에게 준 상처로 그 당사자가 얼마나 큰 슬픔에 빠지는지도 알아 버렸다.

　백호가 자신에게 사과하는 주작을 향해 괜찮다는 듯 손을 휘휘 저으며 말했다.

"낯부끄럽게 사과는. 월하린이 무사하니 그 일은 그냥 넘어갈 생각이야. 그러니 사과 같은 거 안 해도 된다. 그냥 서로가 생각하는 게 다른 것뿐이니까."

　아무렇지 않다는 듯 말하는 백호를 바라보던 주작은 잠시 입술을 깨물고 있다 청룡을 향해 시선을 돌리며 말을 이었다.

"그래서 한마디 할게, 청룡. 백호가 이 일을 이렇게 반대하는 이상…… 난 따르지 못하겠어. 난 천년지약의 기간 안에 백호에게 도전하지 않을 생각이니까. 도전할 의사가 없는 이상 천년지약의 맹약은 이어지지. 그래서 나한텐 아직 백호의 의지가 중요하거든."

　주작의 말에 청룡의 손가락이 미묘하게 떨렸다.

　이거다.

　바로 이게 청룡이 걱정했던 일이다.

　백호가 나선다면 주작이 그를 따를 것은 자명한 노릇이었다. 문제는 이것뿐만이 아니다. 주작이 뜻을 바꾼다면…….

"나도 이번 일이 그리 썩 달갑지는 않군."

"현무……."

으드득.

백호가 움직이면 주작이 동조한다. 그리고 주작이 마음을 바꾸면 현무까지도 그들 쪽에 붙을 것은 자명했다.

최악의 경우 주작이 마음을 돌려도 현무만큼은 어떻게든 설득하려 했다. 하지만 놀랍게도 먼저 자신에게 반기를 든 건 주작이 아닌 현무였다. 주작이 움직이기도 전에 먼저 움직이며 명령하지 말라며 적의를 드러냈다.

청룡은 이 모든 게 백호를 본 주작이 동요할 걸 예측한 현무의 행동이라 지레짐작하고는 말했다.

"여기까지 얼마나 힘들게 왔는데 고작 주작의 한마디에 맘을 바꿀 생각이냐, 현무!"

"주작 때문만이 아니다."

"그럼 뭔데? 네가 뭣 때문에 갑자기 이렇게 맘을 바꾼 건데?"

악에 가까운 청룡의 목소리에 현무는 팔짱을 낀 채로 미동도 하지 않은 채 입을 열어 말했다.

"이유는 두 가지다. 하나는 주작과 같다. 아직 다음 천년지약이 시작되지 않은 이상 백호의 의견을 무시해선 안 된다 생각한다. 그리고 둘째는…… 인간이라는 존재들이 그냥 죽여도 될 정도로 하찮다는 생각이 조금 바뀌었으니까."

"바뀌었다고? 그렇게 인간을 싫어하던 네가?"

원래 무뚝뚝한 현무는 인간과 어울리는 걸 다른 이들보다도 더욱 극도로 싫어했다. 그리고 인간이란 존재의 행동들에 큰 불만을 가지고도 있었다.

그랬기에 주작보다도 쉽게 자신의 편으로 끌어들였고, 많은 것들을 도와주기도 했다. 그런데 이제 와서 인간이라는 존재에 대해 다르게 생각하게 됐다니…….

대체 무엇이 그를 바꾸었단 말인가.

청룡의 말에 현무가 대답했다.

"한 인간을 존경하게 됐다. 그런 그녀를 죽게 두고 싶지 않군."

"그녀?"

"비각주 은설란이다."

"하, 하하! 정말 너희들 단체로 미쳤구나?"

청룡이 자신의 이마를 손으로 부여잡으며 헛웃음을 흘렸다.

하나같이 미쳤다.

월하린이라는 여자를 위해 인간의 편에 선 백호. 그런 그를 사랑하기에 백호의 손을 들어준 주작. 거기에 그런 그녀를 사랑하고, 또 인간을 인정하게 됐다고 지껄이는 현무까지.

청룡이 낮은 목소리로 으르렁거렸다.

"너희는 요괴야! 그걸 잊은 거냐?"

"아니, 잊었을 리가 있나."

백호가 어깨를 으쓱하며 대답했다. 그러고는 자신을 노려보는 청룡을 향해 말을 이었다.

"뭔가 큰 착각을 하고 있나 본데, 이건 요괴와 인간의 싸움이 아니야. 청룡, 너와 나의 싸움이지."

"……결국 그렇게 나오겠다 이거냐? 너희들도?"

청룡이 백호를 제외한 나머지 둘을 번갈아 바라봤다. 그들은 확고한 표정을 지은 채로 고개를 끄덕였다. 주작이 먼저 말했다.

"네 계획을 관철시키려면 백호를 이겨. 그래서 네가 천년지약의 승자가 된다면 그땐 네 명을 따를 수밖에 없으니까."

"나도 마찬가지다. 난 승자의 뜻을 따르지. 그것이 우리 요괴들 사이의 규율 아니던가?"

주작과 현무가 번갈아 대답했을 때다.

백호가 자신만만한 미소를 머금은 채로 물었다.

"자, 다른 애들 뜻은 그렇다는데 너는 어떻게 할래? 이대로 다 때려치우고 도망갈래 아니면 목숨 걸고 나랑 한판 할래?"

백호는 덤빌 테면 덤비라는 듯이 양팔을 축 늘어트린 채 청룡을 도발했다. 그 모습을 바라보던 청룡이 눈을 따갑게 만드는 피를 다시금 닦아 냈다.

마른침이 목구멍을 타고 힘겹게 내려갔다.

'겁먹지 마라. 난 예전의 내가 아니다.'

청룡은 스스로에게 주문을 걸었다.

안다. 예전의 백호라면 모를까 지금의 자신과 그는 무척이나 큰 차이가 날 것이라는 걸. 알지만 그럼에도 불구하고 이상하게 겁이 난다.

예전에 백호에게 힘을 자랑할 때야 어차피 천년지약의 기간 안이었고, 끝까지 갈 생각도 없었다. 하지만 지금은 아니다.

지금 싸우게 된다면 결국 한쪽은 승자로, 다른 쪽은 패자로 남을 것이다.

'승자는 나다, 백호!'

청룡은 괜히 겁이 나는 감정을 다스렸다.

기억이라는 게 그렇다. 처음 백호와 싸우고 패했던 당시 느꼈던 그 공포가, 연신 청룡을 움츠러들게 만들었다. 그렇지만 청룡은 이내 마음을 다잡았다.

오랜 시간 갈고 닦은 자신의 힘. 그것을 믿는다.

청룡에게 시선이 향하고 있는 건 비단 요괴들뿐만이 아니었다. 정사 연합군 모두가 침묵한 채로 백호와 청룡을 바라보고 있다.

앞뒤 상황은 모르지만 지금 이 일이 어떻게 돌아가는지는 안다.

둘이 싸움을 벌일 것이고, 이 모든 것들은 승자의 뜻대로 돌아가리라. 분명 청룡이 이긴다면 자신들을 이곳 협곡에 몰아넣고 몰살을 시킬 것이다. 그렇지만 백호가 이긴다면?

사람들의 표정은 하나같이 혼란스러웠다.

적어도 그들에게 백호는 무림공적인 위험한 인물이었으니까.

많은 이들이 갈등했다.

지금이라도 저 둘을 쳐서 죽이는 것이 오히려 더 낫지 않을까 하는 생각 때문이다. 서로가 서로를 바라보며 무언의 시선들을 주고받고 있는 그때.

모든 상황을 감시하던 주기진이 움직였다.

주기진이 빠르게 규합한 인원들이 그를 따라 갑자기 움직였다. 청룡 또한 그 움직임을 눈치채고 고개를 돌렸을 때다.

주기진과 구파일방, 오대세가의 수많은 인원들이 요괴들과 인간 사이를 막아섰다.

처음엔 자신에게 달려들려는 줄 알았던 청룡은 곧 그들에게 그런 의사가 없다는 걸 알아차렸다. 오히려 그들은 밀려드는 물줄기를 막아 주는 둑처럼 가운데 자리를 점한 것이다.

그 안에는 전우신도 자리하고 있었다.

청룡이 무슨 짓이냐 물으려 할 때였다.

그보다 먼저 주기진이 자신들을 바라보는 정사 연합군을 향해 소리쳤다.

"이 대결에는 그 누구도 끼어들지 말 것을 부탁드리는 바요! 설령 누가 개입하려 한다면 우리가 막을 것이외다!"

"누구 멋대로 그러라는 거요!"

사파 측에서 누군가가 버럭 소리쳤다.

정파의 입장에서 주기진은 분명 크나큰 발언권을 지닌 인물이다. 허나 사파에겐 달랐다. 그는 그저 화산파의 장문인일 뿐 자신들에게 어떠한 영향도 줄 수 없었다.

그때 사파 측에서 노인 하나가 나섰다.

"나 또한 화산 장문인의 뜻을 따르겠소이다."

노인의 정체는 다름 아닌 흑천련주 구강룡이었다. 그가 손을 들어 올리자 천 명에 달하는 정예 무인들이 주기진이 있는 곳에 가서 섰다.

구강룡은 자신의 옆에 서 있는 아운을 바라보며 다른 이들을 향해 소리쳤다.

"나 또한 들은 바가 있는 바. 주기진 장문인과 뜻을 같이하며, 백호를 지지하겠소이다."

그 한마디에 좌중은 웅성거렸다.

무림공적인 백호를 지지하겠다니? 하지만 지금은 그런 걸 일일이 따질 만한 상황이 아니었다. 기습을 해서라도 둘을 제압하려는 생각을 가졌던 무인들은 자신들의 생각을 접어야만 했다.

이토록 두꺼운 방패를 뚫고 백호와 청룡을 기습한다는 건 말도 안 되는 일이었으니까.

백호가 주기진을 향해 손을 들어 올리며 짧게 인사를 건넸다.

"영감, 고마워."

주기진은 별거 아니라는 듯 인자한 미소를 지으며 고개를 끄덕였다. 말은 하지 않았지만 잠깐 주고받은 그 눈빛에서는 수많은 이야기들이 오고 간 느낌이다.

다른 이들은 모르겠지만 이 모든 일의 전모를 알고 있는 주기진으로서는 지금 백호가 나타나 준 것이 너무나 고맙고, 기쁠 뿐이다.

백호가 없었다면 모두가 이미 죽었다.

혹여나 백호가 청룡에게 진다 해도 원망 따위 할 이유가 없다. 어차피 죽었어야 할 목숨, 백호로 인해 조금의 희망이라도 더 가질 수 있는 것만으로도 그저 그에게 고마울 뿐이니까.

완벽한 인간 방패가 되어 준, 주기진이 규합한 세력과, 아운이 속한 흑천련 덕분에 백호는 뒤를 걱정할 이유가 사라졌다.

이제는 온전하게 눈앞에 있는 청룡, 이 한 명에게 모든 신경을 집중할 수 있게 됐다.

백호가 엄지손가락으로 뒤편을 가리키며 짧게 말했다.

"이렇게 싸울 장소까지 마련됐는데 내뺄 생각은 아니지?"

"……좋아. 정 끝을 보고 싶다면 그래 주지."

청룡이 나지막이 중얼거렸다.

애초부터 무림을 없앤다는 것 자체가 자신의 우월함을 드러내고 싶다는 생각에서부터 시작된 일이다. 하지만 인간들의 위에 선다 해서 청룡은 자신이 최고라는 생각을 가질 수 없다는 걸 잘 알았다.

그런 그의 최고의 목표.

그게 바로 백호다.

인간들을 자신의 발밑에 둔 후에 백호를 치려 했다. 어쩌다 보니 계획이 뒤엉켜 이렇게 백호와 먼저 싸우게 되긴 했지만 변하는 건 없다. 그저 순서만 바뀌었을 뿐이니까.

청룡이 백호를 향해 공손해진 말투로 짧게 말했다.

"청룡이 이곳에서 천년지약의 대결을 청하는 바입니다."

"받아들이도록 하지."

절대자의 위치에 있었던 백호의 받아들인다는 말과 함께 두 사람 사이에 말로 형용하기 힘든 묘한 기류가 형성됐다.

둘에게서 뿜어져 나오는 무형의 기운 탓에 주변의 모든 것이 쭈뼛거렸다.

천년지약의 선언을 마치는 걸 본 주작과 현무는 황급히 원래 있던 위쪽으로 몸을 날렸다. 이곳에 있다가는 혹여나 싸움에 휘말릴 수도 있다는 걸 잘 알았기 때문이다.

주변은 고요해졌다.

순식간에 이 넓은 협곡에는 단둘만이 있는 듯했다.

백호에게는 청룡만이, 청룡에게는 백호만이 들어왔다.

고요함. 하지만 그 안에서 언제 터져 나올지 모르는 흉포함이 느껴진다. 둘 사이에서 흐르는 그 묘한 기류를 이곳에 모인 이들 중에 모를 이는 없었다.

모두가 각 문파에서 한가락 한다 알려진 일류 이상의 무인들이다. 그런 이들에게 백호와 청룡에게서 느껴지는 이 기운은 상상 이상이었다.

마주 선 상태로 청룡의 모습도 요괴화되기 시작했다.

흡사 갑옷을 연상케 할 정도로 촘촘한 비늘이 청룡의 몸을 뒤덮었고, 손톱도 길게 변했다.

변신을 마친 청룡이 자신만만하게 자신의 몸 주변을 도는 푸른 기운을 폭발시켰다.

쿠카카카캉!

회오리가 주변으로 휩쓸리듯 밀려 나갔다.

그 위풍당당한 모습에 선두에 있던 무인들이 놀라 뒷걸음질 쳤다. 협곡 내부가 뒤흔들리며 먼지들이 사방으로 흩날렸다.

어마어마한 기운이다.

자신의 힘을 자랑한 청룡이 득의양양한 표정으로 백호를 바라봤다. 청룡은 몸으로 계속해서 말하고 있었다.

예전의 자신이 아니라고.

그런 청룡의 도발에도 백호는 전혀 흔들리지 않은 채로 묵묵히 자세를 잡았다.

백호가 먼저 선공을 펼쳤다.

그의 발이 빠르게 땅을 어지럽게 밟으며 움직였다. 복잡해 보이지만 또 단순하기도 한 신묘한 발걸음이 단번에 청룡과의 거리를 좁혔다.

백호의 손이 번개처럼 휘둘렸다.

타앙!

청룡은 날아드는 백호의 손톱을 팔로 막아 냈다.

트드득!

청룡의 몸에 돋아난 비늘이 갑옷처럼 백호의 공격을 막아 냈다. 너무나 쉽게 받아 냈지만 백호는 당황하지 않았다. 오히려 그는 이어지는 청룡의 공격을 침착하게 방어했다.

공방 일체의 싸움 방식.

공격과 방어를 한 번에 하는 걸 즐기는 청룡이다. 이번엔 백호의 공격이 빨라 우선 막긴 했지만 곧바로 공격을 펼쳐 올 것을 알았다.

그리고 예상대로였다.

단단한 비늘로 뒤덮인 팔뚝을 뚫어 내지 못했고, 그 순간 청룡의 반대편 손에서 새파란 기운이 백호의 얼굴로 향해 날아들었다.

미리 방비는 하고 있었지만 청룡의 공격은 생각보다 예리했다. 고개를 뒤로 젖혔지만 백호는 충격을 다 받아 내긴 힘들었는지 가볍게 밀려 나갔다.

잠시 고개를 젖혔던 백호가 원래대로 돌리며 목을 가볍게 풀었다.

고개를 든 백호의 입가로 가볍게 핏줄기가 흘러내렸다. 백호는 피를 모아 뱉어 내며 웃어 보였다.

"제법인데?"

"감탄하긴 아직 이르다, 백호."

한 걸음 내딛는 청룡의 몸이 일순간에 수십 개로 변화되었다. 수십 개의 환영이 백호의 주변을 맴돈다. 백호는 길게 숨을 내쉬었다.

"후우."

그러고는 하체에 힘을 준 채로 다리를 벌리고 자세를 잡았다.

소림오권의 하나 호권이다.

맹수의 손 모양처럼 구부린 손으로 백호는 휘몰아치는 청룡의 움직임을 예의 주시했다. 그리고 순간 청룡의 몸이 날아들었다.

번쩍! 쾅!

받아내는 것과 동시에 백호의 일장이 청룡의 복부를 쳤다. 허나 그것 또한 청룡이 받아 내며 발로 백호의 얼굴을 찼다.

얼굴에 일격을 허용하려는 순간 백호 또한 고개를 비틀어 피했고, 질세라 몸을 회전시키며 팔꿈치로 청룡의 안면을 가격했다.

팔꿈치가 닿기 직전 아슬아슬하게 청룡은 팔을 들어 올려 백호의 공격을 받아 냈다.

완벽하게 막아 내긴 했지만 백호의 힘을 당해 낼 순 없었다. 청룡은 팔을 귀에 바짝 붙인 채로 휘청거리며 밀려 나갔다.

숨 돌릴 틈도 없이 백호의 강룡십팔장이 쏟아져 나갔다.

쿠콰콰쾅!

땅을 갈라 버리며 날아드는 장력을 본 청룡이 황급히 양손을 교차하며 그 공격을 받아 냈다.

장력이 휩쓸고 간 자리는 폐허로 변했다.

허나 그 중앙에 있었던 청룡만큼은 아직 견고하게 버티고 서 있었다.

옷은 찢어져 엉망이 되었지만 그의 단단한 비늘만큼은 멀쩡했다.

백호의 일격을 고스란히 몸으로 버텨 낸 청룡이 입가에 비웃음을 머금은 채로 말했다.

"이게 다냐? 고작 이게 다냔 말이다, 백호! 하하, 형편없이 약해졌구나!"

청룡은 하늘을 올려다보며 미친 듯이 웃어 댔다.

사실 지금도 미칠 듯이 떨렸다. 그런 자신의 마음을 다잡는 것도 쉽지 않았다. 하지만 싸우는 와중에 점점 자신이 생겼다.

오랜 시간 잠을 잔 백호와 달리 청룡은 계속해서 강해졌다. 그러던 중에 접한 인간의 무공이라는 것들. 그로 인해 청룡은 백호와의 엄청난 거리를 좁힐 수 있었다.

일전에 싸웠을 때의 공포가 아직도 기억난다.

온몸의 비늘이 백호에게 찢겨져 나갔고, 청룡은 피투성이가 되어 바닥을 굴렀다. 그는 덜덜 떨며 백호에게 무릎을 굽혔다.

그때의 굴욕!

그 굴욕을 이번엔 자신이 맛보게 해 주고야 말겠다!

저 새하얀 털을 피로 물들일 것이고, 갈기는 갈가리 찢어 버리고야 말 것이다.

신이 난 듯 웃는 청룡을 향해 백호가 히죽 웃으며 말했다.

"이제 시작인데 한 번 막았다고 들뜨기는 너무 이른 거 아니냐?"

여유롭게 말은 하고 있지만 백호 또한 긴장하고 있는 건 사실이다. 예상했던 것처럼 청룡은 무척이나 강해져 있었다.

강룡십팔장은 무림 최강의 장법이다.

그런 장법을 몸으로 받고도 저렇게 멀쩡하다는 것이, 그 동안 청룡이 얼마나 강해져 있는지를 말해 주는 듯했다.

백호가 청룡의 온몸에 난 비늘을 바라봤다.

'저 비늘은 여전히 거치적거리네.'

청룡의 온몸에 난 저 비늘은 최강의 방패다. 그리고 이 싸움은 저 비늘을 뚫느냐 뚫지 못하느냐로 승패가 갈라질 것이다.

동시에 청룡의 몸에서 새파란 기운이 흘러나오기 시작했다. 묘하게 늘어나는 그 힘을 바라보던 백호는 이제야 청룡의 진짜 힘이 나올 거라는 걸 예감했다.

푸른 기운은 흡사 생명체처럼 꿈틀거렸다.

바로 이것이 청룡의 싸움 방식이다.

단단한 비늘이 뒤덮인 몸으로 모든 공격을 받아 낸다. 그러면서 자신이 뿜어낸 기운을 마치 손과 발처럼 조종하며 상대를 옥죄어 간다.

일전에 청룡의 아래에서 있던 유강이 싸우던 것과 흡사한 방식. 그렇지만 유강과 청룡의 힘이 비교가 될 리 없었다.

그에겐 청룡과도 같은 단단한 비늘도, 그리고 강력한 힘도 없었으니까.

흑련석에서 시작된 검은 기운이 덧씌워진 푸른 기운은 점점 맹렬하게 그 힘을 사방으로 뿜어 대고 있었다. 그런 청룡과 대적하기 위해 백호도 흑련석의 요력을 끌어냈다.

청룡은 그런 백호를 향해 비웃음을 흘렸다.

'인간을 먹지 않은 요력으로 나를 상대하는 건 불가능하다. 더군다나 나에겐…… 네가 모르는 비장의 한 수가 있으니까. 그러니 요력으로도, 무공으로도 넌 날 이기지 못한다, 백호.'

푸르스름한 기운이 마침내 용의 형상이 되어 주변을 떠돌기 시작했다.

그리고 싸움이 다시금 시작됐다.

청룡이 이번엔 백호와의 거리를 좁혀 왔다. 동시에 청룡의 뒤편에 있던 푸른 용의 형상들 또한 따라 날아들었다. 백호가 한 손으로 청룡의 공격을 받아 내는 것과 동시에 허공을 향해 손바닥을 내뻗었다.

강룡십팔장이 다시금 날아드는 용의 형상을 향해 그 위력을 뽐냈다.

번쩍!

빛에 휩싸였던 푸른 용들은 용케 그 틈을 비집고 백호에게 밀려들었다. 그리고 그런 용들 뒤쪽으로 청룡은 황급히 거리를 벌리고 있었다.

그 순간 백호의 손가락이 움직였다.

투웅.

가벼운 소리, 하지만 오른손에 있는 다섯 손가락에 맺혔던 기운이 용의 형상을 향해 날아들었다. 그리고 놀랍게도 그 기운은 용의 형상에는 전혀 영향을 받지 않고 뚫고 나아갔다.

격공지의 일종인 소림사의 일지선이다.

생각지도 못하게 밀려드는 공격에 청룡이 어깨를 가격당하고 뒤로 굴렀다. 그렇지만 그런 청룡보다 백호에게 가해진 충격이 더 컸다.

용들이 백호를 집어삼켰다.

위에서 떨어져 내리는 기운을 향해 백호는 황급히 손을

추켜올리며 막을 형성했다. 허나 그것만으로 막기엔 너무나 커다란 힘.

쿠콰와와아앙!

백호는 청룡의 힘에 밀려나 협곡의 벽까지 날아가 처박혔다.

쿠우웅!

협곡을 울리는 커다란 소리.

모두가 놀란 듯 백호를 바라볼 때였다. 뼈가 으스러져도 이상할 것 없이 날아가 박혔지만 백호는 아무렇지 않게 걸어 나왔다.

그는 잔뜩 묻은 흙을 털어 내며 손목과 목을 풀었다.

피투성이가 된 얼굴에서는 살짝 짜증이 묻어났다. 온몸의 뼈가 고통에 찬 비명을 질러 댄다.

백호가 자세를 고쳐 잡은 뒤 손가락을 까닥였다.

"다시 와 봐. 이번엔 박살을 내 줄 테니까."

"끝까지 잘난 척은."

청룡이 피가 터져 나간 어깨를 움켜쥔 채로 백호를 향해 다시금 움직였다. 푸른 용이 사방으로 그 날카로운 이빨을 들이밀었다.

쿠아앙!

백호의 손톱이 밀려드는 청룡의 기운을 향해 뻗어져 나

갔다. 손톱에 모여든 요력이 검붉은 빛을 토해 내며 날아드는 푸른 용을 갈랐다.

하지만 그 순간 푸른 용들이 기다렸다는 듯이 폭발하며 백호를 덮쳐 왔다.

'이런!'

생각지도 못했던 상황.

갈라진 기운이 손을 타고 순식간에 심장을 노리고 밀려든다. 백호는 황급히 자신의 요력을 뿜어내 밀려드는 공격을 막아 냈다.

하지만 손을 타고 오르던 그 기운은 백호의 힘과 충돌하자 폭발했다.

퍼엉!

팔에서 피가 터져 나왔다.

왼손 가죽이 벗겨져 나갔고, 피가 사방으로 튄다. 고통으로 등에는 식은땀이 날 정도였지만 백호는 그 와중에도 공격을 감행했다.

일격을 가하고 잠시 빈틈을 보였던 청룡의 코앞까지 백호가 달려들었다.

예상보다 훨씬 빠른 움직임에 청룡이 당황했다.

번쩍! 콰아앙!

주먹이 청룡의 안면을 후려쳤다. 그의 입과 코에서 피가 뿜어져 나왔다. 뒤로 밀려난 청룡의 가슴팍으로 연달아 백호의 손이 움직였다.

소림의 호권에서부터 여러 문파들의 권법들이 순식간에 백호의 손에서 뿜어져 나왔다.

그 모습을 보고 있던 정파의 무인들은 당황할 수밖에 없었다. 백호가 지금 펼치고 있는 권법들은 다소 변형되긴 했지만 자신들의 무공이라는 걸 단번에 알아차린 탓이다.

구파일방과 오대세가 등 정파의 각양각색의 무공들이 쏟아져 나왔다.

백호의 손톱이 연달아 청룡의 전신을 휩쓸었다.

하지만…….

카앙! 캉!

백호의 손톱은 자라나 있는 청룡의 비늘을 뚫지 못했다. 청룡의 비늘은 예전과는 비교도 할 수 없을 정도로 더욱 견고해져 있었다.

이 모든 것이 무공 덕분이다.

청룡은 무공을 통해 자신의 비늘을 더욱 단단하게 만드는 것을 가능하게 했다. 덕분에 그는 몇 차례나 백호의 손톱에 찔렸음에도 불구하고 별다른 타격을 입지 않았다.

그 사실을 눈치챈 백호는 공격의 방법을 바꿨다.

단단한 비늘로 몸을 지키고 있는 청룡에게 타격을 입히

기에는 격공장 같은 무공이 제격이다. 앞에 있는 물체에는 전혀 타격을 주지 않고, 안을 부수는 무공인 격공장은 청룡에게도 효과적이었다.

백호의 주먹이 진동했다.

쿠르릉!

"크으으으!"

청룡이 비명 소리와 함께 손을 휘둘렀다. 그의 요력이 백호를 휘감으며 채찍처럼 기다란 상처를 남겼다.

둘은 한 치의 물러섬도 없이 서로에게 공격을 가했다.

백호의 주먹이 가슴을 후려치자 청룡은 백호의 다리를 부술 것처럼 걷어찼다. 그리고 약속이라도 한 것처럼 둘의 주먹이 서로의 명치를 후려쳤다.

둘의 몸이 동시에 밀려 나갔다.

몸이 밀려 나감과 동시에 두 요괴의 입에서 피가 분수처럼 터져 나왔다. 그렇지만 그 정도 부상이 둘의 움직임을 멈출 순 없었다.

백호의 몸 주변으로 수십 개의 고리들이 떠올랐다.

그리고 그런 백호를 향해 청룡 또한 푸른 용의 형상을 한 기운들을 쏟아 냈다.

두 개의 힘이 곧바로 충돌했다.

쿠웅!

묵직한 소리와 함께 주변이 갈라졌다.

쩌저적!

협곡의 벽도. 바닥도 흡사 오랜 가뭄에 시달린 논바닥처럼 쩍쩍 갈라졌다.

그 충격을 이기지 못해 나가떨어졌던 청룡이 힘겹게 몸을 일으켜 세웠다. 서로를 죽일 듯이 싸웠다. 몇 번이고 치명상이 될 수도 있는 공격을 받아 냈다.

청룡은 거친 숨을 몰아쉬었다.

"헉헉."

청룡은 이를 꽉 깨물었다.

항상 이런 식이다.

분명 몇 달 전에 만났던 백호는 자신의 적수가 아니었다. 그때만 해도 자신이 전력을 다한다면 이십 초 안에 승부가 갈릴 거라 생각했다.

그런데 고작 그 짧은 시간 만에 백호는 청룡 자신의 턱 밑까지 따라와 있었다.

아직까지는 자신이 약간 우위를 점하고 있다는 걸 알고 있다. 그리고 그건 자신뿐만이 아니라 백호도 알 것이다. 그렇지만 백호는 그런 사실에 전혀 위축되지 않았다.

오히려 청룡 스스로가 조금 더 강한데 쫓기는 기분이 든다.

당연하다.

백호의 능력을 아니까.

요괴들은 선천적으로 인간보다 몇십 배 빠르게 무공을 익힌다. 몸 안에 축적된 순수한 내공이 워낙 많은 탓이다.

그런데 백호는 그런 요괴의 상식마저도 벗어난다.

그는 싸우면서 강해진다. 그랬기에 청룡은 안심할 수 없었던 것이다. 당장엔 이기고 있다 한들 곧 백호는 그런 자신을 집어삼킬 것이다.

'더는 시간을 줘선 안 돼.'

전력을 다해야 한다.

지금이 아니면 백호를 꺾을 기회는 영영 없을지도 모른다.

청룡의 손바닥 안에 작은 기운이 모습을 드러냈다.

크기는 작았지만 조그마한 그 구에는 엄청난 힘이 집약되어 있었다. 맹렬하게 회전하는 한 개의 구를 최대한 감춘 채로 청룡이 백호를 향해 한 걸음 내디디며 입을 열었다.

"백호, 넌 날 이길 수 없다."

그런 청룡의 말에 백호 또한 시야를 가리는 피를 닦아내며 빠르게 받아쳤다.

"벌써 겁이라도 나는 모양이네?"

"후후. 내 말이 허언이 아니라는 걸 곧 알게 될 것이다.

네가 천산에 갔던 사실을 잘 알고 있다."

천산이라는 말에 백호가 슬며시 표정을 구겼다.

그 모습을 본 청룡의 얼굴에는 득의양양한 미소가 걸렸다. 백호가 짧게 물었다.

"역시…… 그곳을 그렇게 만든 게 너였냐?"

녹아 버린 얼음 기둥들 때문에 진마멸천신공을 확인하지 못했다. 그리고 그 일의 범인이 청룡일지도 모른다는 건 이미 예상했던 일이다.

그리고 그 말은 곧…… 청룡이 진마멸천신공을 익혔다는 말이었다.

백호의 표정에서 그가 이미 모든 걸 눈치챘음을 알아차린 청룡의 얼굴에 맺힌 미소가 더욱 짙어졌다.

청룡이 입을 열었다.

"알겠느냐? 네가 날 이기지 못하는 이유를. 네가 그토록 가지고 싶어 했던 천하제일의 무공! 진마멸천신공은 이미 내 것이거든."

청룡의 손바닥 안에서 맹렬하게 회전하는 기운.

이것이 바로 진마멸천신공이다.

천하제일 무공에 욕심을 낸 건 백호뿐만이 아니었다. 청룡 또한 그 무공을 가지고 싶어 했고, 결국엔 그 힘을 손에 넣었다.

그리고 그 힘이 있는 이상 자신은 결코 백호에게 질 수 없었다.

이 진마멸천신공은 청룡 자신이 뿜어낼 수 있는 그 어떠한 힘보다도 강력했으니까. 청룡이 발걸음 속도를 점점 빠르게 하다 이내 조금씩 달리기 시작했다.

둘의 거리가 순식간에 좁혀졌다.

그때를 맞추어 손바닥에 준비해 둔 진마멸천신공의 힘을 개방했다.

조그맣게 회전하던 원이 이내 주먹만 하게 변했다.

순간 놀라운 일이 벌어졌다.

주변의 모든 것이 일그러졌다.

허공도, 그것을 휘두르려 하는 청룡의 손아귀마저. 너무나 강렬한 회전이 모든 것을 끌어들였다.

백호와 청룡의 거리가 일장 이내로 좁혀졌다.

그 순간 청룡은 승리를 확신했다.

'이 싸움…… 내가 이겼다!'

이렇게 짧은 거리 안에서 진마멸천신공을 받아 낸다면 제아무리 맷집 좋은 백호라 해도 견딜 수 없다.

단 한 번의 기회다.

같은 요괴지만 지금 죽이지 않으면 설령 지금 이긴다 해도 천 년 후에 다시금 자신은 백호의 밑으로 들어가게 될 것이다. 그건 상상도 하고 싶지 않은 일이다.

분명 이런 자신의 마음을 안다면 주작이 길길이 날뛰겠지만 상관없다.

백호가 없는 요괴들은 자신에게 거역할 수 없으니까.

승리를 예감한 청룡이 손을 내뻗었다.

그리고 손에서 맹렬하게 회전하는 힘이 주는 묘한 느낌을 받을 때까지만 해도 청룡의 기분은 하늘을 날 것 같이 가벼웠다.

즐거웠다.

백호의 슬며시 올라가는 입꼬리를 보기 전까지는.

'우, 웃어?'

웃는 입을 보는 순간 청룡은 뭔가 자신의 생각이 틀렸다는 걸 직감했다. 그 찰나 놀라운 일이 벌어졌다. 달려들어 온 자신을 향해 백호 또한 준비했다는 듯이 손바닥을 들어 올려 공격을 받아 냈다.

맹렬하게 회전하고 있던 기운이 백호의 손아귀로 빨려 들어간다.

청룡의 안색이 새파랗게 변했다.

'이, 이건……'

백호의 손으로 빨려 들어간 그 기운은 이내 몇 곱절이 되어 청룡을 뒤덮었다. 청룡은 자신의 가슴팍으로 밀려드는 기운을 느끼며 놀란 눈을 크게 치켜떴다.

믿을 수 없었다.

백호가 준비한 건 다름 아닌 청룡과 같은 힘.

진마멸천신공이었다.

쏴아아아아!

빛이 시야를 뒤덮었고, 그 순간 그토록 견고하게 버티고 있던 청룡의 비늘들이 몸에서 터져 나가기 시작했다.

동시에 그 비늘을 덮고 있던 살갗에서도 피가 연달아 터져 나갔다.

탕탕탕!

비늘이 벗겨진 청룡이 바닥을 나뒹굴었다.

그는 피투성이가 된 채로 바닥에 널브러졌다.

"어, 어떻게 이런……."

청룡은 바닥에 쓰러진 채로 고개를 도리질 쳤다.

이건 말도 안 된다. 진마멸천신공은 분명 자신이 익히고 없애 버렸다. 그런데 백호는 자신과 똑같은 진마멸천신공을 사용했다.

더군다나 그 위력도 청룡 자신의 것과는 비교도 되지 않을 정도로 뛰어났다.

대체 이게 어떻게 된 것인가.

＊　　　＊　　　＊

　사건이 일어나기 한 달 전.

　진마멸천신공이 사라져 있다는 걸 확인한 백호와 월하린은 우선은 그녀가 살았던 거처로 돌아왔다. 오랜만에 돌아온 월하린의 집은 사람의 손길이 닿지 않아서인지 엉망이었다.

　고향 집으로 돌아왔지만 월하린은 기쁨을 느낄 여유조차 없었다.

　대체 어떻게 진마멸천신공이 있는 데를 알았을까?

　목숨을 걸고서 지켰던 진마멸천신공이 사라진 것만 해도 충격인데, 지금 그보다 더 큰 문제는 바로 청룡과의 일전이다.

　백호는 청룡과의 일전을 위해 진마멸천신공을 필요로 했다.

　그랬기에 이 먼 천산까지 움직였다. 하루가 천금과도 같은 이때 꽤나 긴 시간을 소모하면서 말이다.

　그런데 그렇게 도착한 이곳엔 진마멸천신공이 없었다.

　그것은 백호나 월하린 둘에게 모두 심적으로 큰 타격을 안겼다. 불안한 표정으로 월하린은 손가락을 어루만졌다.

　백호 또한 내심 이런 상황에 당황스러운 건 마찬가지였

지만 옆에 있는 월하린을 보며 애써 그런 감정을 감췄다. 불안해하는 그녀를 바라보던 백호가 괜히 길게 기지개를 켜며 들으라는 듯이 큰 목소리로 말했다.

"아! 천하제일무공이라는 게 엄청 궁금했는데 말이야. 결국 이렇게 되면 할 수 없겠군."

말을 마친 백호가 걱정하지 말라는 듯 월하린의 어깨를 큰 손으로 천천히 감싸 안았다. 그러고는 몸을 돌려 세워 자신과 마주하게 하고는 천진난만한 미소를 머금은 채로 입을 열었다.

"걱정하지 마. 진마멸천신공이 없다 해서 내가 지는 일은 없을 테니까."

"하지만……."

"그냥 아무 말 말고 날 믿어."

백호가 여전히 웃는 얼굴로 월하린을 향해 힘주어 말했다. 자신을 믿으라는 백호의 말에 월하린 또한 걱정으로 구겨졌던 표정을 풀며 고개를 끄덕였다.

어찌 믿지 않을 수 있을까?

이 백호라는 사내를, 그리고 그 백호의 재능을.

한결 표정이 풀어지는 월하린을 보며 백호가 맘에 든다는 듯 크게 고개를 끄덕이며 말을 이었다.

"그렇지. 너한텐 그런 우울한 표정 어울리지 않아."

"치이, 걱정되니까 그렇죠."

월하린이 괜히 어리광을 부리며 중얼거렸다.

백호의 마음을 안다. 그 또한 지금 얼마나 속이 타겠는가. 그럼에도 불구하고 자신을 위해 이렇게 힘 있는 모습을 보여 주려 한다는 걸 월하린이 모를 리 없었다. 그런 그를 위해 월하린도 힘을 냈다.

결심했다는 듯 월하린이 밝은 표정으로 힘주어 소리쳤다.

"그래요, 이왕 이렇게 된 거 죽상만 짓고 있는다고 해결되는 것도 아니고. 기운 내서 청룡과의 일전에 대비해 봐요. 별 도움은 안 되겠지만 저도 옆에서 도울게요."

도울 거라고 해 봐야 식사 정도 준비해 주는 것이 전부겠지만, 조금이라도 백호에게 힘이 되어 주고 싶은 월하린이다.

그리고 백호에겐 그것이면 충분했다.

월하린이 옆에 있고, 그런 그녀가 자신을 위해 고민해 준다는 것만으로 백호는 행복했다. 백호는 어깨를 잡고 있던 손에 힘을 주어 그녀를 자신의 품으로 끌어당겼다.

갑작스럽게 월하린을 꽉 안은 백호가 그녀의 귓가에 대고 말했다.

"도움이 안 되긴. 네 존재 자체가 나에게 얼마나 큰 힘인데."

백호의 말에 월하린은 가슴팍에 자신의 이마를 가져다 댄 채로 기분 좋은 미소를 흘렸다.

　천산에서 삼 일이라는 시간이 지났다.
　그 기간 동안 백호의 하루하루는 단순했다. 한 시진 이상은 잠을 청하지 않았고, 그 외의 시간은 모두 무공에 투자했다.
　간단한 식사를 할 때를 제하고는 잠시의 숨 돌릴 여유도 없는 하루하루들. 그만큼 백호의 무공 실력 또한 하루가 다르게 강해지고 있었다. 그렇지만 강해지면 질수록 동시에 불안감도 엄습해 온다.
　과연 이 정도로 청룡을 이길 수 있을까 하는 불안감.
　그런 쓸데없는 상념이 떠오를 때마다 백호는 더욱 열심히 몸을 움직였다. 이런 불안감을 떨쳐내기 위해서는 보다 맹렬하게 무공을 연마하는 것 외에는 답이 없었다.
　백호가 잠들어 있는 긴 시간 동안 청룡은 너무나 강해져 있었다. 그 시간을 이렇게 단기간에 따라잡는 건 사실 백호가 아니고서는 불가능한 일이다.
　청룡 또한 백호와 같은 요괴. 그 또한 무공에 엄청난 재능을 지니고 있을 건 분명했다.
　일전에 본 그 실력은 과연 얼마 정도일까?

본연의 실력을 모두 드러내지는 않았을 거라 백호는 짐작했다. 운이 좋다면 팔 할, 재수 없으면 오 할 아래일지도 모르겠다.

그 이후로 백호도 계속해서 강해졌으니 어느 정도 차이를 좁혔을 수는 있을지 모르겠지만 그래도 청룡을 이길 거라 자신하기는 어려웠다.

백호의 몸이 월하린의 거처에 마련된 연무장 위를 아름답게 수놓았다.

손가락 끝에서부터 움직이기 시작한 빛이 허공을 맴돌다 이내 사라졌다. 백호의 움직임 하나하나에 대지가 미묘하게 떨렸고, 또 그에 맞춰 주변의 눈송이들마저 사방으로 나부꼈다.

절도 있는 손놀림, 부드러우면서도 태산마저 짓누를 정도의 박력.

일격, 일격이 내공이 실리지 않았음에도 불구하고 허공을 가르는 듯한 느낌이 들었다. 저녁 식사를 마치고 무려 네 시진 가까이를 백호는 계속해서 지금 연마하고 있는 무공에 매진했다.

소림에서 보았던 권법이 머릿속에 맴돈다.

소림오권의 하나인 호권에서 보아 온 모습을 자신이 변형시켜 더욱 강한 권법으로 만들어 냈다. 아주 단기간에 이뤄 낸 엄청난 성과.

 마지막으로 몸을 돌리며 주먹을 내지른 백호의 미간으로 땀 한 방울이 기다렸다는 듯이 흘러내렸다. 백호는 떨어져 내리는 땀을 옷소매로 간단히 닦아 냈다.

 해가 떨어지고 주변은 더욱 추워졌다.

 그렇지만 연달아 몸을 움직이며 무공 수련을 하는 백호는 추운 것을 알기 어려웠다. 오히려 그는 땀으로 가득했고, 전신에서는 모락모락 김마저 피어올랐다.

 그렇게 잠시 숨을 몰아쉬던 백호의 시선이 이내 한쪽으로 향했다.

 그곳엔 월하린이 있었다.

 그녀는 항상 백호의 옆에 있었다. 식사를 준비할 때를 제하고는 백호의 옆에서 그가 무공을 훈련하는 걸 지켜봤다.

 백호와 똑같이 하루 한 시진만 자며 버텼던 그녀가 오늘은 웬일인지 돌에 기댄 채로 꾸벅꾸벅 졸고 있었다. 차가운 바닥에 앉아 졸고 있는 그녀의 모습이 귀여우면서도 안쓰러웠다.

 백호는 천천히 다가가 옆에 두었던 장포를 그녀에게 덮어 줬다.

 '날씨도 추운데 들어가 있지 바보 같긴.'

 졸고 있는 그녀를 바라보는 백호의 눈가에 아련한 감정

이 넘실거렸다. 사실 처음 무공 연마를 시작했을 때부터 백호는 몇 번이고 월하린에게 말했다.

날이 추우니 밤에까지 밖에 있지 말고 그냥 들어가서 쉬라고.

그렇지만 월하린은 그런 백호의 말을 절대로 듣지 않았다. 어떻게든 같이 있겠다며, 자신이 있어야 더 힘이 나지 않겠냐고 부득부득 우겨 댔다.

그런 월하린을 이길 수 없어 백호는 마음대로 하라고 하긴 했지만, 이렇게 추운 날씨에 가만히 앉아 있는 그녀를 보고 있자니 걱정이 되는 건 당연했다.

'고집은 세 가지고 절대 안 진단 말이야.'

조그맣고 예쁘장하게 생겨서는 고집 하나는 황소고집이다.

생각해 보면 처음부터 그랬다. 자기가 정한 것에는 결코 물러나지 않고, 강단도 있다.

물론 그런 면 또한 백호가 좋아하는 부분이긴 했지만 지금 같이 추운 곳에서 웅크리고 졸고 있는 모습을 보니 어떻게든 들여보내야겠다는 생각이 들 수밖에 없었다.

백호가 졸고 있는 그녀를 흔들어 깨우기 위해 허리를 굽히다 멈칫했다.

그는 손을 뻗어 황급히 월하린을 깨웠다.

백호가 어깨를 잡고 가볍게 흔들자 잠시 졸고 있던 월하린이 정신을 차리며 반쯤 감긴 눈으로 고개를 들었다.

"아, 잠깐 졸았나 봐요."

"추운데 여기서 이러지 말고 잠깐 들어가서 눈 붙여."

"아니에요. 백호 당신도 고생하고 있는데 저만 들어가서 쉬는 건……."

"정말 괜찮다니까. 네가 이러고 있으면 내 마음이 더 불편해서 집중이 안 돼서 그래. 내일부터 다시 그래도 되니까 오늘은 그냥 들어가서 쉬어."

백호의 표정은 단호했다.

언제나 월하린이 강하게 나오면 약해지는 백호였지만 지금은 달랐다. 백호가 자신이 있으면 더 신경 쓰인다고 말하자 월하린 또한 더욱 우길 순 없었다.

백호와 함께 고생을 나누고 싶었다. 그렇지만 지금 그 누구보다 백호가 가장 부담스럽고 힘들다는 걸 잘 아는 월하린이다. 그랬기에 그녀는 백호의 말대로 고개를 끄덕이고는 자리에서 일어났다.

"그럼 먼저 들어가서 좀 쉬고 있을게요. 혹시 필요한 거 있으면 불러요 괜찮으니까요. 알겠죠?"

"응. 혹시나 배고프면 바로 말할게. 그러니 들어가서 걱정 말고 푹 쉬어."

백호는 웃으며 월하린을 집 안으로 들어가게끔 만들었다. 그렇게 그녀를 집 내부로 밀어 넣다시피 한 백호의 표정이 돌변했다.
　웃고 있던 표정은 싸늘하게 변해 뒤편으로 향했다.
　백호는 자신의 목소리가 들리지 않게끔 집에서 멀어지며 입을 열었다.
　"언제까지 숨어 있을 생각이야?"
　"역시 들킨 건가."
　나지막한 목소리와 함께 눈이 뒤덮인 어두운 건너에서 한 사내가 모습을 드러냈다. 새하얗게 내리는 눈을 머리에 잔뜩 뒤집어쓴 그는 월천후였다.
　백호는 월천후의 모습을 확인하고는 역시나인가 하는 표정을 지어 보였다. 월하린이 졸고 있는 걸 바라보던 중 백호는 누군가가 다가왔다는 걸 눈치챘다.
　그런 상황에서 월하린에게 바로 이야기하지 않은 이유는 그 기운이 월천후라는 것이라는 걸 알아차린 탓이다. 다른 이도 아닌 월천후, 그와의 일은 월하린에게 상처를 줄 수도 있다.
　설령 싸우게 된다 한들 월하린 모르게 끝내고 싶었다. 그랬기에 월하린을 집 안으로 우선 들어가게끔 강경하게 말했다. 그리고 불청객은 백호의 예상대로 월천후였다.

월천후와 백호가 마주 선 사이로 천산의 차가운 바람이 휘몰아쳤다.

휘이이잉!

코끝이 저릿할 정도의 차가운 바람.

천산이 아니고서는 느낄 수 없는 지독한 바람이다. 월천후가 차가운 자신의 볼을 천천히 쓰다듬다가 입을 열었다.

"역시 함께 있었군. 분명 내 딸 옆에는 다시 나타나지 않겠다고 약속했던 것 같은데. 약속을 반드시 지킨다고 들었는데 아니었나?"

"맞아. 난 약속은 반드시 지키지."

"그런데 이번엔 어겼군?"

월천후의 말에 잠시 침묵하던 백호가 이내 히죽 웃어 보이며 말을 받아쳤다.

"그건 그쪽이 먼저 어겼잖아? 월하린을 지켜 주고, 행복하게 해 주겠다고 해 놓고 녀석을 버렸으니까. 그쪽이 먼저 어겼으니…… 이런 경우는 그냥 서로 퉁 쳐야지. 그래야 맞지 않겠냐?"

"……틀린 말은 아니군."

월천후가 대답하는 사이 백호는 슬며시 손목을 풀었다.

이미 몸은 싸울 준비를 마친 상태다. 지금까지 계속해서 무공을 연마하며 몸을 풀고 있었다. 그 덕분에 바로 싸움이 벌어진다 해도 곧바로 전력을 다한 힘을 쏟아 내는 것도 그리 어렵지 않으리라.

상대는 월천후.

인간 중 최강의 무인.

청룡에게 조종당하고 있다는 건 이미 들어서 알고 있다.

'할 수 있을까?'

차라리 죽이는 것이 쉽지, 저런 고수를 상대로 생명에 지장 없이 제압하는 건 더더욱 어려운 일이다. 그렇지만 백호는 해내야만 했다.

월하린을 위해서라도.

백호는 월천후도 자신에게 금방 달려들거라 생각하고 먼저 움직이려 했다. 백호의 발이 막 땅을 박차려는 순간이었다.

월천후가 입을 열어 질문을 던졌다.

"앞으로 내 딸과 어쩔 생각인가?"

월천후의 질문에 잠시 멈칫한 백호가 이내 자신만만한 미소를 지어 보이며 대답했다.

"내 옆에 둘 거야."

"그리고?"

"그래서 지켜 줄 거야. 평생 동안."

백호의 말에 월천후는 그의 눈을 가만히 바라봤다.

흔들림 없는 눈빛을 보고 있자니 월천후는 왠지 모를 질투까지 났다.

 백호는 모르고 있지만 이미 은설란 덕분에 청룡의 손아귀에서 벗어난 월천후다. 그는 이곳으로 백호와 월하린이 왔을 거라는 걸 예감하고 곧바로 달려왔던 것이다.

 그 이유는 하나였다.

 이곳 천산에 있는 얼음 기둥에 적힌 진마멸천신공이 이미 녹아 사라진 것을 월천후는 알고 있었다. 그것은 청룡의 짓이었고, 당시 그 옆에는 월천후가 있었으니까.

 백호는 뭔가 이상한 것을 눈치챘는지 가만히 월천후를 바라봤다.

 몇 번 봐 왔던 월천후와는 뭔가 다른 느낌이 든다.

 눈동자 또한 평온하고 자신과 싸울 생각도 없어 보인다. 청룡에게 영혼을 빼앗겼다면 자신과 굳이 이런 대화를 나눌 이유도 없지 않은가.

 백호가 혹시나 하는 표정으로 물었다.

 "어이, 당신 혹시 지금……?"

 "자네 생각이 맞네. 한 여인의 도움 덕분에 청룡의 조종에서 벗어났지."

 월천후의 대답을 들은 백호의 표정이 환하게 변했다. 이 사실을 알면 월하린이 얼마나 기뻐할까. 백호는 당장에라도 이 사실을 알리기 위해 월하린에게 달려가려 했다.

허나 그런 그를 월천후가 말렸다.

"방금 전에 잠든 거 같은데 인사는 내일 해도 괜찮네. 그보다 그 전에 자네에게 용무가 있는데 말이야."

"나한테 용무라고?"

월천후가 고개를 끄덕였다.

그러고는 궁금한 표정으로 자신을 바라보는 백호에게 말했다.

"몇 년 동안 고민해서 더 강해진 진마멸천신공을 알고 있는데 말이야. 혹시 배울 생각 있는가?"

웃으며 묻는 월천후를 향해 백호가 당연하다는 듯 크게 고개를 끄덕이며 대답했다.

"당연하지! 당신 처음으로 맘에 드는군그래."

* * *

청룡이 죽었다고 생각했던 월천후는 살아 있었고, 직접 천산까지 와서 백호에게 진마멸천신공을 전수했다. 그것도 얼음 기둥에 남긴 것보다 훨씬 더 진보된 진마멸천신공을 말이다.

그 사실을 몰랐던 청룡은 승부수를 던졌고, 과욕은 결국

화를 불렀다.

백호에게 너무 쉽게 진마멸천신공을 쓸 기회를 만들어 준 것이다.

청룡이 힘겹게 자리에서 일어났다.

다리는 부들부들 떨렸고, 백호의 손톱을 막아 주던 갑옷과도 같았던 비늘들은 이미 다 떨어져 나갔다. 온몸이 피투성이였지만 청룡은 아직 포기하고 싶지 않았다.

'지, 지고 싶지 않아.'

청룡은 주위를 두리번거렸다.

워낙 큰 충격을 입은 탓에 시야마저도 뿌옇다. 그렇지만 이렇게 지고 싶진 않았다. 두리번거리던 청룡의 시선에 북황련주 도악풍이 들어왔다.

그는 청룡이 무너지고 있음에도 불구하고 불안한 표정이었다.

그도 그럴 것이 도악풍이 청룡을 도와 무림을 위험에 빠트렸다는 사실이 드러난 탓이다. 이렇게 청룡의 계획이 틀어진다면 도악풍과 북황련 또한 후폭풍을 맞을 것은 자명한 노릇.

청룡은 그런 사실을 간파했다.

청룡이 힘겹게 입을 열었다.

"도악풍."

자신을 부르는 목소리에 도악풍이 놀라 청룡에게 시선을 돌렸을 때다. 청룡이 손가락으로 위를 가리키며 짧게 말했다.

"네가 해결해. 그럼 너와 북황련은 살 수 있다. 어차피 이대로 가면 넌 죽어."

강시들은 현무의 명을 듣고 전혀 움직이지 않고 있다. 무리일지도 모르지만 북황련 무인들이 올라가 억지로 밀어 떨어트린다면 아주 조금이지만 가능성은 있다.

지금 청룡이 기댈 수 있는 건 이런 일말의 희망밖에 없는 일이었다.

청룡의 말에 도악풍은 움찔했다.

운 좋게도, 옆에 있던 흑천련이 주기진과 함께 방패막이가 되어 길을 막고 있다. 마음만 먹는다면 누군가의 저지를 받기 전에 저 협곡 위로 오를 수 있으리라.

고민은 찰나였다.

'지금 할 수 있는 건 이것뿐이다.'

이대로 일이 끝난다면 자신은 생명을 부지하기 힘들다. 그리고 북황련 또한 갈가리 찢겨 나갈지도 모른다.

그것은 원하지 않는다.

도악풍은 빠르게 결단을 내렸다.

그는 마교 교주 혁우린이 막아서기 전에 서둘러 움직여

야만 했다. 도악풍은 다급히 수하들에게 손짓하며 협곡을 따라 달리기 시작했다.

갑작스러운 그들의 행동에 마교의 무인들이 황급히 뒤따랐지만 거리도 떨어져 있었고, 북황련의 움직임이 워낙 빨랐다.

거리는 좁히고 들어갔지만 그보다 빠르게 북황련 무인들이 협곡을 타고 올랐다.

선두에 선 도악풍은 눈이 뒤집혔다.

'살아야 한다. 살아야 해. 이곳에 있는 다른 모두를 죽여서라도 살아야……'

협곡 제일 윗부분에 손을 얹는 그 순간이었다.

손 옆에 누군가의 발이 모습을 드러냈다. 놀란 도악풍이 고개를 치켜들었을 때다.

그곳에는 일남일녀가 자리하고 있었다.

월천후, 그리고 월하린이다.

월천후가 자신의 장검을 꺼내어 들었다.

스르릉.

잘 갈려진 검신이 새파란 빛을 토해 냈다. 협곡에 매달린 채로 도악풍은 마른침을 삼켰다. 상대가 누구인지 너무나 잘 알고 있다.

월천후가 입을 열었다.

"협곡 위에 오르는 자가 있다면 그 당사자가 누구인지를 막론하고…… 모두 베겠다."

다른 이도 아닌 천하제일인의 말이다.

협곡 벽에 매달린 도약풍과 그의 측근들이 머뭇거릴 때였다. 월천후의 입에서 사자후와도 같은 고성이 터져 나왔다.

"어서 내려가지 못할까!"

그 고함에 북황련 무인 중 일부는 그대로 바닥으로 떨어져 버렸다. 목소리만으로 상대의 움직임을 제압하는 경지에 오른 월천후였기에 가능한 일이었다.

진짜 월천후의 등장을 본 정사 연합군의 표정은 한결 밝아졌다.

갑작스러운 북황련의 움직임에 당황했거늘 그곳에 월천후가 나타났다. 단둘만이 위에 자리하고 있었지만 그 누구도 저곳엔 오르지 못할 거라는 믿음이 솟아났다.

그렇게 간단하게 북황련의 움직임을 막아 버린 월천후가 아래에 있는 백호를 향해 고개를 끄덕였다.

잠시 시선을 돌렸던 백호가 이내 앞에 있는 청룡을 바라봤다.

그는 신음 소리에 가까운 고함을 지르고 있었다.

"ㅇㅇㅇㅇ!"

결국 백호 저놈 하나 때문에 모든 것이 망가졌다.

화가 난 청룡이 백호를 향해 소리를 내질렀다.

"으아아악! 대체 왜! 대체 왜 이렇게까지 날 방해하는 것이냐, 백호! 인간들의 일이 너와 무슨 관계가 있다고 이렇게까지 날 망가트리냔 말이다!"

악에 받친 청룡의 고함을 들은 백호가 그런 그를 바라보며 입을 열었다.

"난 그저 내가 사랑하는 여인이 살아온 세상을 지키고 싶었을 뿐이야."

"크으으!"

청룡은 비틀거리는 몸을 억지로 지탱했다.

힘은 없지만 청룡은 백호에게 다시금 달려들었다. 하지만 치명상을 입은 청룡이 백호의 상대가 될 리가 없었다. 가볍게 피해 낸 백호의 주먹이 그의 턱을 올려쳤다.

바닥에 쓰러졌던 그가 다시금 백호에게 달려들었다.

백호가 이번에는 발로 청룡의 가슴을 걷어찼다.

뒤로 자빠졌던 청룡이 힘겹게 앞으로 몸을 일으켜 세웠다. 그는 거칠게 숨을 몰아쉬며 백호를 바라봤다. 그런 그를 향해 백호가 입을 열었다.

"꿇어라."

청룡은 정신이 없는지 피투성이인 자신의 얼굴을 매만지며 중얼거렸다.

"나는, 나는……."

그런 청룡에게 백호가 크게 소리쳤다.

"꿇으라고 명했다!"

백호의 그 고함이 효과가 있었는지 잠시 눈이 풀렸던 청룡은 곧 정신을 차렸다. 반항기 가득한 얼굴로 고개를 들던 청룡의 시선이 백호의 노한 눈빛과 마주했다.

순간 청룡의 입술이 부들부들 떨렸다.

그리고…….

털썩.

청룡이 백호 앞에 무릎을 꿇었다. 그런 그를 내려다보며 백호가 말을 이어 나갔다.

"머리를 조아려라. 그리고 네놈의 무례에 대해 용서를 구하라."

천년지약의 맹세다.

아주 오래전 했던 이 맹세를, 다시는 하지 않을 거라 얼마나 다짐했던가. 눈을 질끈 감았던 청룡이 이내 허리를 굽혀 머리를 땅에 박았다.

머리를 조아리며 청룡이 힘겹게 입을 열었다.

"……잘못했습니다."

자신의 행동에 용서를 구하며 청룡은 바닥에 머리를 박은 채로 혼절했다. 그런 청룡의 상태를 눈치챈 주작과 현무가 위에서 뛰어내렸다.

타악.

현무가 백호를 향해 물었다.

"네 뜻을 다시 한 번 묻지. 저 강시들은 어떻게 하지?"

"여기 말고 다른 곳으로 가져가서 알아서 처리해."

"알겠다."

현무가 고개를 끄덕였다.

주작은 뭔가 할 말이 있는지 잠시 머뭇거렸다. 하지만 이내 월하린과 전우신, 그리고 아운이 다가오는 것을 느끼고는 몸을 돌렸다.

주작은 몸을 돌린 채로 현무를 향해 말했다.

"가자. 여기 있다가는 우리도 같은 요괴라고 귀찮아질 수도 있으니까."

"그러지."

현무가 말을 마치고 바닥에 쓰러져 있는 청룡을 둘러업었다. 먼저 움직인 주작의 뒤를 쫓으려 하는 그때였다.

백호가 현무를 향해 말했다.

"어이, 현무."

"왜?"

"저 녀석 놓치지 마라. 저렇게 드세 보여도 썩 괜찮거든."

백호가 주작을 가리키며 말할 때였다.

현무가 짧게 대답했다.

"뭘 모르는군."

"뭐가?"

"썩이 아니라…… 아주 많이 괜찮은 녀석이다."

현무의 그 한마디에 백호는 자신도 모르게 히죽 웃었다. 그런 그를 바라보며 현무 또한 가벼운 웃음을 한 번 보이고는 이내 멀어져 가는 주작의 뒤를 쫓아 달려 나갔다.

멀어지는 두 요괴들.

그렇지만 그 자리에는 익숙한 얼굴들이 들어왔다.

"백호! 괜찮아요?"

놀란 얼굴로 달려온 것은 월하린이다. 그녀는 손으로 백호의 상처 가득한 얼굴을 감싸고는 걱정스럽게 물었다.

그런 그녀를 향해 백호가 대수롭지 않다는 듯 웃으며 말했다.

"걱정은. 이 정도 상처는 침 바르면 낫는다니까."

"엄살도 심하면서 뭘 이렇게 많이 다쳤어요."

속상한지 핀잔을 주는 월하린의 말에 백호가 억울하다는 듯이 받아쳤다.

"엄살이 심하다니! 야. 매화, 두건. 너희가 대답해 봐. 내가 엄살이 심하냐?"

"……."

"그, 글쎄요."

전우신은 애써 못 본 척했고, 아운이 어색한 듯이 웃으며 중얼거렸다. 아운은 자신에게 향해 있는 백호의 시선이 불편한지 팔꿈치로 전우신을 쿡쿡 찔렀다.

뭔가 대답 좀 해 보라는 듯한 아운의 행동을 알면서도 전우신은 괜히 딴청을 부렸다.

오랜 시간을 함께하면서 너무나 잘 알아 버렸다.

이런 때는 차라리 못 보고 못 들은 척하는 게 최고라는 것 정도는.

그들이 언제나처럼 투덕거림을 시작했을 때 수많은 무림인들이 백호를 바라보고 있었다. 그렇지만 그들 중 누구도 무림공적이라 불리는 백호에게 달려들 생각을 하지 않았다.

그 누가 지금의 백호에게 그같이 삿대질을 하며 달려들 수 있겠는가.

그는 모두를 구했고, 또 모두를 위해 싸웠다.

백호를 무림공적으로 몬 결정적인 인물인 북황련주가 이번 일의 배후라는 점과, 지금의 상황만 보아도 그에 대한 의심이 한결 누그러질 수밖에 없었다.

물론 이곳 협곡을 벗어나 자리를 잡는 대로 월천후와 전 무림맹주인 율무천을 통해 백호의 누명 또한 완전히 벗겨질 것이다.

백호가 자신을 향한 정사 연합군의 시선을 느끼며 말했다.

"이제 우리 도망 다닐 필요는 없는 거냐?"

"물론이죠. 곧 완전히 누명을 벗을 수 있을 거예요. 그동안 고생했어요! 백호."

대답을 들은 백호는 신이 나는지 활짝 웃어 보였다. 그러고는 이내 월하린의 손을 잡고 앞으로 걸어 나가다 몸을 돌려 뒤편에 있는 두 사람을 바라봤다.

전우신과 아운을 바라본 백호가 입을 열었다.

"매화, 두건. 멍청하게 서 있을 거냐? 백하궁으로 빨리들 돌아가자고."

백호의 말에 아운이 신이 난 듯이 소리쳤다.

"암요! 백하궁 밥이 너무 그리웠습니다."

오랫동안 비워 두었던 이들의 집.

네 명은 당장이라도 백하궁으로 갈 것처럼 앞으로 걸어 나갔다.

손을 맞잡고 걸어가는 백호와 월하린을 뒤쫓던 중 전우신이 궁금하다는 듯 물었다.

"저, 그런데 백호님."

"왜?"

"정말 궁금해서 그러는데 하나 물어도 됩니까?"

백호가 고개를 끄덕일 때였다.

전우신이 재차 물었다.

"설마 정말로 아직까지 저희 이름을 모르시는 건 아니시지요?"

전우신의 질문에 아운 또한 궁금하다는 듯 고개를 끄덕였다. 그런 둘의 궁금한 얼굴을 힐끔 바라봤던 백호가 이내 전혀 모르겠다는 듯 하늘을 올려다보며 말을 끌었다.

"글쎄. 너희들 이름이 뭐였더라."

"너, 너무 하십니다, 백호님."

백호의 말에 아운이 울상을 지어 보였다.

백호는 그런 그들의 반응을 재미있다는 듯 바라보다 이내 생각났다는 듯이 자신의 빈 당과 주머니를 꺼내어 들며 말했다.

"아 참! 당과! 아까 청룡 그놈하고 싸우기 전에 먹은 게 마지막이었더라고. 내려가서 바로 산처럼 사서 먹어도 되지?"

"그러면 이 썩는다니까요. 그리고 그렇게 많이 먹으면 돈이 얼만데요."

"무림도 구했는데 그 정도는 먹어도 되잖아?"

월하린의 핀잔과 백호의 목소리가 점점 멀어져 가고 있을 때였다.

그런 그들을 바라보던 월천후의 옆으로 다가온 주기진이 웃으며 말했다.

"백호라는 저 사내 정말 재미있는 자요. 안 그렇소, 월대협?"

"그러게나 말입니다. 그나저나 먹성이 보통이 아닌 것 같던데 그걸 어찌 감당해야 할지 모르겠군요."

"그래도 이 많은 인원을 구했는데 고기반찬 정도 뭐 어렵겠소. 아, 그런데 직접 보니 당과 하나는 무지막지하게 먹더이다. 그건 좀 조심하셔야 할 듯하오. 하하."

두 사람이 농담 섞인 말을 주고받으며 너털웃음을 터트렸다.

참으로 긴 날이었다.

무림은 위험에 빠졌었고, 그 무림을 구한 것은 다름 아닌 백호라 불리는 한 명의 요괴였다.

그 순간 멀리 걸어 나가던 백호가 손을 높이 치켜들며 소리를 내질렀다.

"가자! 집으로!"

그런 백호를 따라 월하린이, 그리고 전우신과 아운이 함께 걸어 나갔다.

얼굴에는 웃음꽃이 활짝 핀 채로.

*   *   *

긴 이야기가 끝났다.

쉼 없이 요괴 백호와 인간 월하린의 사랑 이야기를 끝마친 광대가 땀을 닦아 냈다. 긴 이야기였지만 광대의 입담이 제법이었기에 많은 이들은 처음부터 자리를 뜨지 않고 그의 이야기에 귀를 기울였다.

광대의 이야기가 끝나자 한 사내가 손을 들어 물었다.

"그럼 그 이후에 둘은 어찌 됐소?"

"어찌 되긴! 월하린이 죽을 때까지 쭉 행복하게 살았겠지."

광대가 당연한 걸 묻는다는 듯이 되받아쳤다. 그런 광대의 말투에, 질문을 했던 사내는 머쓱한 듯 뒷머리를 긁적거렸다.

광대의 말에 모두가 고개를 끄덕였다.

요괴인 백호와 달리 월하린은 인간이었고, 그렇다면 당연히 끝이 있을 수밖에 없었으니까.

그때 다른 사내가 물었다.

"한데 어찌 이 이야기를 아시오? 내 듣기로 이 요마의 전설은 무림의 고위층들조차 숨기고 쉬쉬한다 들었는데……."

"제 놈들이 아무리 감추려 들면 뭐한단 말이오. 사람이란 무릇 입이 있고, 그 구멍을 모두 틀어막는 게 가능할 리 없는 법 아니겠소? 하물며 우리처럼 물에 빠져도 입만 동동 뜨는 족속들에게 말이오."

광대는 자신의 입을 툭툭 치며 소리쳤고, 그런 그의 모습에 구경꾼들이 웃음을 터트렸다.

거기까지 말을 마친 광대는 재빠르게 바구니를 들고 이야기를 듣고 있던 이들에게 다가갔다. 그런 광대의 모습을 보고 눈치를 살피며 몇몇 이들이 빠져나가려 했지만 그는 더욱 큰 목소리로 소리쳤다.

"자자! 이야기들 들으셨으면 돈들 내시오! 그냥 가면 난 뭘 먹고 산단 말이오?"

빠져나가려던 이들도 머쓱했는지 다가온 광대에게 동전 몇 푼이라도 쥐여 주며 황급히 자리에서 벗어났다. 그렇게 하나씩 돈을 건네받고 있던 광대가 이내 어느 죽립을 쓴 사내 앞에 멈추어 섰다.

자리에 앉아 있는 그를 향해 광대가 바구니를 내밀며 말했다.

"자, 그쪽도 이야기값을 내시오."

"흐음. 엉터리 이야기에는 돈을 못 내겠는데."

"엉터리 이야기라니?"

광대가 되물을 때였다. 앉아 있던 죽립을 쓴 이가 자리에서 일어났다. 광대는 상대가 자리에서 일어나자 흠칫 놀라고야 말았다.

앉아 있을 때도 느끼긴 했지만 키가 보통이 아니다.

자신보다 머리통 하나는 커 보이는 죽립인이 자리에서 일어난 채로 입을 열었다.

"대충 다 맞았는데 말이야…… 마지막이 틀렸어."

"마지막이 틀리다니? 그게 무슨 말이오?"

"네가 그랬잖아. 월하린이 죽을 때까지 행복하게 잘 살았다고."

"그랬소만? 그게 뭐 문제가 있소?"

"응. 그들 이야기의 끝은 그게 아니거든."

"뭐요? 그렇다면 둘이 그 이후에 불우한 삶을 살기라도 했다는 거요?"

광대의 물음에 죽립인은 고개를 저었다. 그는 턱 끈을 살짝 고쳐 잡고는 대답 없이 몸을 돌렸다. 죽립인이 아무렇지 않게 광대가 있던 곳을 빠져나올 때였다.

광대는 자신의 이야기가 엉터리라는 말에 화가 났는지 그런 사내를 쫓아 나왔다.

"이보시오! 말은 해 줘야 할 것 아니오? 내 이야기의 마지막이 어디가 틀렸다는 거요? 정말로 그 둘이 나중에 불우한 삶이라도 산 것이오?"

광대는 화도 났지만 진심으로 궁금하다는 듯한 말투였다. 이 이야기로 돈을 벌어먹고 사는 광대였기에 둘에게 다른 끝이 있다는 말에 궁금증이 치밀 수밖에 없었다.

광대가 재차 묻자 죽립인이 걸어가던 발걸음을 멈췄다. 그러고는 천천히 고개를 돌리며 입을 열었다.

"궁금하냐?"

"물론이오. 그리고 내가 비록 이렇게 이야기나 풀어놓으며 먹고살지만 한때는 무림을 꿈꿨던 사내요. 재능이 없어서 일찌감치 접긴 했지만. 그런 나에게 그 둘의 이야기는 무림이었고, 또 꿈이었소. 그런 이들의 이야기인데 어찌 궁금하지 않을 수 있겠소."

백호와 월하린의 이야기를 풀어놓을 때만큼은 광대 사내도 무림인이 될 수 있었고, 무림을 지켜 내는 영웅도 될 수 있었다.

광대의 간절한 말투에 죽립을 쓴 사내가 입을 열었다.

"원한다면 그 둘의 진짜 뒷이야기를 해 주지."

죽립의 사내가 자신을 뚫어져라 바라보는 광대를 향해 마치 자신이 이야기꾼이 된 것처럼 말을 이었다.

"그렇게 두 사람은 지금까지도, 그리고 앞으로도 영원히 쭉 행복하게 살았답니다."

죽립 사나의 말이 끝나자 광대가 당황한 얼굴로 서서 그를 바라봤다.

그게 말이나 되는 이야기인가?

요마전설이라 불리는 이 일은 무려 삼백 년도 더 된 이야기다. 그런데 어떻게 지금까지도 행복하게 살 수 있단 말인가.

제아무리 무공이 뛰어난 무인의 수명이 보통 인간보다 길다 해도 그건 말이 되지 않는다.

광대 사내가 믿기지 않았는지 의심스러운 표정으로 말했다.

"지금 그 말을 나보고 믿으라는 거요?"

"믿든 말든 네가 알아서 할 일이지. 난 그저 네가 부탁한 대로 진실을 가르쳐 준 것뿐이니까."

"그래서 그 둘이 지금도 함께 살아가고 있다?"

"응."

"백호야 그렇다 쳐도 월하린은 인간인데 어떻게 그게 가능하단 말이오?"

"우화등선(羽化登仙)이라고 아냐?"

"그걸 모르겠소? 신선이 되는 것 아니오."

우화등선이란 신선이 되어 하늘에 올라가는 걸 뜻한다. 초절정의 반열에 들어선 고수들은 죽기 직전에 우화등선을 하는 경우가 있다.

갑자기 왜 그런 이야기를 하는 건가 광대가 되물을 때였다.

죽립 사내가 갑자기 고개를 돌렸다.

"아, 내 부인이 벌써 날 찾으러 왔네. 이야기는 여기까지."

"이, 이보시오!"

말을 마친 죽립 사내가 훌쩍 달려 나가는 걸 보며 광대는 소리쳤다. 그렇지만 죽립을 쓴 이는 반대편에서 자신을 향해 손을 젓는 여인을 향해 거침없이 나아갔다.

죽립 사내가 도달한 곳에 있는 여인은 무척이나 아름다웠다. 늘씬한 몸매에 새하얀 피부. 그리고 고결해 보이면서도 환하게 웃는 표정이 무척이나 사랑스럽다.

광대는 멀어진 죽립 사내를 바라보며 중얼거렸다.

"쓸데없는 거짓말에 속아 괜히 여기까지 따라 나왔군그래. 쳇. 돈이 없어서 주기 싫으면 그냥 가면 될 걸 괜히 헷갈리게······."

광대가 중얼거릴 때였다.

휘이잉.

바람이 불어왔고, 달려 나가던 사내의 머리에 걸려 있던 죽립도 그 힘을 이겨 내지 못하고 뒤로 젖혀졌다.

순간 새하얀 백발 머리가 풍성하게 펼쳐졌다.

불만스레 중얼거리던 광대가 그 모습에 놀라 입을 쩍 벌렸다.

"배, 백발?"

광대가 설마 하며 놀라는 그 순간 여인에게 다가간 백발의 사내가 그녀의 손을 꽉 움켜잡았다. 여인이 그런 사내를 올려다보며 사랑스럽게 웃으며 물었다.

"당과 사러 간다더니 왜 이렇게 늦었어요?"

여인의 질문에 백발의 사내가 웃으며 대답했다.

"누가 우리 이야기를 하고 있더라고."

"우리 이야기를요?"

"응. 아주 오래전 그 두 녀석들과 함께했던 그때의 이야기를."

두 녀석들이라는 말에 여인은 다시금 환한 미소를 지어 보였다.

여인이 물었다.

"그 둘은 잘 지내고 있을까요?"

"뻔하잖아? 나이를 그렇게 처먹고 우화등선할 때까지도 싸워 대던 놈들인데 아마 지금도 저 위에서 밤낮없이 줄곧 싸우고 있을 거다."

백발 사내가 여인의 질문에 질린다는 표정을 지은 채 고개를 저어 댔다. 그러고는 이내 손을 꽉 쥔 채로 둘은 나란히 걷기 시작했다.

여인이 물었다.

"이제 어디로 갈까요?"

"음…… 뭐 아무 데나 상관없어."

"정말 제 맘대로 가도 돼요?"

"그렇다니까."

백발 사내가 여인을 바라보며 짧게 말을 이었다.

"너만 있다면 그 어디든지 상관없으니까."

사내의 말에 여인은 웃는 얼굴로 그를 바라봤다. 그녀가 입을 열었다.

"사랑해요. 백호."

사랑한다는 말을 내뱉는 여인. 그 여인을 향해 백호라는 사내가 마찬가지로 웃으며 대답했다.

"나도 무지하게 사랑한다. 월하린."

말을 마친 둘은 손을 꽉 쥔 채로 사람들 사이로 천천히 모습을 감췄다.

영원히 함께할 것이다.

지금까지 그래 왔던 것처럼, 앞으로도 계속.

백호와 월하린, 둘의 이야기는 아직 끝나지 않았다.

〈완결〉

DREAMBOOKS

DREAMBOOKS

DREAMBOOKS

DREAMBOOKS★